证券投资基金销售人员从业考试辅导系列

证券投资基金销售基础知识

过关冲刺

主编：金圣才

支持：中华证券学习网

中国石化出版社

内 容 提 要

本书是一本证券投资基金销售人员从业考试科目"证券投资基金销售基础知识"过关冲刺模拟试题。本书遵循最新《证券投资基金销售基础考试大纲》的考试要求，根据大纲指定的参考教材及相关法律、法规和规范性文件精心编写了八套过关冲刺模拟试题，所选习题基本覆盖了考试大纲规定需要掌握的知识内容，侧重于选编常考难点习题，对部分习题的答案进行了详细的分析和说明。

本书特别适用于参加证券投资基金销售人员从业考试的考生使用。本书配有圣才学习卡，圣才学习网/中华证券学习网(www.1000zq.com)为考生提供各种证券金融类资格考试的历年真题、在线测试等增值服务。

图书在版编目(CIP)数据

证券投资基金销售基础知识过关冲刺/金圣才主编.
—北京:中国石化出版社,2009
(证券投资基金销售人员从业考试辅导系列)
ISBN 978 - 7 - 80229 - 844 - 6

Ⅰ. 证… Ⅱ. 金… Ⅲ. 证券投资 - 基金 - 资格考
核 - 习题 Ⅳ. F830.91 - 44

中国版本图书馆 CIP 数据核字(2009)第 020375 号

中国石化出版社出版发行

地址:北京市东城区安定门外大街 58 号
邮编:100011 电话:(010)84271850
读者服务部电话:(010)84289974
http://www.sinopec-press.com
E-mail:press@ sinopec.com.cn
金圣才文化发展(北京)有限公司排版
河北天普润印刷厂印刷
全国各地新华书店经销

*

787×1092 毫米 16 开本 12.75 印张 296 千字
2009 年 3 月第 1 版 2009 年 3 月第 1 次印刷
定价:26.00 元

圣才学习卡使用说明

圣才学习网旗下网站

随书赠送的圣才学习卡在圣才学习网旗下46个网站上可免费下载20元的各类考试复习资料。下载与本书配套的相关资料可以通过以下具体途径：

登录圣才学习网（www.100xuexi.com）进入中华证券学习网（www.1000zq.com），或者直接登录中华证券学习网。

先在网站上完成用户（账户）注册；刮开圣才学习卡的密码，点开网站"账户充值"，输入卡号、密码和用户名完成充值，可获得20元学习费用；选择需要的资料进行消费。

说明：①圣才学习网旗下46个网站（包括中华证券学习网）都可以用赠送的圣才学习卡进行消费；②一个注册账户只能接受一张赠卡进行充值，即：多张赠卡不可对一个账户进行累加充值；③账户金额不足，可通过购买圣才学习卡（非赠卡）或汇款方式进行充值。

中华证券学习网（www.1000zq.com）

中华证券学习网是一家为证券类资格考试和证券专业课学习提供全套复习资料的专业性网站。证券类考试包括证券从业人员资格考试、基金销售人员从业考试、期货从业人员资格考试、保荐代表人胜任能力考试、证券公司合规管理人员胜任能力考试等；证券专业课包括证券投资学、证券投资技术分析、金融衍生工具、证券英语等。每个栏目（各证券类考试、各科专业课）都设置有为考生和学习者提供一条龙服务的资源，包括：教师讲课视频、教学课件、学习资料（相关教材、试题等）和专业论坛。

圣才考研网（www.100exam.com）

圣才考研网是一家拥有全国最多、最新考研考博试题的网站，提供全国200多所高校约20000套最新考研考博真题、名校热门专业课的笔记讲义及大量专业课复习资料，还开设了专业课的论坛及专栏，并免费提供大量的试题和其他资料下载。

圣才学习网（www.100xuexi.com）

圣才学习网是一家为1288个专业/考试项目提供学习、考试辅导的专业性网站，是中国最大的网络学习和考试辅导平台，下设46个按照考试类别和热门专业设计的子网站，每个子网站都设有8大学习专栏：网络课程、大纲详解、视频课件、笔记讲义、在线测试、真题解析、单元训练和海量题库。圣才学习卡在圣才学习网及其下属的专业网站一卡通用。

客服热线：010-82082161
E-mail：1314jsc@163.com
详情登录：圣才学习网 www.100xuexi.com

1. 中华英语学习网
2. 小语种学习网
3. 中华证券学习网
4. 中华金融学习网
5. 中华保险学习网
6. 中华精算师考试网
7. 中华统计学习网
8. 中华经济学习网
9. 中华经济师考试网
10. 中华外贸学习网
11. 中华物流考试网
12. 中华商务资格考试网
13. 中华财会学习网
14. 中华管理学习网
15. 中华公共管理学习网
16. 中华教育学习网
17. 中华心理学习网
18. 中华工程资格考试网
19. 中华IT学习网
20. 中华医学学习网
21. 中华法律学习网
22. 专业硕士考试网
23. 同等学力考试网
24. 中华MBA考试网
25. 中华MPA考试网
26. 中华GCT考试网
27. 中华汉语学习网
28. 编辑出版学习网
29. 新闻传播学习网
30. 秘书资格考试网
31. 中华文体考试网
32. 历史学习网
33. 哲学学习网
34. 导游资格考试网
35. 中华成考网
36. 中华自考网
37. 中华数学竞赛网
38. 中华物理竞赛网
39. 中华化学竞赛网
40. 中华生物竞赛网
41. 中华信息学竞赛网
42. 中华地理学习网
43. 中华天文竞赛网
44. 中国公务员考试网
45. 中华竞赛网
46. 国家职业资格考试网

说明：以上所有网站的用户名是通用的，在其中任何一个网站注册，进入其他网站就不需要再注册，而只需要用该用户名直接登录即可。

序　言

　　为进一步规范证券投资基金销售行为，提高基金销售人员业务水平和执业素质，逐步建立具有一定专业水平的基金销售队伍，中国证券业协会于 2008 年 9 月举行首次基金销售人员从业考试。凡年满 18 周岁，具有高中以上文化程度和完全民事行为能力的境内外人士都可以报名参加基金销售人员从业考试。

　　考试科目为"证券投资基金销售基础"一科。参考书目为中国证券业协会出版的《证券投资基金销售基础知识》一书。考试采取闭卷机考形式，题目均为客观题。考试时间为 120 分钟，试卷总分为 100 分，考试合格线为 60 分。已通过协会组织的证券从业资格考试"证券市场基础知识"和"证券投资基金"两个科目者，视同已通过"证券投资基金销售基础"科目考试。为了帮助考生顺利通过证券投资基金销售人员从业考试，我们根据最新《证券投资基金销售基础考试大纲》和指定参考教材编写了证券业从业人员资格考试辅导：《证券投资基金销售基础知识过关必做 2000 题》和《证券投资基金销售基础知识过关冲刺八套题》。

　　本书是一本证券投资基金销售人员从业考试科目"证券投资基金销售基础知识"过关冲刺模拟试题。本书遵循最新《证券投资基金销售基础考试大纲》的考试要求，根据大纲指定的参考教材及相关法律、法规和规范性文件精心编写了八套过关冲刺模拟试题，所选习题基本覆盖了考试大纲规定需要掌握的知识内容，侧重于选编常考难点习题，对部分习题的答案进行了详细的分析和说明。

　　需要特别说明的是：本书部分习题参考了众多的配套资料和相关参考书，书中错误、遗漏不可避免，敬请指正和提出建议；本书需要参考的相关法律法规及考试题型、考试时间等相关信息请登录中华证券学习网（www. 1000zq. com）。

　　圣才学习网（www. 100xuexi. com）是一家为全国各类考试和专业课学习提供全套复习资料的专业性网站。圣才学习网包括中华证券学习网、中华金融学习网、中华保险学习网、中华精算师考试网等 46 个子网站。其中，中华证券学习网是一家为全国各证券类考试和证券专业课学习提供全套复习资料的专业性网站。证券类考试包括证券业从业人员资格考试、期货从业人员资格考试、保荐人资格考试等；证券专业课包括证券市场基础、证券交易、证券发行与承销、证券投资基金、证券投资学、金融衍生工具、证券专业英语等。每个栏目（各种证券类考试、各门专业课）都设置有为考生和学习者提供一条龙服务的资源，包括：网络课程辅导、在线测试、专业图书、历年真题、专项练习、笔记讲义、视频课件、学术论文等。

　　本书配有圣才学习卡，圣才学习网/中华证券学习网为考生提供各种证券金融类资格考试的历年真题、在线测试、考试题库等增值服务，详情请登录网站：

圣才学习网 www. 100xuexi. com
中华证券学习网 www. 1000zq. com

金圣才

目　录

证券投资基金销售基础知识过关冲刺题(一)

一、单项选择题(本题型共 80 小题，每小题 0.5 分，共 40 分。各小题所给出的四个选项中，只有一项最符合题目要求，请将正确选项的代码填入括号内，不选、错选均不得分。)

1. (　　)是指由金融投资或与金融投资有直接联系的活动而产生的证券。
   A. 资本证券　　　　　B. 资产证券　　　　　C. 商品证券　　　　　D. 货币证券

2. "证券持有者面临着预期投资收益不能实现，甚至连本金也受到损失的可能"是指有价证券的(　　)。
   A. 期限性　　　　　B. 收益性　　　　　C. 流动性　　　　　D. 风险性

3. (　　)是中国证券业协会的权力机构。
   A. 董事会　　　　　B. 股东大会　　　　　C. 监事会　　　　　D. 会员大会

4. 下列选项中，不可以是证券发行人，但可以是证券投资者的有(　　)。
   A. 金融机构　　　　　B. 工商企业　　　　　C. 个人　　　　　D. 政府及其机构

5. 根据股票的性质，股票不是(　　)。
   A. 要式证券　　　　　B. 资本证券　　　　　C. 真实资本　　　　　D. 综合权利证券

6. 发行价格高于面值称为溢价发行，溢价发行所得的溢价款列为(　　)。
   A. 公司资本公积金　　B. 股本账户　　　　　C. 未分配利润　　　　D. 盈余公积金

7. 关于债券的基本性质，下列描述错误的是(　　)。
   A. 债券本身有一定的面值，通常它是债券投资者投入资金的量化表现
   B. 债券与其代表的权利联系在一起，拥有债券也就拥有了债券所代表的权利，转让债券也就将债券代表的权利一并转移
   C. 债券的流动并不意味着它所代表的实际资本也同样流动，债券独立于实际资本之外
   D. 债券代表债券投资者的权利，这种权利是直接支配财产权

8. 我国曾发行过具有标准格式券面的国库券，该国库券属于(　　)。
   A. 货币债券　　　　　B. 实物债券　　　　　C. 凭证式债券　　　　D. 记账式债券

9. 某股票当日收盘价为 30 元，备兑认股权证收盘价为 5 元，认股比率为 50%，则备兑凭证的杠杆比率为(　　)。
   A. 2　　　　　B. 2.5　　　　　C. 3　　　　　D. 3.5

10. 关于核准制，下列说法不正确的是(　　)。
    A. 证券发行核准制实行实质管理原则，即证券发行人不仅要以真实状况的充分公开为条件，而且必须符合证券监管机构制定的若干适合于发行的实质条件
    B. 我国的现行做法是，经中华人民共和国证监会核准公开发行的股票可以向证券交易所提出上市申请，经交易所审查同意后安排上市
    C. 实行核准制的目的在于，证券监管部门能尽法律赋予的职能保证发行的证券符合公众利益和证券市场稳定发展的需要
    D. 只要符合条件的发行公司就可在证券市场上发行证券

11. 场外交易市场主要具有的功能是(　　)。
    A. 对整个证券市场进行一线监控　　　　　B. 是证券上市交易的主要场所

C. 及时准确地传递上市公司的财务状况　　D. 场外交易市场是证券交易所的必要补充

12. 下列选项中，不符合《中国人民银行关于各商业银行停止在证券交易所证券回购及现券交易的通知》要求的是(　　)。
A. 商业银行全部退出上海和深圳交易所市场
B. 商业银行在交易所托管的国债全部转到中国证券登记结算有限责任公司
C. 商业银行可使用其在中央结算公司托管的国债、中央银行融资券和政策性金融债等自营债券通过全国银行间同业拆借中心提供的交易系统进行回购交易
D. 商业银行可使用其在中央结算公司托管的国债、中央银行融资券和政策性金融债等自营债券通过全国银行间同业拆借中心提供的交易系统进行现券交易

13. 在公司章程中载明并获批准后，公司以一部分股本作为股息派发，称之为(　　)。
A. 现金股息　　　B. 股票股息　　　C. 财产股息　　　D. 负债股息

14. 下列关于券商集合计划的说法，不正确的是(　　)。
A. 流动性比基金差
B. 投资门槛比基金高
C. 目标客户群体抗风险能力相对较强
D. 管理人的收入一般与其业绩表现没有直接关系

15. 集合计划主要分为(　　)。
A. 封闭式产品和开放式产品　　　　　B. 公司型产品和契约型产品
C. 股票型产品和债券型产品　　　　　D. 限定型产品和非限定型产品

16. 下列金融产品中，流动性比基金强的是(　　)。
A. 人民币特种股　　B. 银行理财产品　　C. 保险投资产品　　D. 券商集合计划

17. 基金资产的所有者是(　　)。
A. 基金管理人　　　B. 基金托管人　　　C. 基金代销机构　　D. 基金份额持有人

18. 下列不属于基金市场的服务机构的是(　　)。
A. 基金销售机构　　　　　　　　　　B. 注册登记机构
C. 律师事务所和会计师事务所　　　　D. 中国证券业协会

19. (　　)是美国设立的第一家基金组织。
A. 美国国际证券信托基金　　　　　　B. 马萨诸塞投资信托基金
C. 海外政府发展信托基金　　　　　　D. 海外政府置业信托基金

20. 我国基金业的发展的历史阶段包括(　　)。
A. 早期探索阶段和规范发展阶段　　　B. 规范发展阶段和普及发展阶段
C. 早期探索阶段和普及发展阶段　　　D. 普及发展阶段和最终成熟阶段

21. 根据运作方式的不同，基金可以分为(　　)。
A. 封闭式基金和开放式基金　　　　　B. 契约型基金和公司型基金
C. 公募基金和私募基金　　　　　　　D. 主动型基金和被动型基金

22. 平衡型基金是指(　　)。
A. 既注重资本增值，又注重当期收入的一类基金
B. 由各种基金混合而成的基金
C. 投资于各种股票的基金
D. 同时以股票、债券为投资对象的基金

23. 股票型基金的投资比重必须在（　　）以上，而混合型基金仓位上限和下限都比较宽泛，资产配置更为灵活。
    A. 30%　　　　　　B. 50%　　　　　　C. 60%　　　　　　D. 80%

24. （　　）中，股票和债券的投资比例有较为灵活的配置范围。
    A. 灵活组合型基金　B. 配置型基金　　C. 战略投资型基金　D. 积极成长型基金

25. 下列关于交易型开放式指数基金（ETF）的说法，不正确的是（　　）。
    A. ETF实行一级市场与二级市场并存的交易制度
    B. 只有大投资者才能参与ETF一级市场的交易
    C. ETF赎回时一般可得到现金
    D. 正常情况下，ETF二级市场交易价格与基金份额净值总是比较接近

26. 按基金持股的价值倾向，可以把基金分为成长型基金、（　　）和平衡型基金。
    A. 收入型基金　　　B. 价值型基金　　C. 防御型基金　　　D. 混合型基金

27. 下列关于基金份额持有人的说法，不正确的是（　　）。
    A. 是基金的出资人　　　　　　　　　B. 是基金资产的所有者
    C. 是基金投资收益的受益人　　　　　D. 是基金的管理者

28. 下列选项中，（　　）不属于基金管理公司的主要职责。
    A. 依法募集基金　　　　　　　　　　B. 资产保管
    C. 办理基金备案手续　　　　　　　　D. 召集基金份额持有人大会

29. 公司内部控制大纲是对（　　）规定的内控原则的细化和展开。
    A. 公司章程　　　　B. 基金合同　　　C. 法律制度　　　　D. 契约条款

30. （　　）即基金托管人按规定为基金资产设立独立的账户，保证基金全部财产的安全完整。
    A. 资产保管　　　　B 信息披露　　　C. 资产核算　　　　D. 投资运作监督

31. 下列选项中，（　　）不是基金托管人在基金运作阶段的主要工作。
    A. 每个工作日进行基金资金净值计算　B. 根据管理人的指令进行资金划拨
    C. 监督基金投资风格　　　　　　　　D. 与基金管理公司商谈托管业务合作事宜

32. （　　）是基金运作的开始点。
    A. 基金的募集　　　B. 基金的交易　　C. 基金的登记　　　D. 基金的托管

33. 下列各项中，基金信息披露不包括（　　）。
    A. 登记信息披露　　B. 募集信息披露　C. 运作信息披露　　D. 临时信息披露

34. 下列各项中，（　　）不属于基金管理公司风险控制的制度体系的构成。
    A. 公司章程　　　　B. 公司治理结构　C. 基本管理制度　　D. 部门规章制度

35. 存在活跃市场的情况下，当日没有市价，且最近交易日后经济环境没有发生重大变化的，应采用（　　）确定投资品种的公允价值。
    A. 发行日开盘价　　B. 发行日平均价　C. 最近交易的市价　D. 发行日收盘价

36. 目前，我国债券基金的管理费率一般低于（　　）。
    A. 0.10%　　　　　B. 0.50%　　　　　C. 1.00%　　　　　D. 1.50%

37. 基金会计核算的特点包括（　　）。
    A. 会计客体是证券投资基金
    B. 会计分期细化到周

C. 只对实现利得进行确认

D. 基金持有的金融资产和承担的金融负债通常归类为以公允价值计量且其变动计入当期损益的金融资产和金融负债

38. 我国开放式基金按规定需在基金合同中约定每年基金利润分配（   ）。
    A. 最多次数和最低比例
    B. 最少次数和最低比例
    C. 最多次数和最高比例
    D. 最少次数和最高比例

39. 基金的（   ）是基金销售机构从市场和投资者需求出发所进行的基金产品设计、销售、售后服务等一系列活动的总称。
    A. 市场营销
    B. 运作监管
    C. 收益分配
    D. 运作管理

40. 下列关于美国基金超市的说法，不正确的是（   ）。
    A. 基于连锁超市的营业网点使得基金管理人可以通过基金超市销售自己的基金
    B. 投资者在基金超市开一个网上账户就可以买卖超市内所有的基金
    C. 投资者通过基金超市买卖基金比通过银行柜台、独立的投资顾问等承担的费用要低得多
    D. 基金超市通常由一些折扣券商经营，提供多家基金管理公司的基金供投资者交易

41. 成功的基金营销需要建立一个缜密的组织管理架构。这一管理架构不包括（   ）。
    A. 营销目标的确立
    B. 营销策略方案的制定
    C. 营销计划实施过程的管理
    D. 营销控制

42. 我国开放式基金的销售体系中不包括（   ）。
    A. 银行代销
    B. 证券公司代销
    C. 基金管理公司直销
    D. 保险公司代销

43. 针对所有投资者的共同需求而展开的营销方式是（   ）。
    A. 集中性营销
    B. 无差异营销
    C. 差异性营销
    D. 个性化营销

44. 积极型的投资者一般追求投资高收益，适合于投资（   ）基金。
    A. 货币型
    B. 保本型
    C. 股票型
    D. 债券型

45. 针对机构投资者、中高收入阶层这样的大客户，基金管理公司可以通过（   ）进行一对一的人员推销，以达到最佳的营销效果。
    A. 包销队伍
    B. 分销队伍
    C. 代销队伍
    D. 直销队伍

46. 下列各项中，（   ）包括估计市场营销战略和计划的成果，并采取正确的行动以保证实现目标。
    A. 市场营销分析
    B. 市场营销计划
    C. 市场营销实施
    D. 市场营销控制

47. 基金业务可分为（   ）。
    A. 账户类业务和交易类业务
    B. 交易类业务和基金账户管理业务
    C. 基金账户管理业务和交易账户管理业务
    D. 交易账户管理业务和账户类业务

48. 下列关于投资者教育的说法，不正确的是（   ）。
    A. 加强投资者教育是今后推进资本市场改革的长期性和系统性工程，有利于证券市场不断走向成熟与稳定
    B. 投资者教育包括帮助投资者了解证券投资基金、投资者自己、市场、基金发展历史

和基金管理公司，同时教育形式应该喜闻乐见

    C. 市场各参与方应严格按照"全面计划、系统部署、循序渐进、点面结合、持之以恒"的基本原则，将投资者教育工作基础化、系统化、正规化、经常化

    D. 投资者教育基金需要时可以用于产品经营销售、公司形象宣传

49. 下列选项中，（   ）是基金销售活动的业务主体。

    A. 基金管理人   B. 基金托管人

    C. 基金份额持有人大会   D. 基金

50. 基金管理公司或基金代销机构应当在分发或公布基金宣传推介材料之日起（   ）个工作日内递交报告材料。

    A. 2   B. 3   C. 5   D. 10

51. 基金管理人和代销机构应建立健全完善的业务管理制度，不包括（   ）。

    A. 销售人员档案管理制度

    B. 基金销售业务制度

    C. 基金份额持有人账户和资金账户管理制度

    D. 基金份额持有人资金存取程序和授权审批制度以及档案管理制度

52. 基金管理人向社会公开募集基金份额的主要法律文件是（   ）。

    A. 基金合同   B. 基金申请报告   C. 基金托管协议   D. 基金招募说明书

53. 基金募集期限届满而基金不能成立，此时基金管理人要在基金募集期限届满后（   ）日内返还投资者已缴纳的款项，并加计银行同期存款利息。

    A. 60   B. 45   C. 30   D. 15

54. 封闭式基金的基金份额上市交易，条件之一是基金募集金额不低于（   ）亿元人民币。

    A. 0.5   B. 1   C. 2   D. 5

55. 通过与证券交易所的交易系统联网的全国各地的证券营业部，向机构或个人投资者发售基金份额的方式称为（   ）。

    A. 网上发售   B. 网下发售   C. 回拨机制   D. 回购机制

56. 开放式基金的基金合同生效要求其所募集份额总额不少于（   ）亿份。

    A. 1   B. 2   C. 3   D. 5

57. 一般情况下，基金认购申请一经提交，（   ）。

    A. 可以在 2 日内提出撤销   B. 可以在 3 日内提出撤销

    C. 在基金登记前可随时撤销   D. 不得撤销

58. 一般来说，开放式基金的申购赎回价的计算基础是（   ）。

    A. 基金市场供求关系   B. 基金单位资产净值

    C. 基金发行时的价格   D. 基金发行时的面值

59. 下列关于基金申购费率的说法，正确的是（   ）。

    A. 一般情况下，申购金额越大，基金申购费率越低

    B. 一般情况下，申购金额越大，基金申购费率越高

    C. 申购费率与申购金额基本上没有关系

    D. 不同基金的申购费率应当相同

60. 发生巨额赎回并部分延期支付时，基金管理人应向（   ）备案，并向指定的信息披露媒体公告，并说明相关的处理方法。

A. 当地政府 　　　B. 国务院 　　　　C. 中国证监会 　　　D. 证监会派出机构

61. 基金转托管在_____进行申报，基金份额转托管_____完成。( )

A. 转入方；分次 　B. 转入方；一次 　C. 转出方；分次 　D. 转出方；一次

62. 某投资者投资 11 万份场内认购 LOF 基金，假设管理人规定的认购费率为 1.2%，则该投资者应缴纳的认购金额为( )万元。

A. 10.870 　　　　B. 11.132 　　　　C. 12.311 　　　　D. 13.121

63. 申请合格境内机构投资者资格应当具有 5 年以上境外证券市场投资管理经验和相关专业资质的中级以上管理人员不少于( )名。

A. 1 　　　　　　B. 2 　　　　　　C. 3 　　　　　　D. 5

64. 下列不属于 QDII 基金申购与赎回的主要原则的是( )。

A. "未知价"原则

B. "已知价"原则

C. "金额申购、份额赎回"原则

D. 当日的申购与赎回申请可以在基金管理人规定的时间内撤销

65. 下列各项中，( )属于基金运作披露的信息。

A. 招募说明书 　B. 基金合同 　　　C. 基金资产净值 　D. 基金份额发售公告

66. 基金管理人应于上半年结束后( )日内，在指定报刊上披露半年度报告摘要，在管理人网站上披露半年度报告全文。

A. 15 　　　　　B. 45 　　　　　　C. 60 　　　　　　D. 90

67. 基金份额持有人的信息披露义务主要体现在与( )相关的披露义务。

A. 基金公司经营业绩 　　　　　　B. 基金股东大会

C. 基金托管人协会 　　　　　　　D. 基金份额持有人大会

68. 在基金招募说明书封面的显著位置，基金管理人作出的提示可以是( )。

A. 基于本基金的过往表现，今年本基金年收益率平均将超过 20%

B. 本基金投资于收益稳定的证券，预计但不保证年收益率为 10%

C. 基金过往业绩不预示未来表现；不保证基金一定有盈利，也不保证最低收益

D. 基于本基金的过往表现，今年本基金年收益率肯定超过 15%

69. 货币市场基金收益公告主要包括( )。

A. 每千份基金净值和日均收益率 　　B. 每万份基金净收益和 7 日年化收益率

C. 每份基金净收益和年平均收益率 　D. 每份基金净值和半年平均收益率

70. 货币市场基金每_____分配收益，净值保持在_____元不变。( )

A. 日；1 　　　　B. 周；1 　　　　C. 日；1.01 　　　　D. 周；1.01

71. 下列法律法规中，属于行政法规的是( )。

A.《证券投资基金法》 　　　　　　B.《证券、期货投资咨询管理暂行办法》

C.《基金运作管理办法》 　　　　　D.《证券投资基金业从业人员执业守则》

72. 基金销售人员从事基金销售活动应当遵循的原则不包括( )。

A. 投资者利益优先原则 　　　　　　B. 勤勉尽职原则

C. 诚实守信原则 　　　　　　　　　D. 公司股东利益至上原则

73. 通过证券交易所的证券交易，投资者持有或者通过协议、其他安排与他人共同持有一个上市公司已发行的股份达到_____时，应当在该事实发生之日起_____日内，

向国务院证券监督管理机构、证券交易所做出书面报告，通知该上市公司，并予公告。（　　）

    A. 5%；3　　　　　B. 10%；3　　　　　C. 5%；5　　　　　D. 10%；5

74. 我国《刑法》规定，对于在自己实际控制的账户之间进行证券交易，或者以自己为交易对象，自买自卖期货合约，影响证券、期货交易价格或者证券、期货交易量的情形，给予的处罚是（　　）。

    A. 处 5 年以下有期徒刑或者拘役，并处或者单处罚金；情节特别严重的，处 5 年以上 10 年以下有期徒刑，并处罚金

    B. 处 10 年以下有期徒刑或者拘役，单处 1 万元以上 10 万元以下罚金

    C. 处 5 年以上 10 年以下有期徒刑，并处 2 万元以上 20 万元以下罚金

    D. 处 3 年以上 10 年以下有期徒刑，并处 5 万元以上 50 万元以下罚金

75. 关于中国证券业协会基金公司会员部的职责，下列表述错误的是（　　）。

    A. 负责基金管理公司和基金托管银行特别会员的联络与业务交流

    B. 教育、组织基金管理公司会员遵守证券法律、行政法规

    C. 负责对交易所上市基金的信息披露进行监管

    D. 组织拟订基金业自律规则和业务标准，并监督实施

76. 下列关于《证券投资基金托管资格管理办法》规定的申请基金托管资格的商业银行应当具备的条件，叙述不正确的是（　　）。

    A. 最近 3 个会计年度的年末净资产平均不低于 20 亿元人民币，且资本充足率符合监管部门的有关规定

    B. 拟从事基金清算、核算、投资监督、信息披露、内部稽核监控等业务的执业人员不少于 5 人，并具有基金从业资格

    C. 基金托管部门配备独立的托管业务技术系统，包括网络系统、应用系统、安全防护系统、数据备份系统

    D. 最近 3 年无重大违法违规记录

77. 根据《证券投资基金信息披露管理办法》，基金管理人应当在（　　），在指定报刊和网站上登载基金合同生效公告。

    A. 基金募集申请经中国证监会核准当日　　B. 基金募集申请经中国证监会核准次日

    C. 基金合同生效当日　　　　　　　　　　D. 基金合同生效次日

78. 基金份额持有人大会的第一召集人是（　　）。

    A. 基金管理人　　　　　　　　　　　　　B. 基金托管人

    C. 基金份额持有人　　　　　　　　　　　D. 中国证监会基金管理部门

79. 下列不属于前台业务系统中提供投资资讯功能的是（　　）。

    A. 基金基础知识　　　　　　　　　　　　B. 基金相关法律法规

    C. 基金产品信息　　　　　　　　　　　　D. 基金交易清算

80. 基金代销机构在对基金管理人进行审慎调查时，应了解基金管理人的情况，但是不包括（　　）。

    A. 诚信状况　　　　B. 内部控制情况　　　　C. 投资管理能力　　　　D. 持续营销能力

二、不定项选择题（本题型共 40 小题，每小题 1 分，共 40 分。各小题所给出的四个选项中，至少有一项正确，请将正确选项的代码填入括号内，不选、少选、错选均不

得分。)

81. 下列有价证券中，属于货币证券的有(　　)。

    A. 银行汇票　　　　B. 商业汇票　　　　C. 运货单　　　　D. 仓库栈单

82. 有价证券具有的主要特征是(　　)。

    A. 期限性　　　　　B. 收益性　　　　　C. 流动性　　　　D. 风险性

83. 下列对于股东大会的论述，错误的是(　　)。

    A. 股东大会一般每半年定期召开一次

    B. 董事会不可以提议召开临时股东大会

    C. 只有监事会可以提议召开临时股东大会

    D. 股东大会选举董事、监事，可以依照公司章程的规定或者股东大会的决议

84. 下列关于金融衍生工具的说法，不正确的有(　　)。

    A. 金融远期合约是指合约双方同意在未来日期按照当期价格买卖基础金融资产的合约

    B. 金融期货是指买卖双方在有组织的交易所内以公开竞价的形式达成的，在将来某一特定时间交收标准数量特定金融工具的协议

    C. 金融期权是指合约买方向卖方支付一定费用，在约定日期内(或约定日期)享有按事先确定价格向合约卖方买入某种金融工具的权利的契约

    D. 金融互换是指两个或两个以上的当事人按共同商定的条件，在约定的时间内定期交换现金流的金融交易

85. 某投资者持有 A 公司股票 100 股，其现在价格为 35 元，该投资者担心 A 公司股票价格会下跌，于是卖出两份三个月后到期的期货合约，价格为 34 元，每份合约代表 50 股 A 公司的股票。三个月后 A 公司股票价格为 30 元，则投资者总的盈亏情况是(　　)元。

    A. 盈利 400　　　　B. 亏损 400　　　　C. 盈利 100　　　　D. 亏损 100

86. 下列属于场外交易市场的特点的是(　　)。

    A. 采用做市商制度　　　　　　　　　B. 拥有众多证券种类

    C. 交易成本较高　　　　　　　　　　D. 管理比证券交易所宽松

87. 证券投资的系统性风险包括(　　)。

    A. 政策风险　　　　B. 利率风险　　　　C. 购买力风险　　　　D. 信用风险

88. 基金与保险投资产品比较，其区别主要表现在(　　)。

    A. 投资目标不同　　B. 预期收益不同　　C. 流动性不同　　D. 灵活性不同

89. 下列对我国证券交易所的描述，正确的有(　　)。

    A. 依法设立

    B. 不以营利为目的

    C. 为证券集中和有组织交易提供场所、设施

    D. 实行行政管理

90. 下列关于"美国国际证券信托基金"成立的影响，叙述错误的有(　　)。

    A. 标志基金发展中的"英国时代"结束　　B. 标志基金发展中的"美国时代"开始

    C. 是世界上第一个公司型开放式基金　　　D. 意味着美国式基金的真正起步

91. 反映基金风险大小的指标包括(　　)。

    A. 净值增长率标准差　　　　　　　　B. 基金分红

    C. 净值增长率　　　　　　　　　　　D. 行业投资集中度

92. (   )属于低风险等级。
    A. 债券型基金　　　B. 货币市场基金　　　C. 股票型基金　　　D. 保本型基金
93. 基金管理公司内部控制制度由(   )组成。
    A. 内部控制大纲　　B. 基本管理制度　　　C. 部门业务规章　　D. 业务操作手册
94. 基金管理公司内部控制的总体目标包括(   )。
    A. 保证公司经营运作严格遵守国家有关法律法规和行业监管规则
    B. 提高基金资产的期望收益
    C. 防范和化解经营风险，确保经营业务的稳健运行和受托资产的安全完整
    D. 确保基金、公司财务和其他信息真实、准确、完整、及时
95. 基金市场的服务机构包括(   )。
    A. 律师事务所　　　B. 会计师事务所　　　C. 基金代销机构　　D. 基金注册登记机构
96. 以下属于我国证券投资基金交易费的是(   )。
    A. 印花税　　　　　B. 开户费　　　　　　C. 过户费　　　　　D. 经手费
97. 下列各项中，基金托管费费率主要与(   )有关。
    A. 基金的规模　　　　　　　　　　　　　B. 基金的类型
    C. 基金二级市场的换手率　　　　　　　　D. 基金托管人的声誉
98. 个人投资者从基金分配中获得的(   )，由上市公司和发行债券的企业在向基金派发
    股息、红利时，代扣代缴20％的个人所得税。
    A. 国债利息收入　　　　　　　　　　　　B. 股票的股息收入
    C. 企业债券的利息收入　　　　　　　　　D. 储蓄存款利息
99. 下列属于基金市场营销的内容的是(   )。
    A. 目标市场与投资者的确定　　　　　　　B. 营销环境的分析
    C. 营销组合的设计　　　　　　　　　　　D. 基金营销的管理
100. 直销一般通过(   )等方式使得投资者与基金管理公司直接达成交易。
    A. 广告宣传　　　　　　　　　　　　　　B. 直接邮寄宣传单
    C. 直销人员上门服务　　　　　　　　　　D. 公司网站
101. 为投资者构建合适的基金组合，应选择在预计投资期内，(   )的投资组合。
    A. 预期收益最大
    B. 风险最低
    C. 预期收益与投资计划最为接近
    D. 风险收益配比与投资者自己风险偏好最为相似
102. 下列属于公共关系所关注的公众的是(   )。
    A. 新闻媒介　　　　B. 股东　　　　　　　C. 业内机构　　　　D. 员工
103. 开展投资者教育的主要内容包括(   )。
    A. 帮助投资者了解基金发展历史　　　　　B. 帮助投资者了解自己
    C. 帮助投资者了解证券投资基金　　　　　D. 帮助投资者了解基金管理公司
104. 《证券投资基金销售管理办法》对于基金宣传推介作了明确规定。下列说法不正确的有
    (   )。
    A. 基金代销机构只要在基金募集前向监管部门报送基金宣传推介材料的报告材料即可
    B. 基金公司在宣传推介材料登载基金过往业绩的，应当同时提供基金业绩比较基准的

表现

C. 基金管理公司或旗下基金产品获得奖项的，应当引用业界公认比较权威的奖项，且应当引用最近五年的奖项

D. 基金宣传推介材料内容不能表明或隐含有代表中国证监会对该基金的风险和收益作出实质性判断、推荐或者保证

105. 通过证券业从业资格考试或证券投资基金销售人员从业考试的人员符合(　　)等条件时，可以通过受聘机构向中国证券业协会申请执业证书。

   A. 品行端正，具有良好的职业道德

   B. 最近2年未受过刑事处罚

   C. 未被中国证监会认定为市场禁入者，或者已过禁入期

   D. 已被机构聘用

106. 根据《开放式证券投资基金试点办法》规定，商业银行开办开放式基金份额的认购、申购和赎回业务，应当经(　　)审查批准。

   A. 中国保监会　　　B. 中国证监会　　　C. 中国银监会　　　D. 基金管理公司

107. 开放式基金的募集程序要经过的步骤包括(　　)。

   A. 申请　　　　　　B. 核准　　　　　　C. 备案　　　　　　D. 发售

108. 定期定额投资的主要优势表现为(　　)。

   A. 进入门槛低　　　　　　　　　　B. 降低风险

   C. 摊薄成本　　　　　　　　　　　D. 收益较高，具有复利效应

109. 关于开放式基金描述不正确的有(　　)。

   A. 某人因继承获得一定数额的开放式基金，这种过户是非交易过户

   B. 非交易过户不包括"捐赠"的情形

   C. 开放式基金份额的转换一般采取未知价法，以转换申请日的基金份额净值为基础计算转换基金份额数量

   D. 被冻结部分产生的权益不会随基金账户或基金份额被冻结而一并冻结

110. ETF通过基金管理人进行现金认购的投资者认购金额是(　　)等几项的乘积。

   A. 1＋认购费率　　B. 认购价格　　　C. 认购份额　　　D. 认购费率

111. LOF份额的转托管业务包含(　　)。

   A. 从场内到场内转托管　　　　　　B. 从场外到场外转托管

   C. 从场内到场外转托管　　　　　　D. 从场外到场内转托管

112. 通过强制性信息披露，可以消除(　　)等问题带来的低效无序状况。

   A. 道德风险　　　B. 逆向选择　　　C. 基金投资风险　　D. 基金价格波动性

113. 下列各项中，(　　)属于基金定期报告。

   A. 基金年度报告　B. 上市交易公告书　C. 份额净值公告　　D. 季度报告

114. 在基金份额发售的3日前，基金托管人应将(　　)登载在托管人网站上。

   A. 基金合同　　　B. 招募说明书　　　C. 托管协议　　　D. 半年度报告摘要

115. 在投资组合报告中，货币市场基金应披露的信息包括报告期内偏离度绝对值在一定范围之间的(　　)。

   A. 次数　　　　　　　　　　　　　B. 偏离度的最高值和最低值

   C. 偏离度绝对值的简单平均值　　　　D. 偏离度绝对值加权平均值

116. 根据《证券法》，下列属于证券交易内幕信息知情人的有（　　）。
    A. 发行人的高级管理人
    B. 持有公司 10% 股份的股东
    C. 保荐人
    D. 证券监督管理机构工作人员

117. 下列属于基金监管所依据的部门规章的是（　　）。
    A.《基金管理公司管理办法》
    B.《基金运作管理办法》
    C.《基金管理公司治理准则》
    D.《基金销售管理办法》

118. 保护基金投资者的合法利益要使基金投资者免受（　　）等行为的损害。
    A. 误导
    B. 内幕交易
    C. 资产被滥用
    D. 投资损失

119. 基金托管人应当对基金管理人编制的（　　）等公开披露的相关基金信息进行复核、审查。
    A. 基金资产净值和基金份额净值
    B. 基金份额申购、赎回价格
    C. 基金定期报告
    D. 定期更新的招募说明书

120. 对基金销售机构通过内部控制保障基金销售适用性，在基金销售各个业务环节的实施提出的要求包括（　　）。
    A. 制定与基金销售适用性相关的制度和程序，建立销售的基金产品池，在销售业务信息管理平台中建设和维护与基金销售适用性相关的功能模块
    B. 就基金销售适用性的理论和实践对基金销售人员进行专题培训
    C. 为了实现基金投资人的利益最大化，基金销售机构可以向基金投资人销售与基金投资人风险承受能力不匹配的产品
    D. 制定基金产品和基金投资人匹配的方法，在销售过程中由销售业务信息管理平台完成基金产品风险和基金投资人风险承受能力的匹配检验

三、判断题（本题型共 20 小题，每小题 1 分，共 20 分。判断各小题的对错，正确的用 A 表示，错误的用 B 表示。）

121. 有价证券本身具有价值，代表着一定量的财产权利，可以在证券市场上买卖和流通，具有交易价格。（　　）

122. 优先股股东虽然股东权利受到限制，如不能参与决策等，但是享有一些普通股股东不能享有的优先权利。（　　）

123. 公司制证券交易所不以营利为目的，收入主要来源于会员缴纳的会费及其他收入。（　　）

124. 股息收入是指股票买入价与卖出价之间的差额。（　　）

125. 证券投资基金的管理人不仅负责基金的投资操作，也具体负责保管基金财产。（　　）

126. 在我国承担基金份额注册登记工作的只能是中国证券登记结算有限责任公司。（　　）

127. 收入型基金的风险、收益介于成长型基金与平衡型基金之间。（　　）

128. 基金投资者有权按照规定要求召开基金份额持有人大会，对基金份额持有人大会审议事项行使表决权。（　　）

129. 基金托管人通过提供绩效评估获得佣金作为其主要收入来源。（　　）

130. 公允价值变动损益一般在估值日当日予以确认。（　　）

131. 基金市场营销的服务性是指基金营销作为一种理财产品或服务，不是"一锤子买卖"，不能只为销售而销售，而是需要制度化、规范化的持续性服务。（　　）

132. 基金营销渠道的主要任务是使客户在需要的时间和地点以便捷的方式获得产品。

（　　　）

133. 在公共关系中，与员工的关系是最为核心的部分。（　　　）

134. 基金管理人和代销机构应当在有证券投资托管业务资格的商业银行开立基金销售的有关账户，并由证监会对账户内的资金进行监督。（　　　）

135. 封闭式基金的报价单位为每份基金价格。基金的申报价格最小变动单位为0.01元人民币。（　　　）

136. 开放式基金的直销和代销网点对认购申请的受理不表示对认购申请的成功确认。（　　　）

137. 现金代替是指在申购、赎回基金份额时，允许使用现金作为全部或部分该成分证券的代替。（　　　）

138. 基金信息披露的完整性原则要求披露义务人不仅披露对自己有利的信息，同时披露对自己不利的信息。（　　　）

139. 向不特定对象发行的证券票面总值超过人民币三千万元的，应当由承销团承销。（　　　）

140. 基金管理公司的董事会审议聘请或者更换会计师事务所时，应经1/3以上独立董事通过。（　　　）

答案与解析

一、单项选择题(本题型共80小题，每小题0.5分，共40分。各小题所给出的四个选项中，只有一项最符合题目要求，请将正确选项的代码填入括号内，不选、错选均不得分。)

1. **【答案】A**

【解析】有价证券的概念有狭义与广义之分：前者仅指资本证券，后者包括商品证券、货币证券和资本证券。其中，资本证券是指由金融投资或与金融投资有直接联系的活动而产生的证券，其持有人有一定的收入请求权，是有价证券的主要形式。

2. **【答案】D**

【解析】有价证券具有期限性、收益性、流动性和风险性，其中，风险就是未来结果的不确定性，而证券的风险性是指证券持有者面临着预期投资收益不能实现，甚至连本金也受到损失的可能。

3. **【答案】D**

【解析】根据《证券法》的相关规定，中国证券业协会是证券业的自律性组织，是社会团体法人。证券业协会的权力机构为全体会员组成的会员大会。

4. **【答案】C**

【解析】在我国当前的法律环境下，个人只能是有价证券的投资者，而不能是发行者。ABD三项既可以是证券发行人，也可以是证券投资者。

5. **【答案】C**

【解析】股票的性质包括：①有价证券；②要式证券；③证权证券；④资本证券；⑤综合权利证券。C项股票独立于真实资本之外，在股票市场上进行着独立的价值运动，是一种虚拟资本。

6. **【答案】A**

【解析】发行价格高于面值称为溢价发行，募集的资金中等于面值总和的部分记入资本账户，以超过股票票面金额的发行价格发行股份所得的溢价款列为公司资本公积金。

7. 【答案】D

【解析】D项债券代表债券投资者的权利，这种权利不是直接支配财产权，也不以资产所有权表现，而是一种债权。

8. 【答案】B

【解析】债券按债券形态划分，可分为：①实物债券，是一种具有标准格式实物券面的债券；②凭证式债券，是指外在形式是一种收款凭证，而不是债券发行人制定的标准格式的债券；③记账式债券，是指没有实物形态的票券，只是电脑账户中的记录的债券。

9. 【答案】C

【解析】杠杆比率 = 股票当日收盘价 ÷（备兑认股权证收盘价 ÷ 认股比率）= 30 ÷（5 ÷ 50%）= 3。

10. 【答案】D

【解析】D项符合条件的发行公司经证券监管机构的批准方可在证券市场上发行证券。

11. 【答案】D

【解析】场外交易市场主要具备的功能有：①场外交易市场是证券发行的主要场所；②场外交易市场为政府债券、金融债券、企业债券以及按照有关法规公开发行而又不能或一时不能到证券交易所上市交易的股票提供了流通转让的场所，为这些证券提供了流动性的必要条件，为投资者提供了兑现及投资的机会；③场外交易市场是证券交易所的必要补充。

12. 【答案】B

【解析】B项应为商业银行在交易所托管的国债全部转到中央国债登记结算有限责任公司。

13. 【答案】B

【解析】股息一般分为现金股息和股票股息两类：前者是以货币形式支付的股息和红利，是最普通、最基本的股息形式；后者是以股票的方式派发的股息，通常由公司用新增发的股票或一部分库存股票作为股息，代替现金分派给股东。

14. 【答案】D

【解析】集合资产管理业务也被称为"券商集合理财业务"，就是证券公司集合客户的资产进行投资管理。券商集合计划的管理费和托管费的平均水平一般略低于基金，但大多设有业绩计提，管理人的收入和产品业绩的相关性结合得比较紧密。

15. 【答案】D

【解析】集合计划是证券公司针对目标客户开发的理财服务创新产品，主要分为限定型产品和非限定型产品：前者的风险收益水平与债券型基金相似，收益比较稳定，风险度较低；而后者与混合型、股票型基金类似，受证券市场波动影响较大，风险收益水平较高。

16. 【答案】A

【解析】人民币特种股即 B 股，可以在证券交易所自由买卖，其流动性要比基金强。

17. 【答案】D

【解析】基金份额持有人即基金投资者，是基金的出资人、基金资产的所有者和基金投资收益的受益人。

18.【答案】D

【解析】除 ABC 三项外，基金市场的服务机构还包括基金投资咨询机构和基金评级公司等。D 项中国证券业协会属于行业自律组织。

19.【答案】A

【解析】1921 年 4 月，美国设立了第一家基金组织——"美国国际证券信托基金"（The International Securities Trust of America），标志着基金发展中的"英国时代"结束，"美国时代"开始。

20.【答案】A

21.【答案】A

【解析】基金可以按照不同的标准进行分类，具体分类包括：①根据运作方式的不同，基金可以分为封闭式基金和开放式基金；②根据法律形式的不同，基金可以分为契约型基金和公司型基金；③根据基金募集方式的不同，基金可以分为公募基金和私募基金；④根据投资理念的不同，基金可以分为主动型基金和被动型基金。

22.【答案】D

【解析】混合型基金与平衡型基金的区别在于：前者是指既注重资本增值，又注重当期收入的一类基金；后者是指同时以股票、债券为投资对象的基金。

23.【答案】C

【解析】股票型基金与混合型基金的不同主要体现在股票投资比例上，按照《证券投资基金运作管理办法》规定，股票型基金的股票投资比重必须在 60% 以上。

24.【答案】A

【解析】通常根据资产配置的不同，将混合型基金分为配置型基金、灵活组合型基金和其他基金三种类型。其中，灵活组合型基金是指股票和债券的投资比例有较为灵活的配置范围，通常突破配置型基金的界限。

25.【答案】C

【解析】ETF 的特点之一是其独特的实物申购、赎回机制。投资者向基金管理公司申购ETF，需要用这只 ETF 指定的一揽子股票来换取，赎回时获得的也不是现金，而是相应的股票，如果想变现，需要再卖出这些股票。

26.【答案】B

【解析】基金的分类包括：①按基金持股的规模倾向，可以把基金分为大盘股基金、中盘股基金和小盘股基金；②按基金持股的价值倾向，可以把基金分为成长型基金、价值型基金和平衡型基金；③按基金行业配置风格的不同，可以把基金分为成长型行业风格基金、周期型行业风格基金、防御型行业风格基金与模糊型行业风格基金。

27.【答案】D

【解析】D 项基金的管理者是基金管理人。

28.【答案】B

【解析】B 项资产保管属于基金托管银行的职责。

29.【答案】A

【解析】基金管理公司的内部控制制度一般由公司内部控制大纲、基本管理制度、部门业务规章、业务操作手册等部分组成。其中，公司内部控制大纲是对公司章程规定的内控原则的细化和展开，是各项基本管理制度的纲要和总揽，明确了内控目标、内控原则、控制环境和内控措施等内容。

30. 【答案】A

31. 【答案】D

【解析】D项与基金管理公司商谈托管业务合作事宜为签署基金合同阶段的工作内容。

32. 【答案】A

【解析】基金的募集是指基金管理公司根据有关规定向中国证监会提交募集文件、发售基金份额、募集基金的行为，是基金运作的开始点。

33. 【答案】A

34. 【答案】B

【解析】基金管理公司风险控制制度体系由四个不同层次的制度构成，即公司章程、内部控制大纲、基本管理制度、部门规章制度。

35. 【答案】C

【解析】根据基金估值的有关规定，对存在活跃市场的投资品种，如估值日有市价的，应采用市价确定公允价值；估值日无市价的，但最近交易日后经济环境未发生重大变化，应采用最近交易市价确定公允价值；估值日无市价的，且最近交易日后经济环境发生了重大变化的，应参考类似投资品种的现行市价及重大变化因素，调整最近交易市价，确定公允价值。

36. 【答案】C

【解析】我国股票基金大部分按照1.5%的比例计提基金管理费，债券基金的管理费率一般低于1%，货币市场基金的管理费率一般为0.33%。

37. 【答案】D

【解析】基金会计核算的特点在于：①会计主体是证券投资基金；②会计分期细化到日；③基金持有的金融资产和承担的金融负债通常归类为以公允价值计量且其变动计入当期损益的金融资产和金融负债。

38. 【答案】A

【解析】根据《证券投资基金运作管理办法》的有关规定，我国开放式基金按规定需在基金合同中约定每年基金收益分配的最多次数和基金收益分配的最低比例。实践中，许多基金合同规定，在符合基金分配条件的前提下，基金利润分配每年至少一次。

39. 【答案】A

40. 【答案】A

【解析】A项应为基于因特网的销售平台使得许多基金管理公司可以通过基金超市销售自己的基金。

41. 【答案】D

【解析】成功的基金营销需要建立一个缜密的组织管理架构，其中主要包括营销目标的确立、营销策略方案的制定、营销计划实施过程的管理三个方面。

42. 【答案】D

【解析】截至2007年年底，我国开放式基金的销售逐渐形成了包括银行代销、证券公司代销、基金管理公司直销的销售体系。

43. 【答案】B

【解析】根据所选择的细分市场的范围，可以将目标市场拓展策略分为无差异营销和差异性营销等方式。其中，无差异营销是不考虑各细分市场的差异性，而是针对所有投资者的共同需求而不是各细分投资者的特殊需求进行营销。

44.【答案】C

【解析】积极型的投资者，追求投资高收益，同时能承担较大的风险，可为其选择高风险等级的基金产品或组合，例如股票型基金。

45.【答案】D

46.【答案】D

【解析】营销计划实施过程的管理包括销售进度跟踪和营销过程的控制两个方面。其中，市场营销控制包括评估市场营销战略和计划的成果，并采取正确的行动以保证实现目标。控制过程主要包括预算控制和风险控制。

47.【答案】A

【解析】基金业务可分为账户类业务和交易类业务两大类。其中，账户类业务包括基金账户管理业务和交易账户管理业务。

48.【答案】D

【解析】各基金管理公司必须从管理费用中提取充足的费用作为投资者教育基金，专项用于投资者教育工作费用列支，此项费用不得用于产品经营销售、公司形象宣传等其他用途。

49.【答案】A

【解析】《证券投资基金销售管理办法》第七条规定，基金销售由基金管理人负责办理；基金管理人可以委托取得基金代销业务资格的其他机构代为办理，未取得基金代销业务资格的机构不得接受基金管理人委托代为办理基金的销售。可见，基金销售活动的业务主体是基金管理人。

50.【答案】C

51.【答案】A

【解析】除 BCD 三项外，还包括销售人员持续培训制度。

52.【答案】D

【解析】基金招募说明书是基金管理人为发售基金份额而依法制作的，供投资者了解管理人基本情况、说明基金募集有关事宜、指导投资者认购基金份额的规范性文件。

53.【答案】C

【解析】如果基金募集期限届满而募集结果不满足募集要求的，基金不能成立，此时基金管理人需承担以下责任：①以固有资产承担因募集行为而产生的债务和费用；②在基金募集期限届满后 30 日内返还投资者已缴纳的款项，并加计银行同期存款利息。

54.【答案】C

【解析】封闭式基金份额上市交易，应符合的条件有：①基金份额总额达到核准规模的80%以上；②基金合同期限为 5 年以上；③基金募集金额不低于 2 亿元人民币；④基金份额持有人不少于 1000 人；⑤基金份额上市交易规则规定的其他条件。

55.【答案】A

【解析】封闭式基金在发售方式上，主要有网上发售与网下发售两种方式：前者是指通过与证券交易所的交易系统联网的全国各地的证券营业部，向机构或个人投资者发售基金份额的方式；后者是指通过基金管理人指定的营业网点和承销商的指定账户，向机构或个人投资者发售基金份额的方式。

56.【答案】B

【解析】基金募集期限届满，应当满足以下条件：基金募集份额总额不少于 2 亿份，基金募集金额不少于 2 亿元人民币；基金份额持有人不少于 200 人。

57.【答案】D

58.【答案】B

【解析】在我国，开放式基金(主要是股票基金和债券基金)采用"未知价"原则申购、赎回。投资者在申购、赎回时并不能即时获知买卖的成交价格。申购、赎回价格只能以申购、赎回日交易时间结束后基金管理人公布的基金份额净值为基准进行计算。

59.【答案】A

【解析】基金申购费率指投资人购买基金单位需支付的费用比率，投资者申购不同基金时，申购费率可能会因为申购金额的大小而有所不同。一般而言，申购金额越大，申购费率越低。

60.【答案】C

61.【答案】D

【解析】基金持有人可以办理其基金份额在不同销售机构的转托管手续。转托管在转出方进行申报，基金份额转托管一次完成。

62.【答案】B

【解析】认购金额 = 认购份额 ×(1 + 认购费率) = 11 ×(1 + 1.2%) = 11.132(万元)。

63.【答案】A

【解析】申请合格境内机构投资者资格应当拥有符合规定的具有境外投资管理相关经验的人员。具体是指具有 5 年以上境外证券市场投资管理经验和相关专业资质的中级以上管理人员不少于 1 名，具有 3 年以上境外证券市场投资管理相关经验的人员不少于 3 名。

64.【答案】B

【解析】除 ACD 三项外，其他如申购份额和赎回金额的确定、巨额赎回的处理办法等都与一般开放式基金类似。

65.【答案】C

【解析】基金运作披露文件包括：基金份额上市交易公告书、基金资产净值和份额净值公告、基金年度报告、半年度报告、季度报告。ABD 三项均属于基金募集披露的信息。

66.【答案】C

【解析】基金管理人应在每年结束后 90 日内，在指定报刊上披露年度报告摘要，在管理人网站上披露年度报告全文。在上半年结束后 60 日内，在指定报刊上披露半年度报告摘要，在管理人网站上披露半年度报告全文。在每季结束后 15 个工作日内，在指定报刊和管理人网站上披露基金季度报告。

67.【答案】D

【解析】在基金募集和运作过程中，负有信息披露义务的参与主体主要有基金管理人、基金托管人、召集基金份额持有人大会的基金份额持有人。其中，基金份额持有人的信息披露义务主要体现在与基金份额持有人大会相关的披露义务。

68.【答案】C

【解析】在招募说明书封面的显著位置，基金管理人一般会作出"基金过往业绩不预示未来表现；不保证基金一定有盈利，也不保证最低收益"等风险提示。对基金的投资业绩水平进行预测并不科学，应予以禁止。如果基金信息披露中违规承诺收益或承担损失，即被视为对投资者的诱骗及进行不正当竞争。

69.【答案】B

70.【答案】A

71.【答案】B

【解析】A项属于国家法律；C项属于部门规章；D项属于自律规则。

72.【答案】D

【解析】《中国证券业协会证券投资基金销售人员执业守则》第七条规定，基金销售人员从事基金销售活动，应当遵循以下原则：①勤勉尽职原则，即基金销售人员应当本着对投资者高度负责的态度执业，认真履行各项职责；②诚实守信原则，即基金销售人员应当忠实于投资者，以诚实和公正的态度并以合法的方式执业，如实告知投资者可能影响其利益的重要情况；③投资者利益优先原则，即基金销售人员应将投资者的利益置于个人及所在机构的利益之上。

73.【答案】A

【解析】《证券法》第八十六条规定，通过证券交易所的证券交易，投资者持有或者通过协议、其他安排与他人共同持有一个上市公司已发行的股份达到百分之五时，应当在该事实发生之日起三日内，向国务院证券监督管理机构、证券交易所做出书面报告，通知该上市公司，并予公告；在上述期限内，不得再行买卖该上市公司的股票。

74.【答案】A

75.【答案】C

【解析】C项属于证券交易所的职责。除ABD三项外，中国证券业协会基金公司会员部的职责还包括：①组织推动基金管理公司会员诚信建设，管理诚信信息；②维护基金管理公司会员合法利益，反映会员呼声；③负责基金业务数据统计分析；④受理基金管理公司会员的投诉，并调解其纠纷；⑤组织基金管理公司会员开展投资者教育工作等。

76.【答案】A

【解析】《证券投资基金托管资格管理办法》第三条规定，申请基金托管资格的商业银行，应当具备的条件除BCD三项外还有：①最近3个会计年度的年末净资产均不低于20亿元人民币，资本充足率符合监管部门的有关规定；②设有专门的基金托管部门，并与其他业务部门保持独立；③有安全保管基金财产的条件；④有安全高效的清算、交割系统；⑤基金托管部门有满足营业需要的固定场所、配备独立的安全监控系统；⑥有完善的内部稽核监控制度和风险控制制度；⑦法律、行政法规规定的和经国务院批准的中国证监会、中国银监会规定的其他条件。

77.【答案】D

78.【答案】A

【解析】根据《证券投资基金运作管理办法》的规定，基金合同应当约定对基金合同当事人权利、义务产生重大影响，须召开基金份额持有人大会的事项，且基金管理人为持有人大会的第一召集人。

79.【答案】D

【解析】《证券投资基金销售业务信息管理平台管理规定》第六条规定，前台业务系统应当具备为基金投资人以及基金销售人员提供投资资讯的功能，投资资讯应当包括的内容有：①基金基础知识；②基金相关法律法规；③基金产品信息，包括基金基本信息、基金费率、基金转换、手续费支付模式、基金风险评价信息和基金的其他公开市场信息等；④基金管理人和基金托管人信息；⑤基金相关投资市场信息；⑥基金销售分支机构、网点信息。D项属于后台管理系统应具备的交易清算和资金处理的功能。

80.【答案】D

【解析】除ABC三项外，基金代销机构应了解基金管理人的情况还包括经营管理能力。D项属于基金管理人应当了解基金代销机构的情况之一。

二、不定项选择题(本题型共40小题，每小题1分，共40分。各小题所给出的四个选项中，至少有一项正确，请将正确选项的代码填入括号内，不选、少选、错选均不得分。)

81.【答案】AB

【解析】货币证券是指本身能使持有人或第三者取得货币索取权的有价证券。AB两项分别属于货币证券中的银行证券和商业证券；CD两项属于商品证券。

82.【答案】ABCD

83.【答案】ABC

【解析】股东大会应当每年召开一次年会；当出现董事会认为必要或监事会提议召开等情形时，也可召开临时股东大会。

84.【答案】AC

【解析】A项金融远期合约是指合约双方同意在未来日期按照固定价格买卖基础金融资产的合约；C项描述的是金融期权中的看涨期权。

85.【答案】D

【解析】三个月后股票价格下跌至30元，其期货合约的执行价格为34元，因此该投资者的盈亏$=(34-35)\times100=-100$(元)，即亏损100元。

86.【答案】ABD

【解析】场外交易市场的特征在于：①是一个分散的无形市场；②采取做市商制；③是一个拥有众多证券种类和证券经营机构的市场，以未能或无须在证券交易所批准上市的股票和债券为主；④是一个以议价方式进行证券交易的市场；⑤管理比证券交易所宽松。

87.【答案】ABC

【解析】与证券投资相关的所有风险称为总风险，总风险可分为系统性风险和非系统性风险两大类：前者包括政策风险、经济周期波动风险、利率风险和购买力风险等；后者包括信用风险、经营风险、财务风险等。

88.【答案】ABCD

【解析】保险投资产品以获得保障为主要目标，而基金以获取投资收益为主要目标；保险投资产品的预期风险和收益水平低于基金；与基金相比，保险投资产品的流动性、灵活性相对较差。

89. 【答案】ABC

【解析】我国的证券交易所是依法设立的，不以营利为目的，为证券的集中和有组织的交易提供场所、设施，履行国家有关法律法规、规章、政策规定的职责，实行自律性管理的法人。

90. 【答案】CD

【解析】CD 两项描述的是马萨诸塞投资信托基金成立的影响。

91. 【答案】AD

【解析】在分析股票型基金风险时，通常可参考的指标有：净值增长率标准差、持股集中度和行业投资集中度等。BC 两项属于反映基金收益的指标。

92. 【答案】BD

【解析】A 项债券型基金属于中风险等级；C 项股票型基金属于高风险等级。

93. 【答案】ABCD

【解析】基金管理公司内部控制制度是指公司为防范金融风险、保护资产的安全与完整、促进各项经营活动的有效实施而制定的各项业务操作程序、管理与控制措施的总称，一般由公司内部控制大纲、基本管理制度、部门业务规章、业务操作手册等部分组成。

94. 【答案】ACD

【解析】基金管理公司内部控制的总体目标有：①保证公司经营运作严格遵守国家有关法律法规和行业监管规则，自觉形成守法经营、规范运作的经营思想和经营理念；②防范和化解经营风险，提高经营管理效益，确保经营业务的稳健运行和受托资产的安全完整，实现公司的持续、稳定、健康发展；③确保基金、公司财务和其他信息真实、准确、完整、及时。

95. 【答案】ABCD

【解析】基金市场的服务机构包括基金代销机构、基金投资咨询机构和其他服务机构。其中，其他服务机构包括注册登记机构、律师事务所、会计师事务所等。

96. 【答案】ACD

【解析】基金交易费是指基金在进行证券买卖交易时所发生的相关交易费用，我国基金的交易费主要包括印花税、佣金、过户费、经手费、证管费。B 项开户费属于基金运作费。

97. 【答案】AB

【解析】基金托管费是指基金托管人为基金提供托管服务而向基金收取的费用，其收取的比例与基金规模、基金类型有一定关系。

98. 【答案】BC

【解析】对个人投资者从基金分配中获得的股票的股息、红利收入以及企业债券的利息收入，由上市公司和发行债券的企业在向基金派发股息、红利、利息时，代扣代缴 20% 的个人所得税。对投资者从基金分配中获得的国债利息、储蓄存款利息以及买卖股票差价收入，在国债利息收入、个人储蓄存款利息收入以及个人买卖股票差价收入未恢复征收所得税以前，暂不征收所得税。

99. 【答案】ABCD

【解析】基金的市场营销内容主要包括目标市场与投资者的确定、营销环境的分析、营销组合的设计、营销的管理四个方面，而且还需要把握基金市场营销的特征和意义、基金的销售渠道、投资者分析、基金的促销手段和营销推广活动、基金的销售流程、客户服务、投资者教育以及基金销售活动的规范等内容。

100. 【答案】ABCD

【解析】直销是指基金管理公司将基金直接销售给公众，而不经过银行等服务机构进行的销售，其一般通过广告宣传、直接邮寄宣传单、直销人员上门服务以及公司网站等方式使投资者与基金管理公司直接达成交易。

101. 【答案】CD

【解析】为投资者构建合适的基金组合，应选择在预计投资期内，预期收益与投资计划最为接近，风险收益配比与投资者自己风险偏好最为相似的投资组合，这体现了基金销售的适用性原则。

102. 【答案】ABCD

【解析】公共关系所关注的是基金公司为赢得各类公众尊敬所作的努力，这些公众包括新闻媒介、股东、业内机构、监管机构、员工、投资者等。

103. 【答案】ABCD

【解析】除 ABCD 四项外，开展投资者教育的主要内容还包括帮助投资者了解市场。

104. 【答案】AC

【解析】A 项基金管理公司或基金代销机构应当在分发或公布基金宣传推介材料之日起 5 个工作日内递交报告材料；C 项基金管理公司或旗下基金产品获得奖项的，应当引用业界公认比较权威的奖项，且应当避免引用两年前的奖项。

105. 【答案】ACD

【解析】B 项应为"最近 3 年未受过刑事处罚"。除 ACD 三项外，通过证券业从业资格考试或证券投资基金销售人员从业考试的人员通过受聘机构向中国证券业协会申请执业证书应符合的条件还包括：①不存在《证券法》第一百三十二条规定的情形；②法律、行政法规和中国证监会规定的其他条件。从事投资咨询业务的分析人员若要取得执业证书，除满足上述条件外，需具备两年的工作经验。

106. 【答案】BC

【解析】根据《开放式证券投资基金试点办法》的规定，商业银行以及经中国证监会认定的其他机构可以接受基金管理人的委托，办理开放式基金份额的认购、申购和赎回业务。商业银行开办开放式基金份额的认购、申购和赎回业务，应当经中国证监会和中国银监会审查批准。

107. 【答案】ABCD

【解析】开放式基金的募集程序与封闭式基金的募集程序相似，也要经过申请、核准、发售、备案、公告五个步骤。

108. 【答案】ABC

【解析】定期定额投资主要有两大优势：①进入门槛低，这样给尝试购买基金的投资者一个逐渐熟悉的过程；②降低风险，摊薄成本。

109. 【答案】BD

【解析】B 项基金非交易过户主要包括继承、捐赠、司法强制执行和经注册登记机构认可的其他情况下的非交易过户；D 项基金账户或基金份额被冻结的，被冻结部分产生的权益(包括现金分红和红利再投资)一并冻结。

110.【答案】ABC

【解析】认购费用＝认购价格×认购份额×认购费率；认购金额＝认购价格×认购份额×(1＋认购费率)。

111.【答案】ABCD

【解析】LOF份额的转托管业务包含系统内转托管和跨系统转托管两种类型：前者可分为场内到场内和场外到场外；后者可分为场内到场外和场外到场内。

112.【答案】AB

【解析】通过强制性信息披露，迫使隐藏的信息得以及时和充分的公开，从而消除逆向选择和道德风险等问题带来的低效无序状况，提高证券市场的有效性。

113.【答案】AD

【解析】基金运作信息披露文件包括：基金份额上市交易公告书、基金资产净值和份额净值公告、基金年度报告、半年度报告、季度报告。其中，基金年度报告、半年度报告和季度报告统称为"基金定期报告"。

114.【答案】AC

115.【答案】ABC

【解析】在投资组合报告中，货币市场基金应披露报告期内偏离度绝对值在0.25%～0.5%间的次数、偏离度的最高值和最低值、偏离度绝对值的简单平均值等信息。

116.【答案】ABCD

【解析】《证券法》第七十四条规定，证券交易内幕信息的知情人包括：①发行人的董事、监事、高级管理人员；②持有公司百分之五以上股份的股东及其董事、监事、高级管理人员，公司的实际控制人及其董事、监事、高级管理人员；③发行人控股的公司及其董事、监事、高级管理人员；④由于所任公司职务可以获取公司有关内幕信息的人员；⑤证券监督管理机构工作人员以及由于法定职责对证券的发行、交易进行管理的其他人员；⑥保荐人、承销的证券公司、证券交易所、证券登记结算机构、证券服务机构的有关人员；⑦国务院证券监督管理机构规定的其他人。

117.【答案】ABD

【解析】C项《基金管理公司治理准则》属于基金监管中的规范性文件。

118.【答案】ABC

【解析】基金监管的首要目标是保护投资者利益，这一目标是指要使基金投资者免受误导、操纵、欺诈、内幕交易、不公平交易和资产被滥用等行为的损害。

119.【答案】ABCD

【解析】《证券投资基金信息披露管理办法》第二十八条规定，基金托管人应当按照相关法律、行政法规、中国证监会的规定和基金合同的约定，对基金管理人编制的基金资产净值、基金份额净值、基金份额申购赎回价格、基金定期报告和定期更新的招募说明书等公开披露的相关基金信息进行复核、审查，并向基金管理人出具书面文件或者盖章确认。

120.【答案】ABD

【解析】C项禁止基金销售机构违背基金投资人意愿向基金投资人销售与基金投资人风险承受能力不匹配的产品。

三、判断题(本题型共 20 小题,每小题 1 分,共 20 分。判断各小题的对错,正确的用 A 表示,错误的用 B 表示。)

121.【答案】B

【解析】有价证券本身无价值,但由于它代表着一定量的财产权利,可以在证券市场上买卖和流通,客观上具有了交易价格。

122.【答案】A

【解析】优先股持有者的股东权利受到一定限制,但在公司盈利和剩余财产的分配上比普通股股东享有优先权。

123.【答案】B

【解析】公司制证券交易所以营利为目的,利润是其主要收入来源之一,题中所述的是会员制证券交易所。

124.【答案】B

【解析】股票买入价与卖出价之间的差额是资本利得。

125.【答案】B

【解析】基金管理人是基金产品的募集者和管理者,其最主要职责就是按照基金合同的约定,负责基金资产的投资运作,在风险控制的基础上为基金投资者争取最大的投资收益。为了保证基金资产的安全,基金资产必须由独立于基金管理人的基金托管人保管。

126.【答案】B

【解析】目前,在我国承担基金份额注册登记工作的主要是基金管理公司自身和中国证券登记结算有限责任公司。

127.【答案】B

【解析】平衡型基金是既注重资本增值又注重当期收入的一类基金,它的风险、收益介于成长型基金与收入型基金之间。

128.【答案】A

129.【答案】B

【解析】基金托管人一般通过托管业务获取托管费作为其主要的收入来源,托管费收入与托管规模成正比。在一些国家和地区,托管人也通过提供绩效评估、会计核算等增值性业务来扩大收入来源。

130.【答案】A

【解析】公允价值变动损益是指基金持有的采用公允价值模式计量的交易性金融资产、交易性金融负债等公允价值变动形成的应计入当期损益的利得或损失,并于估值日对基金资产按公允价值估值时予以确认。

131.【答案】B

【解析】基金市场营销的持续性是指基金营销作为一种理财产品或服务,不是"一锤子买卖",不能只为销售而销售,而是需要制度化、规范化的持续性服务。

132.【答案】A

133.【答案】B

【解析】公共关系中,与投资者的关系是最为核心的部分,而在与投资者的关系建立和维系中,投资者教育显得尤为重要。

134.【答案】B

【解析】基金管理人和代销机构应当在有证券投资托管业务资格的商业银行开立基金销售的有关账户，并由该银行对账户内的资金进行监督。

135.【答案】B

【解析】封闭式基金的申报价格最小变动单位为 0.001 元人民币。

136.【答案】A

【解析】开放式基金的销售网点(包括代销网点和直销网点)对认购申请的受理并不表示对认购申请的成功确认，而仅代表销售网点确实接受了认购申请。申请的成功确认应以基金登记人的确认登记为准。

137.【答案】B

【解析】现金代替是指在申购基金份额时，允许使用现金作为全部或部分该成分证券的代替，但在赎回基金份额时，该成分证券不允许使用现金作为替代。

138.【答案】A

【解析】完整性原则要求基金信息披露义务人在披露信息时应对该信息的所有方面进行充分的披露，包括对基金信息披露义务人有利和不利的信息。

139.【答案】B

【解析】《证券法》第三十二条规定，向不特定对象发行的证券票面总值超过人民币五千万元的，应当由承销团承销。承销团应当由主承销和参与承销的证券公司组成。

140.【答案】B

【解析】《证券投资基金管理公司管理办法》第四十一条规定，基金管理公司应当建立健全独立董事制度，独立董事人数不得少于 3 人，且不得少于董事会人数的 1/3。董事会审议下列事项应当经过 2/3 以上的独立董事通过：①公司及基金投资运作中的重大关联交易；②公司和基金审计事务，聘请或者更换会计师事务所；③公司管理的基金的半年度报告和年度报告；④法律、行政法规和公司章程规定的其他事项。

证券投资基金销售基础知识过关冲刺题(二)

一、单项选择题(本题型共80小题，每小题0.5分，共40分。各小题所给出的四个选项中，只有一项最符合题目要求，请将正确选项的代码填入括号内，不选、错选均不得分。)

1. 下列关于公募证券与私募证券的说法，不正确的是(　　)。
   A. 公募证券与私募证券是按募集方式不同而对有价证券进行的分类
   B. 公募证券需要采取公示制度，而私募证券不需要
   C. 公募证券面向的是不特定的社会公众投资者，私募证券则是面向少数特定的投资者
   D. 私募证券比公募证券面临更严格的审查条件

2. 证券市场的基本功能不包括(　　)。
   A. 筹资功能　　　　　　　　　　B. 资本定价功能
   C. 资本配置功能　　　　　　　　D. 配合国企转制功能

3. 下列各项中，(　　)是个人投资者的特点。
   A. 投资资金数量大
   B. 收集和分析信息的能力强
   C. 可通过有效的资产组合以分散投资风险
   D. 对市场影响不大

4. 股票是(　　)签发的证明股东所持股份的凭证。
   A. 中国证监会　　B. 有限责任公司　　C. 股份有限公司　　D. 证券交易所

5. 股票最基本的特征是(　　)。
   A. 收益性　　　　B. 风险性　　　　C. 流动性　　　　D. 永久性

6. 境内上市外资股(　　)。
   A. 以外币标明面值，以外币认购　　　　B. 以外币标明面值，以人民币认购
   C. 以人民币标明面值，以外币认购　　　　D. 以人民币标明面值，以人民币认购

7. 根据债券发行条款中是否规定在约定期限向债券持有人支付利息，债券可分为(　　)。
   A. 零息债券、附息债券、息票累积债券和浮动利率债券
   B. 实物债券、凭证式债券和记账式债券
   C. 政府债券、金融债券和公司债券
   D. 国债和地方债券

8. 中国人民银行于2008年4月15日起施行的法规是(　　)。
   A.《银行间债券市场非金融企业债务融资工具管理办法》
   B.《银行间债券市场金融企业债务融资工具管理办法》
   C.《银行间债券市场非金融企业债务融资工具管理条例》
   D.《银行间债券市场金融企业债务融资工具管理条例》

9. 某可转换债券的债券面额为1000元，规定其转换比例为40，则其转换价格为(　　)元。
   A. 40　　　　　　B. 4　　　　　　C. 25　　　　　　D. 12.5

10. 下列证券发行的销售方式中，承销机构承担风险最大的是(　　)。
    A. 代销　　　　　B. 备用包销　　　　C. 全额包销　　　　D. 余额包销

11. 上海证券交易所规定，采用竞价交易方式的，每个交易日的(　　)为开盘集合竞价时间。

A. 13:00~15:00　　　B. 9:30~11:30　　　C. 9:15~9:35　　　D. 9:15~9:25

12. 下列关于上市公司税后利润的分配顺序，正确的是(　　)。

A. 弥补以前年度的亏损→提取法定公积金→提取任意公积金→支付优先股股息→支付普通股股息

B. 弥补以前年度的亏损→支付优先股股息→提取法定公积金→提取任意公积金→支付普通股股息

C. 弥补以前年度的亏损→提取法定公积金→支付优先股股息→提取任意公积金→支付普通股股息

D. 弥补以前年度的亏损→支付优先股股息→提取法定公积金→提取任意公积金→支付普通股股息

13. 下列关于股票股息的说法，错误的是(　　)。

A. 股票股息可以来自公司的新发股票或库存股票

B. 股票股息实际上是将公司当年收益资本化

C. 股票股息只是股东权益账户中不同项目之间的转移

D. 发放股票股息会导致公司资产和股东权益的减少

14. 基金在我国台湾被称为(　　)。

A. 共同基金　　　B. 单位信托基金　　　C. 信托产品　　　D. 证券投资信托基金

15. 从反映的经济关系上来看，股票反映的是_____关系，债券反映的是_____关系，契约型基金反映的是_____关系。(　　)

A. 信托；债权债务；所有权　　　　　　B. 所有权；信托；债权债务

C. 所有权；债权债务；信托　　　　　　D. 债权债务；信托；所有权

16. 与基金相比，信托的投资门槛较高，其认购起点一般不低于(　　)万元。

A. 2　　　　　B. 3　　　　　C. 5　　　　　D. 8

17. 基金管理人与托管人履行各自的权利、义务，并构成(　　)的运行机制。

A. 相互对立　　　B. 相互促进　　　C. 相互竞争　　　D. 相互制衡

18. 基金行业自律机构的成立构成不包括(　　)。

A. 基金管理人　　　　　　　　　　　　B. 基金托管人

C. 基金份额发售机构　　　　　　　　　D. 基金监管机构

19. 从基金在世界范围内的发展史来看，基金在初创阶段主要投资于_____，在类型上主要是_____。(　　)

A. 国内实业和债券；开放式基金　　　　B. 国内实业和债券；封闭式基金

C. 海外实业和债券；开放式基金　　　　D. 海外实业和债券；封闭式基金

20. 目前，我国基金管理的主管机关是(　　)。

A. 中国银监会　　　B. 中国证监会　　　C. 中国人民银行　　　D. 中国证券业协会

21. 根据投资对象的不同，基金可以分为(　　)。

A. 封闭式基金与开放式基金

B. 契约型基金与公司型基金

C. 股票型基金、债券型基金、混合型基金和货币市场基金

D. 成长型基金、收入型基金和平衡型基金

22. ( )一般以稳定收益类证券为主要投资对象。

    A. 成长型基金   B. 收入型基金   C. 平衡型基金   D. 积极型基金

23. 我国货币市场基金不得投资于( )。

    A. 现金

    B. 期限在 1 年以内(含 1 年)的债券回购

    C. 可转换债券

    D. 剩余期限在 397 天以内(含 397 天)的资产支持证券

24. 基金二级市场上交易型开放式指数基金(ETF)的交易价格为 1.315 元,基金份额净值为 1.323 元,则( )。

    A. ETF 的折价率为 0.60%   B. ETF 的溢价率为 0.60%

    C. ETF 的折价率为 100.60%   D. ETF 的溢价率为 100.60%

25. ( )使 ETF 的价格与净值趋于一致。

    A. 基金的套利机制   B. 完全复制指数

    C. 实物申购赎回机制   D. 基金的主动投资

26. 对基金经理的主要分析不包括( )。

    A. 从业年限   B. 资产管理经验   C. 家庭背景   D. 投资风格

27. 代表基金份额_____以上的基金份额持有人就同一事项要求召开基金份额持有人大会,而基金管理人、基金托管人都不召集的,代表基金份额_____以上的基金份额持有人有权自行召集,并报国务院证券监督管理机构备案。( )

    A. 3%;3%   B. 5%;5%   C. 8%;8%   D. 10%;10%

28. ( )是基金管理公司最基本的一项业务。

    A. 基金的募集与销售   B. 投资管理业务

    C. 受托资产管理业务   D. 基金运营

29. 基金管理公司、股东以及公司员工的利益与基金份额持有人的利益发生冲突时,应当优先保障( )的利益。

    A. 基金管理公司   B. 公司股东   C. 公司员工   D. 基金份额持有人

30. 基金托管人内部控制制度应根据国家政策、法律及经营管理的需要适时修改完善,并保证得到全面落实执行,不得有任何空间、时限及人员的例外。这体现了基金托管人内部控制的( )。

    A. 及时性原则   B. 合法性原则   C. 审慎性原则   D. 有效性原则

31. 申请设立证券投资咨询的机构应有( )万元人民币以上的注册资本。

    A. 100   B. 300   C. 500   D. 1000

32. 投资活动中的核心环节是( )。

    A. 基金的募集   B. 基金的交易   C. 基金的登记   D. 基金的托管

33. 基金的( )是指基金托管人代表基金持有人的利益保管基金资产,独立开设基金资产账户,依据基金管理人的指令进行清算和交割,在有关制度和基金契约规定的范围内对基金业务运作进行监督。

    A. 登记   B. 募集   C. 托管   D. 交易

34. 基金管理公司在业务开展和内部管理中面临的主要风险不包括( )。

A. 公司治理结构风险　　　　　　　　B. 业务风险

C. 法律风险　　　　　　　　　　　　D. 信用风险

35. (　　)是计算投资者申购基金份额、赎回资金金额的基础。

A. 基金资产总值　　B. 基金资产净值　　C. 基金份额总数　　D. 基金份额净值

36. 货币市场基金和短债型基金可以从基金资产列支基金销售服务费，费率一般为(　　)。

A. 0.25%　　　　　B. 0.33%　　　　　C. 1.50%　　　　　D. 3.3%

37. 封闭式基金每年不得少于(　　)次进行利润分配。

A. 1　　　　　　　B. 2　　　　　　　C. 3　　　　　　　D. 4

38. 下列各项中，(　　)不属于投资收益。

A. 资产支持证券投资收益　　　　　　B. ETF 替代损益

C. 衍生工具收益　　　　　　　　　　D. 股利收益

39. 基金市场营销围绕(　　)这一核心展开一系列的售前、售中、售后活动。

A. 产品设计　　　　B. 投资者的需求　　C. 投资者关系　　　D. 客户服务

40. 在基金营销环境中，(　　)是指只与公司关系密切、能够影响公司客户服务能力的各种因素。

A. 微观环境　　　　B. 宏观环境　　　　C. 政治环境　　　　D. 法律环境

41. 投资者对基金产品的选择依赖于(　　)。

A. 政治因素和经济因素　　　　　　　B. 宏观因素和微观因素

C. 个人自身因素和环境因素　　　　　D. 外在因素和内在因素

42. (　　)一般具有强大的销售力量和网络渠道，在销售自己产品的时候"搭售"其他基金管理公司的产品。

A. 证券投资咨询机构　　　　　　　　B. 商业银行

C. 证券公司　　　　　　　　　　　　D. 保险公司

43. 《证券投资基金销售适用性指导意见》规定，要求基金销售机构在销售基金和相关产品的过程中，注重根据基金投资者的(　　)销售不同风险等级的产品，把合适的产品卖给合适的基金投资者。

A. 年龄　　　　　　B. 风险偏好　　　　C. 风险承受能力　　D. 财务状况

44. 下列各项中，不属于保守型投资者目的的是(　　)。

A. 保值　　　　　　B. 增值　　　　　　C. 安全　　　　　　D. 稳健

45. (　　)多属于阶段性或短期性刺激工具，用以鼓励投资者在短期内较迅速和大量地购买某一基金产品。

A. 人员推销　　　　B. 广告促销　　　　C. 营业推广　　　　D. 公共关系

46. 下列各要素中，基金促销手段不包括(　　)。

A. 人员推销　　　　B. 广告促销　　　　C. 内部公告　　　　D. 持续营销

47. 下列选项中，不属于交易账户管理业务的是(　　)。

A. 交易账户开户　　B. 交易撤单　　　　C. 交易密码重置　　D. 销户

48. 各基金管理公司必须从管理费用中提取充足的费用作为(　　)，专项用于投资者教育工作费用列支。

A. 教育基金　　　　　　　　　　　　B. 投资者教育工作基金

C. 投资者教育基金　　　　　　　　　D. 投资者教育备付金

49. 《证券投资基金销售管理办法》第十条对证券公司申请基金代销业务资格进行了规定，指出除具备该办法第九条第(二)项至第(九)项规定的条件外，还应当具备其他条件。下列说法错误的是(　　)。

A. 净资本等财务风险监控指标符合中国证监会的有关规定

B. 最近3年没有挪用客户资产等损害客户利益的行为

C. 没有因违法违规行为正在被监管机构调查，或者正处于整改期间

D. 没有发生已经影响或可能影响公司正常运作的重大变更事项，或者诉讼、仲裁等其他重大事项

50. 基金管理人、代销机构应当建立健全档案管理制度，妥善保管基金份额持有人的开户资料和与销售业务有关的其他资料，保存期不少于(　　)年。

A. 10　　　　　B. 15　　　　　C. 20　　　　　D. 25

51. 基金宣传推介材料所使用的语言表述应当准确清晰，还应当特别注意一些事项。下列叙述错误的是(　　)。

A. 不得使用"净值归一"等误导基金投资人的表述

B. 不得使用"坐享财富增长"、"安心享受成长"、"尽享牛市"等易使基金投资人忽视风险的表述

C. 不得使用"欲购从速"、"申购良机"等片面强调集中营销时间限制的表述

D. 在缺乏足够证据支持的情况下，不得使用"名列前茅"、"位居前列"、"首只"、"最大"、"最好"、"最强"、"惟一"等表述，但可以使用"业绩稳健"、"业绩优良"吸引投资者

52. 下列各项中，申请设立封闭式基金时，基金发起人应向监管机构提交的相关文件不包括(　　)。

A. 基金申请报告　　B. 验资报告　　　C. 基金合同草案　　D. 招募说明书草案

53. 封闭式基金募集失败后，所募集的资金和利息必须退还基金投资人，其中，资金利率选用(　　)。

A. SHIBOR　　　　　　　　　　　B. 银行同期活期存款利率

C. 同期国债回购利率　　　　　　　D. 同期交易所市场国债收益率

54. 我国目前封闭式基金交易佣金不得高于成交金额的(　　)。

A. 0.2%　　　　　B. 0.3%　　　　　C. 0.5%　　　　　D. 0.6%

55. 个人投资者开立基金账户时，每个基金账户对应(　　)个股票账户或基金账户。

A. 1　　　　　　B. 2　　　　　　C. 3　　　　　　D. 4

56. 基金的认购费是影响基金销售的因素之一。下列说法正确的是(　　)。

A. 无论何种基金都会收取认购费，只是费率不同而已

B. 开放式基金在基金份额认购上存在前端收费和后端收费两种模式

C. 债券基金的认购费率一般高于股票基金

D. 开放式基金的认购费不得超过认购金额的2%

57. 开放式基金的(　　)一般随持有期增长而递减。对某些基金而言，若持有期超出一定期限，该种收费可以免除。

A. 前端收费　　　B. 后端收费　　　C. 全额收费　　　D. 净额收费

58. 在我国，股票基金、债券基金的赎回采用(　　)交易原则。

A. "未知价"　　　　　B. "确定价"　　　　C. "协商价"　　　　D. "随机价"

59. 开放式基金申购一般采用(　　)方式。

    A. 部分交款　　　　B. 全额交款　　　　C. 随意交款　　　　D. 固定金额交款

60. 下列关于定期定额投资的说法，错误的是(　　)。

    A. 并非所有开放式基金都可以参与定投，这与该基金管理人是否开展该基金的定投业务有关

    B. 不同基金每笔定投的金额下限不尽相同，这主要根据基金管理公司自身的需求设置

    C. 投资者申请办理该项业务，需到该基金的代销机构或营业网点签订相关协议

    D. 定期定额投资不利于培养投资者长期投资的理财习惯

61. 下列关于基金份额冻结的说法中，错误的是(　　)。

    A. 基金份额冻结由基金托管人受理

    B. 基金份额冻结由国家有权机关提出

    C. 基金份额冻结时产生的权益一并冻结

    D. 基金份额冻结由基金注册与过户登记人受理

62. ETF 的建仓期为(　　)个月以内。

    A. 1　　　　　　　　B. 3　　　　　　　　C. 6　　　　　　　　D. 9

63. 境内机构投资者应当依照有关规定向(　　)申请经营外汇业务资格。

    A. 中国证监会　　　B. 国家外汇管理局　　C. 中国人民银行　　　D. 国务院

64. QDII 基金交易与一般开放式基金交易的区别不包括(　　)。

    A. 币种　　　　　　B. 拒绝申购的情形　　C. 暂停申购的情形　　D. 巨额赎回的情形

65. 存续期募集的信息披露主要是指开放式基金在基金合同生效后每(　　)个月披露一次更新的招募说明书。

    A. 1　　　　　　　　B. 2　　　　　　　　C. 3　　　　　　　　D. 6

66. 基金信息披露的内容不包括(　　)。

    A. 募集信息披露　　B. 预期信息披露　　　C. 运作信息披露　　　D. 临时信息披露

67. 基金信息披露的主要义务人不包括(　　)。

    A. 基金管理人

    B. 证券交易所

    C. 基金托管人

    D. 召集基金份额持有人大会的基金份额持有人

68. 下列各类基金信息披露文件中，(　　)的信息量最大。

    A. 基金资产净值公告　　　　　　　　　B. 年度报告

    C. 中期报告　　　　　　　　　　　　　D. 投资组合报告

69. 当基金份额净值计价错误达基金份额净值的(　　)时，属于基金的重大事件，需要在临时公告中予以披露。

    A. 0.25%　　　　　B. 0.5%　　　　　　C. 0.75%　　　　　D. 1%

70. 下列选项中，货币市场基金特殊信息披露方面，不包括(　　)。

    A. 基金收益公告

    B. 基金份额

    C. 影子价格与摊余成本法确定的净值产生较大偏离的情形

D. 净值表现

71. 《证券法》规定，国务院证券监督管理机构或者国务院授权的部门应当自受理证券发行申请文件之日起(　　)个月内，依照法定条件和法定程序作出予以核准或者不予核准的决定。

    A. 1　　　　　　　　B. 2　　　　　　　　C. 3　　　　　　　　D. 6

72. 下列属于证券交易所主要职责的是(　　)。

    A. 教育和组织会员遵守证券法律、行政法规，制定自律规则、执业标准和业务规范，对会员及其从业人员进行自律管理

    B. 依法维护会员的合法权益，向证券监督管理机构反映会员的建议和要求

    C. 对会员之间、会员与客户之间发生的证券业务纠纷进行调解

    D. 对出现重大异常交易情况的证券账户依法限制交易

73. 根据《中华人民共和国证券法》规定，编造且影响证券交易的虚假信息，扰乱证券交易市场的，处以(　　)万元的罚款，构成犯罪的，依法追究刑事责任。

    A. 1 万元以上 10 万元以下　　　　　　B. 3 万元以上 10 万元以下

    C. 1 万元以上 20 万元以下　　　　　　D. 3 万元以上 20 万元以下

74. 《中华人民共和国刑法》规定，证券、期货交易内幕信息的知情人员或者非法获取证券、期货交易内幕信息的人员，犯有内幕交易、泄露内幕信息罪，情节严重的，处_____年以下有期徒刑或者拘役，并处或者单处违法所得_____罚金。(　　)

    A. 3；1 倍以上 5 倍以下　　　　　　　B. 5；1 倍以上 5 倍以下

    C. 3；3 倍以上 10 倍以下　　　　　　D. 5；3 倍以上 10 倍以下

75. 中国证监会基金部的职责不包括(　　)。

    A. 负责总体协调各部门监管关系，提供必要的组织支持

    B. 受理基金管理公司会员的投诉，并调解其纠纷

    C. 根据各监管单位上报的监管信息，建立共享的基金监管信息平台

    D. 组织有关证监局、证券交易所、证券业协会等各监管单位的联席会议，交流监管经验和信息

76. 如果基金名称显示投资方向，应当有(　　)以上的非现金基金资产属于投资方向确定的内容。

    A. 60%　　　　　　　B. 65%　　　　　　　C. 70%　　　　　　　D. 80%

77. 基金管理人应当在每年结束之日起_____日内，编制完成基金年度报告。并将年度报告正文登载在_____上。(　　)

    A. 30；基金管理人和基金托管人的互联网网站

    B. 60；中国证监会指定的全国性报刊

    C. 90；基金管理人和基金托管人的互联网网站

    D. 120；中国证监会指定的全国性报刊

78. 我国基金法规体系中的核心是(　　)。

    A. 《基金管理公司管理办法》　　　　　B. 《证券投资基金法》

    C. 《基金运作管理办法》　　　　　　　D. 《基金信息披露管理办法》

79. 下列关于国家股的说法，不正确的是(　　)。

    A. 国家股权原则上不可以转让

B. 国有股权可由国家授权投资的机构持有

C. 国家股是国有股权的一个组成部分

D. 国有资产管理部门是国有股权行政管理的专职机构

80. (　　)原则是指基金销售机构内各分支机构、部门和岗位职责应保持相对独立，权责分明，相互制衡。

A. 健全性　　　　　B. 有效性　　　　　C. 独立性　　　　　D. 审慎性

二、不定项选择题(本题型共 40 小题，每小题 1 分，共 40 分。各小题所给出的四个选项中，至少有一项正确，请将正确选项的代码填入括号内，不选、少选、错选均不得分。)

81. 下列关于有价证券的说法，正确的有(　　)。

A. 有价证券中的永久性债券可以视为无期证券

B. 有价证券的收益性是指持有证券本身可以获得一定数额的收益

C. 证券的流动性可通过到期兑付、承兑、贴现、转让等方式实现

D. 一般而言，有价证券的风险与预期收益相匹配，且正相关

82. 下列属于虚值期权的是(　　)。

A. 看涨期权的市场价格高于协定价格

B. 看涨期权的市场价格低于协定价格

C. 看跌期权的市场价值高于协定价格

D. 看跌期权的市场价值低于协定价格

83. 下列各项中，(　　)属于基金销售人员从事基金销售活动时禁止的行为。

A. 在销售活动中为自己或他人牟取不正当利益

B. 违规向他人提供基金未公开的信息

C. 同意或默许他人以其本人或所在机构的名义从事基金销售业务

D. 违规对投资者做出盈亏承诺，或与投资者以口头或书面形式约定利益分成或亏损分担

84. 金融衍生工具的基本功能包括(　　)。

A. 套期保值功能　　B. 价格发现功能　　C. 系统风险规避功能　D. 套利功能

85. 关于保险公司次级定期债描述正确的是(　　)。

A. 其期限在 3 年以上(含 3 年)

B. 本金和利息的清偿顺序列于保单责任和其他负债之后，先于保险公司股权资本

C. 所称的保险公司是指依照中国法律在中国境内设立的中资保险公司、中外合资保险公司和外商独资保险公司

D. 中国证监会依法对保险公司次级定期债务的定向募集、转让、还本付息和信息披露行为进行监督管理

86. 下列各项中，不属于证券交易所的特征的是(　　)。

A. 有固定的交易场所和交易时间

B. 一般投资者可以直接进入交易所买卖证券

C. 通过定价的方式决定交易价格

D. 本身可以买卖证券

87. 上市公司公积金的来源有(　　)。

A. 股票溢价发行时，超出股票面值的溢价部分，列入公司的资本公积金

B. 依据《公司法》的规定，每年从税后净利润中按比例提存部分法定公积金

C. 公司经过若干年经营以后资产重估增值部分

D. 公司从其他公司取得的赠与资产

88. 根据投资目标划分，基金可以划分为(　　　)。

A. 成长型基金　　　B. 收入型基金　　　C. 产业型基金　　　D. 平衡型基金

89. 目前，我国基金销售的主要渠道有(　　　)。

A. 证券公司　　　　　　　　　　　B. 商业银行

C. 专业基金销售机构　　　　　　　D. 证券投资咨询机构

90. 全球基金业发展的趋势与特点有(　　　)。

A. 美国占据主导地位，其他国家发展迅猛

B. 封闭式基金是基金的主流产品

C. 开放式基金是基金的主流产品

D. 基金市场竞争加剧，行业集中趋势突出

91. 下列选项中，不属于非系统风险的是(　　　)。

A. 经济周期性波动风险　　　　　　B. 利率风险

C. 购买力风险　　　　　　　　　　D. 企业的信用风险

92. 持仓风格包括持股仓位的(　　　)等。

A. 高低　　　　B. 调整幅度　　　　C. 调整频率　　　　D. 结构

93. 基金管理公司的主要业务包括(　　　)。

A. 基金募集与销售　B. 投资管理　　　C. 受托资产管理　　　D. 基金运营

94. 基金管理公司内部控制遵循的基本原则有(　　　)。

A. 有效性原则　　　B. 独立性原则　　　C. 独创性原则　　　D. 相互制约原则

95. 基金投资咨询公司是指向投资者提供(　　　)等咨询服务的机构。

A. 基金投资分析　　B. 基金资料与数据　C. 基金评级　　　D. 投资建议

96. 在存在活跃市场的情况下，下列有关股票投资公允价值的表述正确的是(　　　)。

A. 当日有市价，应当采用市价确定股票投资的公允价值

B. 当日没有市价，且最近交易日后经济环境没有发生重大变化的，应当参考类似投资的现行价格确定股票投资的公允价值

C. 当日没有市价或现行出价，且最近交易日后经济环境发生了重大变化的，应当参考类似投资的现行价格，调整最近交易的市价，以确定股票投资的公允价值

D. 有充分证据表明最近交易的市价或出价不是公允价值的，应对最近交易的市价进行调整，以确定股票投资的公允价值

97. 基金的运作费用包括(　　　)。

A. 律师费　　　　B. 开户费　　　　C. 上市年费　　　　D. 银行汇划手续费

98. 下列属于利息收入的是(　　　)。

A. 结算备付金　　　　　　　　　　B. 存出保证金

C. 股利收入　　　　　　　　　　　D. 买入返售金融资产收入

99. 微观环境是指与公司关系密切、能影响公司客户服务能力的各种因素，包括(　　　)。

A. 股东支持　　　B. 营销渠道　　　C. 投资者　　　D. 竞争对手

100. 基金营销主要由（　　）承担。
    A. 基金销售机构　　　　　　　　B. 基金管理公司内设的交易部门
    C. 基金管理公司内设的投资部门　D. 基金管理公司内设的市场部门

101. 基金市场上存在着的需求主体有（　　）
    A. 个人投资者　　B. 上市公司　　C. 机构投资者　　D. 政府

102. 广告通过各种媒体和方式向投资者传播，如（　　）等。
    A. 印刷媒体　　　　　　　　　　B. 户外和公共交通广告
    C. 移动电视媒体　　　　　　　　D. 网站在线服务

103. 关于提供投资咨询的注意事项，下列说法正确的是（　　）。
    A. 基金产品作为一种金融产品，属于知识型的产品，专业术语不易理解
    B. 介绍基金产品应该尽量使用专业术语
    C. 在基金产品解说的过程中，如有不当的行为或是言辞上的暗示都会造成投资者对未来服务或是产品的错误期望
    D. 基金营销人员在解说产品时，一定要用正确的方法与步骤，否则有可能引发投诉、争议甚至诉讼

104. 下列关于商业银行申请基金代销业务资格应当具备的条件的说法，正确的有（　　）。
    A. 资本充足率必须达到监管要求
    B. 必须设立负责基金代销业务的部门
    C. 财务状况良好，运作规范稳定，最近 5 年内没有因违法违规行为受到行政处罚或者刑事处罚
    D. 公司及其主要分支机构负责基金代销业务的部门取得基金从业资格的人员不低于该部门员工人数的 1/3

105. 基金管理公司或基金代销机构出现使用基金宣传推介材料违规情形的，中国证监会或证监局可以对直接负责的基金管理公司或基金代销机构高级管理人员和其他直接责任人员，采取（　　）。
    A. 监管谈话　　　　　　　　　　B. 出具警示函
    C. 暂停履行职务　　　　　　　　D. 认定为不适宜担任相关职务者

106. 买入与卖出封闭式基金份额，对于申报数量要求描述错误的是（　　）。
    A. 为 100 份或其整数倍
    B. 为 1000 份或其整数倍
    C. 基金单笔最大数量应当低于 10 万份
    D. 基金单笔最大数量应当低于 100 万份

107. 开放式基金的交易种类包括（　　）。
    A. 认购　　　　　B. 募集　　　　　C. 赎回　　　　　D. 转换

108. 以下关于开放式基金说法，正确的有（　　）。
    A. 投资者在基金募集期内购买基金份额的行为被称为基金的申购
    B. 申购、赎回股票基金当时就可以获知买卖价格
    C. 投资者在申购、赎回货币市场基金时可以即时获知买卖的成交价格
    D. 开放式股票基金的申购、赎回原则是"金额申购，份额赎回"

109. 下列关于非交易过户的主要类型的说法，正确的有（　　）。

A. "继承"指基金份额持有人死亡，其持有的基金份额由其合法的继承人继承

B. "捐赠"指基金管理人将其合法管理的基金份额捐赠给福利性质的基金会或社会团体的情形

C. "司法强制执行"指司法机构依据生效司法文书，将基金份额持有人持有的基金份额强制划转给其他自然人、法人、社会团体或其他组织

D. 接受划转的主体应符合相关法律法规和基金合同规定的可持有本基金份额的投资者的条件

110. LOF 份额的跨系统转托管业务包含(　　)。

A. 从场内到场内转托管　　　　　　　B. 从场外到场外转托管

C. 从场内到场外转托管　　　　　　　D. 从场外到场内转托管

111. 下列关于基金的登记流程，说法正确的是(　　)。

A. T 日，投资者的申购(认购)、赎回申请信息通过代销机构网点传送至代销机构总部

B. 由代销机构总部将本代销机构的申购(认购)、赎回申请信息汇总后统一传送至登记机构

C. 登记机构于 T + 2 日根据 T + 1 日各代销机构的申购(认购)、赎回申请数据及 T + 1 日的基金份额净值统一进行确认处理；并将确认的基金份额登记至投资者的账户，然后将确认后的申购(认购)、赎回数据信息下发至各代销机构

D. 各代销机构再下发至各所属网点，同时登记机构也将登记数据发送至基金托管人

112. 基金信息披露应满足的原则包括(　　)。

A. 准确性原则　　　B. 完整性原则　　　C. 真实性原则　　　D. 及时性原则

113. 目前，我国基金信息披露的方式有(　　)。

A. 通过中国证监会指定报刊披露信息

B. 通过中国证监会指定网站披露信息

C. 直接邮寄给基金份额持有人

D. 信息披露可同时在其他公共媒体、指定报刊和网站进行

114. 基金管理人和托管人召集基金份额持有人大会的，应至少提前 30 日公告大会的(　　)等事项。

A. 召开时间　　　B. 会议形式　　　C. 审议事项　　　D. 表决方式

115. 下列属于信息披露"重大性"概念的标准的是(　　)。

A. 证券交易量标准　　　　　　　　　B. 影响证券市场价格标准

C. 影响投资者决策标准　　　　　　　D. 证券交易双方社会地位的标准

116. 中国证监会派出机构的主要职责包括(　　)。

A. 对辖区内的上市公司的证券、期货业务活动进行监督管理

B. 对辖区内的证券、期货经营机构的证券、期货业务活动进行监督管理

C. 对辖区内的证券期货投资咨询机构的证券、期货业务活动进行监督管理

D. 查处辖区范围内的违法、违规案件

117. 《公司法》中，有关完善公司法人治理结构，健全内部监督制约机制，提高公司运作效率的具体内容有(　　)。

A. 强化监事会作用

B. 明确了董事、监事、高级管理人员的义务和责任

C. 从总体要求公司应当建立权责规范、制度完善、各负其责、有效制衡的内部管理机制

D. 健全董事会制度，突出董事会集体决策作用，强化对董事长权力的制约，细化董事会会议制度和工作程序

118. 基金监管的原则包括( )。

A. 依法监管原则　　　　　　　　　　B. "三公"原则

C. 审慎监管原则　　　　　　　　　　D. 监管的连续性和有效性原则

119. 中国证监会依照法律、行政法规、中国证监会规定和审慎监管原则对基金管理公司的( )，以及相关业务活动进行非现场检查和现场检查。

A. 公司治理　　　B. 内部监控　　　C. 经营运作　　　D. 风险状况

120. 《证券投资基金销售业务信息管理平台管理规定》要求销售机构信息管理平台应( )。

A. 具备基金销售业务信息流和资金流的监控核对机制

B. 保障基金投资人资金流动的安全性

C. 具备基金销售人员的管理、监督和投诉机制

D. 支持基金销售适用性原则在基金销售业务中的运用

三、判断题(本题型共 20 小题，每小题 1 分，共 20 分。判断各小题的对错，正确的用 A 表示，错误的用 B 表示。)

121. 凡在国外证券交易所发行的证券均为国际证券；凡在国内证券交易所发行的证券均为国内证券。( )

122. 股票的理论价格等于用一定的必要收益率计算出来的股票未来收益的现值。( )

123. 投资者在开立证券账户和资金账户后，才能进行证券买卖活动。( )

124. 债券的收益与股票的收入一样，都取决于公司的盈利情况。( )

125. 与股票、债券相比，基金的风险最低。这主要是因为基金实行组合投资，能够有效地分散风险。( )

126. 证券投资基金作为社会化的理财工具，起源于美国。( )

127. 主动型基金是指积极试图复制指数表现的基金。( )

128. 基金管理人未按规定召集或者不能召集时，由基金份额持有人召集。( )

129. 一般情况下，基金银行存款账户、基金清算备付金余额、基金证券账户的各类证券资产数量、余额每周核对。( )

130. 基金会计核算中，基金会计核算的责任主体是基金托管人。( )

131. 基金市场营销也就是销售或推销。( )

132. 区分现有市场和潜在市场，加大对现有市场的投入力度，比大范围撒网捞鱼的销售策略更加有效。( )

133. 计划实施概要是指对计划中的主要目标和建议进行简短的概述，使相关部门和人员能快速地浏览整个计划的内容。( )

134. 基金合同生效 1 年以上但不满 20 年的，应当登载自合同生效当年开始所有完整会计年度的业绩。( )

135. 封闭式基金的交易和股票交易一样遵从"价格优先、时间优先"的原则。( )

136. 开放式基金的赎回费在扣除手续费后，余额不得低于赎回费总额的 30% 。( )

137. 基金持有人可以办理其基金份额在不同销售机构的转托管手续。( )

138. 规范性原则要求用精确的语言披露信息，在内容和表达方式上不使人误解，不得使用模棱两可的语言。（　　）

139. 进人证券交易所参与集中交易的，可以是证券交易所的会员，也可以是在证券交易所开账户的个人投资者。（　　）

140. 当发现基金管理公司的高级管理人员直系亲属拟移居境外或者已在境外定居时，督察长应当在知悉这个信息之日起 3 个工作日内向中国证监会报告。（　　）

答案与解析

一、单项选择题(本题型共 80 小题，每小题 0.5 分，共 40 分。各小题所给出的四个选项中，只有一项最符合题目要求，请将正确选项的代码填入括号内，不选、错选均不得分。)

1. 【答案】D
【解析】按募集方式分类，有价证券可以分为公募证券和私募证券：前者是指发行人通过服务机构向不特定的社会公众投资者公开发行的证券，其审核较严格并采取公示制度；后者是指向少数特定的投资者发行的证券，其审查条件相对宽松，投资者也较少，不采取公示制度。

2. 【答案】D
【解析】证券市场的基本功能包括筹资—投资功能、资本定价功能、资本配置功能。D 项配合国企转制是我国证券市场在特定条件下具有的功能，并非所有的证券市场都具备这一功能和任务。

3. 【答案】D
【解析】机构投资者对市场的影响较大，而个人投资者对市场的影响微乎其微。ABC 三项属于机构投资者的共同特点。

4. 【答案】C
【解析】股票是一种有价证券，是股份有限公司签发的证明股东所持股份的凭证。股票代表着其持有者(即股东)对股份公司的所有权，这种所有权是一种综合权利。

5. 【答案】A
【解析】股票具有五大特征，即收益性、风险性、流动性、永久性和参与性。其中收益性是股票最基本的特征，是指股票可以为持有人带来收益的特性。

6. 【答案】C
【解析】B 股(即境内上市外资股)是指以人民币为股票面值，以外币为认购和交易币种的股票，它是境外投资者和国内投资者向我国的股份有限公司投资而形成的股份。

7. 【答案】A

8. 【答案】A
【解析】中国人民银行于 2008 年 4 月 15 日起施行《银行间债券市场非金融企业债务融资工具管理办法》。其中，非金融企业债务融资工具是指具有法人资格的非金融企业在银行间债券市场发行的、约定在一定期限内还本付息的有价证券。

9. 【答案】C
【解析】根据转换价格 = 可转换债券面值/转换比例，可得：该可转换债券的转换价格 = $1000/40 = 25$(元)。

10. 【答案】C

   【解析】按照发行风险的承担、所筹资金的划拨以及手续费的高低等因素划分，承销方式有包销和代销两种。其中，包销又可分为全额包销和余额包销。全额包销是指由承销商先全额购买发行人该次发行的证券，再向投资者发售，由承销商承担全部风险的承销方式。

11. 【答案】D

   【解析】集合竞价是指在每个交易日上午9:25，证券交易所电脑主机对9:15～9:25接受的全部有效委托进行一次集中撮合处理的过程。

12. 【答案】A

13. 【答案】D

   【解析】股票股息是股东权益账户中不同项目之间的转移，对公司的资产、负债、股东权益总额不产生影响。

14. 【答案】D

   【解析】基金在美国被称为"共同基金"，在英国和我国香港特别行政区被称为"单位信托基金"，在欧洲一些国家被称为"集合投资基金"或"集合投资计划"，在日本和我国台湾地区则被称为"证券投资信托基金"。

15. 【答案】C

   【解析】股票反映的是一种所有权关系，是一种所有权凭证，投资者购买股票后就成为公司的股东；债券反映的是债权债务关系，是一种债权凭证，投资者购买债券后就成为公司的债权人；基金本质上反映的是一种信托关系，是一种受益凭证，投资者购买基金份额就成为基金的受益人。

16. 【答案】C

17. 【答案】D

   【解析】基金管理人与托管人中任何一方有违规之处，对方应当监督并积极制止，直至请求更换违规方，构成了相互制衡的关系。

18. 【答案】D

   【解析】基金行业自律组织是由基金管理人、基金托管人或基金份额发售机构等服务机构成立的同业协会。同业协会在促进同业交流、提高从业人员素质、加强行业自律管理、促进行业发展中具有重要的作用。

19. 【答案】D

20. 【答案】B

   【解析】《证券法》第七条规定，国务院证券监督管理机构(即中国证监会)依法对全国证券市场实行集中统一监督管理。

21. 【答案】C

   【解析】A项的划分依据是运作方式的不同；B项的划分依据是法律形式的不同；D项的划分依据是投资目标的不同。

22. 【答案】B

   【解析】收入型基金是指以追求稳定的当期收入为基本目标的基金，它主要投资于大盘蓝筹股、公司债券、政府债券等稳定收益类证券。

23. 【答案】C

【解析】一般而言，货币市场基金投资于具有良好流动性的货币市场工具。货币市场基金不得投资于以下金融工具：股票、可转换债券，剩余期限超过397天的债券、信用等级在AAA级以下的企业债券、国内信用评级机构评定的A－1级或相当于A－1级的短期信用级别及其该标准以下的短期融资券、流通受限的证券。

24. 【答案】A

【解析】当ETF二级市场价格高于其份额净值时，为溢价交易；反之，为折价交易。可见，该ETF为折价率，其计算为：

$$折价率 = \left| \frac{二级市场 - 基金份额净值}{基金份额净值} \right| \times 100\% = \left| \frac{1.315 - 1.323}{1.323} \right| \times 100\% = 0.60\%。$$

25. 【答案】A

【解析】套利机制的存在将会迫使ETF二级市场价格与净值趋于一致，使ETF既不会出现类似封闭式基金二级市场大幅折价交易、股票大幅溢价交易现象，也克服了开放式基金不能进行盘中交易的弱点。

26. 【答案】C

【解析】对基金经理的主要分析包括：①学历、从业年限及工作背景；②资产管理经验及管理业绩评估；③投资风格，即在市场时机判断和证券选择上有没有特殊表现。

27. 【答案】D

28. 【答案】B

【解析】基金管理公司主要业务包括基金的募集与销售、投资管理、受托资产管理业务、基金运营和投资咨询服务业务。其中，投资管理业务是指基金管理公司根据专业的投资知识与经验投资运作基金资产的行为，是基金管理公司最基本的一项业务。

29. 【答案】D

【解析】遵循基金份额持有人利益优先是公司治理遵循的基本原则。

30. 【答案】D

31. 【答案】A

【解析】根据《证券、期货投资咨询管理暂行办法》的规定，申请设立证券投资咨询的机构应当具备的条件有：①有5名以上取得证券投资咨询从业资格的专职人员，其高级管理人员中，至少有1名取得证券投资咨询从业资格；②有100万元人民币以上的注册资本；③有固定的业务场所及与业务相适应的通讯及其他信息传递设施；④有公司章程；⑤有健全的内部管理制度；⑥具备中国证监会要求的其他条件。

32. 【答案】B

【解析】基金的交易是指基金投资者投资实现的方式和过程，是投资活动中的核心环节。

33. 【答案】C

34. 【答案】D

【解析】基金管理公司在业务开展和内部管理中面临的风险主要有：公司治理结构风险、员工道德风险、法律风险、业务风险、其他风险。

35. 【答案】D

【解析】基金份额净值是计算投资者申购基金份额、赎回资金金额的基础，也是评价基金投资业绩的基础指标之一。其计算公式为：基金份额净值 $= \dfrac{基金资产净值}{基金总份额}$。

36. 【答案】A

37. 【答案】A

【解析】根据《证券投资基金运作管理办法》的规定，封闭式基金的收益分配每年不得少于1次，封闭式基金年度收益分配比例不得低于基金年度已实现收益的90%。

38. 【答案】B

【解析】投资收益是指基金经营活动中因买卖股票、债券、资产支持证券、基金等实现的差价收益，因股票、基金投资等获得的股利收益，以及衍生工具投资产生的相关损益，如卖出或放弃权证、权证行权等实现的损益。具体包括股票投资收益、债券投资收益、资产支持证券投资收益、基金投资收益、衍生工具收益、股利收益等。B项ETF替代损益属于其他收入。

39. 【答案】B

【解析】基金的市场营销是基金销售机构从市场和投资者需求出发所进行的基金产品设计、销售、售后服务等一系列活动的总称。因此，基金市场营销应以投资者的需求为核心。

40. 【答案】A

【解析】通常，营销环境由微观环境和宏观环境组成。其中，微观环境是指只与公司关系密切、能够影响公司客户服务能力的各种因素，主要包括股东支持、销售渠道、投资者、竞争对手及公众。

41. 【答案】D

【解析】投资者对基金产品的选择依赖于外在因素和内在因素两个方面：前者如个人成长的文化背景、社会阶层、家庭、身份和社会地位；后者有心理上的，如动机、感觉、风险承受能力、对新产品的态度等，还有个人自身的因素，如人生阶段、年龄、职业、生活方式和个性等。

42. 【答案】D

【解析】保险公司一般具有强大的销售力量和网络渠道，在推销保险产品的同时可以销售基金产品。但保险公司的销售渠道还没有成为一个"开放式平台"，保险公司只是在销售自己产品的时候"搭售"其他基金管理公司的产品。

43. 【答案】C

44. 【答案】B

【解析】保守型的投资者以稳健、安全、保值为目的，风险承受能力较低，可为其选择低风险等级的基金产品或组合，例如，货币型基金、保本型基金。

45. 【答案】C

【解析】A项人员推销是依靠销售人员发挥主观能动作用，运用各种说服技巧达到销售的目的；B项广告促销是通过各种传播媒体向特定的目标市场成员或投资者传递信息以使他们相信其产品、服务、组织或构思的一种手段；D项公共关系所关注的是公司为赢得公众尊敬所作的努力。

46. 【答案】C

【解析】基金销售机构在提供基金产品销售时必须与目标市场进行沟通，告知目标市场要提供的产品，并通过人员推销、广告促销、营业推广、公共关系和持续营销等手段来达到沟通的目的。

47. 【答案】B

【解析】交易账户管理业务主要包括交易账户开户、资料修改、解锁、交易密码重置、交易密码修改、销户等业务。

48. 【答案】C

【解析】各基金管理公司必须从管理费用中提取充足的费用作为投资者教育基金，专项用于投资者教育工作费用列支。此项费用不得用于产品经营销售、公司形象宣传等其他用途。

49. 【答案】B

【解析】B项应为"最近2年没有挪用客户资产等损害客户利益的行为"。

50. 【答案】B

51. 【答案】D

【解析】D项在缺乏足够证据支持的情况下，不得使用"业绩稳健"、"业绩优良"、"名列前茅"、"位居前列"、"首只"、"最大"、"最好"、"最强"、"惟一"等表述。

52. 【答案】B

【解析】申请募集封闭式基金应提交的主要文件包括：基金申请报告、基金合同草案、基金托管协议草案、招募说明书草案等。其中，基金合同草案、基金托管协议草案、招募说明书草案等文件是基金管理人向中国证监会提交的申请核准文本，还未正式生效，因此被称为"草案"。

53. 【答案】B

【解析】基金募集期限届满，基金不满足有关募集要求的，基金募集失败，基金管理人应承担的责任有：①以固有财产承担因募集行为而产生的债务和费用；②在基金募集期限届满后30日内返还投资者已缴纳的款项，并加计银行同期存款利息。

54. 【答案】B

【解析】按照沪、深证券交易所公布的收费标准，我国基金交易佣金不得高于成交金额的0.3%（深圳证券交易所特别规定该剩余水平不得低于代收的证券交易监管费和证券交易经手费，上海证券交易所无此规定），起点5元，由证券公司向投资者收取。

55. 【答案】A

【解析】个人投资者开立基金账户需持本人身份证到证券登记机构办理开户手续。每位投资者只能开设和使用1个资金账户，并只能对应1个股票账户或基金账户。

56. 【答案】B

【解析】A项货币市场基金一般不收取认购费；C项我国股票基金的认购费率大多在1%~1.5%左右，债券基金的认购费率通常在1%以下；D项开放式基金的认购费不得超过认购金额的5%。

57. 【答案】B

【解析】在基金份额认购上存在前端收费和后端收费两种模式。其中，后端收费模式是指在认购基金份额时不收费，在赎回基金时才支付认购费用的收费模式，其设计的目的是为鼓励投资者能够长期持有基金，因为后端收费的认购费率一般会随着投资时间的延长而递减，甚至不再收取认购费用。

58. 【答案】A

【解析】股票基金、债券基金采用"未知价"交易原则；货币型基金采用"确定价"交易原则。

59. 【答案】B

【解析】开放式基金申购采用全额交款方式。若资金在规定时间内未全额到账，则申购不成功；申购不成功或无效，款项将退回投资者账户。

60. 【答案】D

【解析】D 项定期定额投资有利于培养投资者长期投资的理财习惯。

61. 【答案】A

【解析】基金注册与过户登记人只受理国家有权机关依法要求的基金账户或基金份额的冻结与解冻。基金账户或基金份额被冻结的，被冻结部分产生的权益（包括现金分红和红利再投资）一并冻结。

62. 【答案】B

【解析】基金合同生效后，基金管理人应逐步调整实际组合直至达到跟踪指数要求，此过程为 ETF 建仓阶段，且 ETF 的建仓期不超过 3 个月。

63. 【答案】B

【解析】因为 QDII 基金是对海外市场进行投资，所以境内机构投资者应当依照有关规定向国家外汇管理局申请经营外汇业务资格。

64. 【答案】D

【解析】QDII 基金的申购份额和赎回金额的确定、巨额赎回的处理办法等都与一般开放式基金类似。

65. 【答案】D

【解析】基金募集信息披露可以分为首次募集信息披露和存续期募集信息披露。其中，存续期募集信息披露主要指开放式基金在基金合同生效后每 6 个月披露一次更新的招募说明书。

66. 【答案】B

67. 【答案】B

【解析】在基金募集和运作中，负有信息披露义务的参与主体主要有基金管理人、基金托管人、召集基金份额持有人大会的基金份额持有人。

68. 【答案】B

【解析】基金运作信息披露文件主要包括基金净值公告、季度报告、基金半年度报告、年度报告及基金上市交易公告书等。基金年度报告是基金的各类信息披露文件中信息量最大的文件，在会计年度结束后 90 日内经过审计后予以公告。

69. 【答案】B

【解析】基金的重大事件包括：基金份额持有人大会的召开，提前终止基金合同，延长基金合同期限，转换基金运作方式，更换基金管理人或基金托管人，基金管理人的董事长、总经理及其他高级管理人员、基金经理和基金托管人的基金托管部门负责人发生变动，涉及基金管理人、基金财产、基金托管业务的诉讼，基金份额净值计价错误达基金份额净值的 0.5%，开放式基金发生巨额赎回并延期支付等等。

70. 【答案】B

【解析】货币市场基金的特殊信息披露内容具体包括基金收益公告、影子价格与摊余成本法确定的净值产生较大偏离的情形等方面，具体有：①货币市场基金收益公告；②偏离度公告；③货币市场基金净值表现；④货币市场基金投资组合报告。

71.【答案】C

【解析】《证券法》第二十四条规定，国务院证券监督管理机构或者国务院授权的部门应当自受理证券发行申请文件之日起3个月内，依照法定条件和法定程序作出予以核准或者不予核准的决定，发行人根据要求补充、修改发行申请文件的时间不计算在内；不予核准的，应当说明理由。

72.【答案】D

【解析】ABC三项属于中国证券业协会的主要职责。

73.【答案】D

【解析】《证券法》第二百零七条规定，在证券交易活动中做出虚假陈述或者信息误导的，责令改正，处以3万元以上20万元以下的罚款；属于国家工作人员的，还应当依法给予行政处分。

74.【答案】B

75.【答案】B

【解析】B项属于中国证券业协会基金公司会员部的职责。

76.【答案】D

【解析】《证券投资基金运作管理办法》第三十条规定，基金名称显示投资方向的，应当有80%以上的非现金基金资产属于投资方向确定的内容。

77.【答案】C

78.【答案】B

【解析】我国基金业已经初步形成一套以《证券投资基金法》为核心、各类部门规章和规范性文件为配套的完善的基金监管法律法规体系。

79.【答案】A

【解析】A项国家股权可以转让，但转让应符合国家的有关规定。

80.【答案】C

【解析】《证券投资基金销售机构内部控制指导意见》第四条规定，基金销售机构内部控制应履行健全、有效、独立、审慎的原则。其中，独立性原则是指基金销售机构内各分支机构、部门和岗位职责应保持相对独立，权责分明，相互制衡。

二、不定项选择题(本题型共40小题，每小题1分，共40分。各小题所给出的四个选项中，至少有一项正确，请将正确选项的代码填入括号内，不选、少选、错选均不得分。)

81.【答案】ABCD

【解析】永久性债券没有期限，可以视为无期证券；风险越大，收益越大，反之则反之。

82.【答案】BC

【解析】对看涨期权而言，若市场价格高于协定价格，期权的买方执行期权将有利可图，此时为实值期权；对看跌期权而言，市场价格低于协定价格为实值期权。AD两项均为虚值期权。

83.【答案】ABCD

84.【答案】ABD

【解析】金融衍生工具的基本功能包括套期保值功能、价格发现功能、投机功能、套利功能。C 项属于股指期货独有功能。

85. 【答案】BC

【解析】A 项保险公司次级债期限在 5 年以上（含 5 年）；D 项应为中国保监会的监管职责。

86. 【答案】BCD

【解析】证券交易所的特征包括：①有固定的交易场所和交易时间；②参加交易者为具备会员资格的证券经营机构，交易采取经纪制，即一般投资者不能直接进入交易所买卖证券，只能委托会员作为经纪人间接进行交易；③交易的对象限于合乎一定标准的上市证券；④通过公开竞价的方式决定交易价格；⑤集中了证券的供求双方，具有较高的成交速度和成交率；⑥实行"公开、公平、公正"原则，并对证券交易加以严格管理。

87. 【答案】ABCD

【解析】除 ABCD 四项外，上市公司公积金的来源还包括股东大会决议后提取的任意公积金。

88. 【答案】ABD

【解析】按投资目标划分，基金可分为以下三种：①成长型基金，追求的是基金资产的长期增值；②收入型基金，主要投资于可带来现金收入的有价证券，以获取当期的最大收入；③平衡型基金，将资产分别投资于两种不同特性的证券上，并在以取得收入为目的的债券及优先股和以资本增值为目的的普通股之间进行平衡。

89. 【答案】AB

【解析】我国开放式基金的销售已逐渐形成了以银行代销、证券公司代销及基金管理公司直销为主的销售体系。CD 两项的其他销售渠道初步出现。

90. 【答案】ACD

91. 【答案】ABC

【解析】风险可以划分为系统风险和非系统风险，其中非系统风险主要是来自于公司、企业内部的风险，如企业的信用风险、经营风险等。ABC 三项属于系统风险。

92. 【答案】ABC

【解析】常见的基金投资风险分析可以从持仓风格、持股风格、行业配置风格等几个角度进行。其中，持仓风格包括持股仓位的高低、持股仓位的调整幅度和频率等。

93. 【答案】ABCD

【解析】基金管理公司在基金运作中起着核心作用，它的主要业务包括基金的募集与销售、投资管理、受托资产管理业务、基金运营和投资咨询服务业务。

94. 【答案】ABD

【解析】基金管理公司内部控制遵循的基本原则包括：①健全性原则；②有效性原则；③独立性原则；④相互制约原则；⑤成本效益原则。

95. 【答案】ABD

【解析】C 项基金评级是基金评级机构提供的服务。

96. 【答案】ACD

【解析】B 项应为当日没有市价，且最近交易日后经济环境没有发生重大变化的，应采用最近交易的市价确定股票投资的公允价值。

97. 【答案】ABCD

【解析】基金运作费指为保证基金正常运作而发生的应由基金承担的费用，包括审计费、律师费、上市年费、信息披露费、分红手续费、持有人大会费、开户费、银行汇划手续费等。

98.【答案】ABD

【解析】利息收入是指基金经营活动中因债券投资、资产支持证券投资、银行存款、结算备付金、存出保证金、按买入返售协议融出资金等而实现的利息收入，其具体包括债券利息收入、资产支持证券利息收入、存款利息收入、买入返售金融资产收入等。C 项股利收入属于投资收益。

99.【答案】ABCD

【解析】通常，营销环境由微观环境和宏观环境两部分组成：前者是指只与公司关系密切、能够影响公司客户服务能力的各种因素，主要包括股东支持、销售渠道、投资者、竞争对手及公众；后者是指能影响整个微观环境的、广泛的社会性因素，包括人口、经济、政治、法律、技术、文化等因素。

100.【答案】AD

【解析】基金的市场营销主要由基金管理公司内设的市场部门及基金销售机构承担。在基金营销过程中基金管理公司及基金销售机构必须注意遵循监管机构的规定，加强自身的合规性控制，规范营销人员的行为。

101.【答案】AC

102.【答案】ABCD

【解析】广告通过各种媒体和方式向投资者传播，如印刷媒体、广播媒体、户外和公共交通广告、移动电视媒体、直接营销和网站在线服务等。

103.【答案】ACD

【解析】B 项介绍基金产品必须通俗化、简单化，少用专业术语。

104.【答案】AB

【解析】《证券投资基金销售管理办法》第九条规定了商业银行申请基金代销业务资格应当具备的条件，公司及其主要分支机构负责基金代销业务的部门取得基金从业资格的人员不低于该部门员工人数的 1/2，同时商业银行最近 3 年内没有因违法违规行为受到行政处罚或者刑事处罚。

105.【答案】ABCD

【解析】基金管理公司或基金代销机构出现使用基金宣传推介材料违规情形的，中国证监会或证监局可以对直接负责的基金管理公司或基金代销机构高级管理人员和其他直接责任人员，采取监管谈话、出具警示函、记入诚信档案、暂停履行职务、认定为不适宜担任相关职务者等行政监管措施，或建议公司或机构免除有关高管人员的职务。

106.【答案】BC

【解析】买入与卖出封闭式基金份额，申报数量应当为 100 份或其整数倍。基金单笔最大数量应当低于 100 万份。

107.【答案】ACD

【解析】开放式基金的交易种类可以划分为认购、申购、赎回、转换。

108.【答案】CD

【解析】A 项投资者在开放式基金合同生效后购买基金份额的行为被称为基金的申购，

题中所述是基金的认购；B项股票基金的申购、赎回采用的是"未知价"交易原则，投资者在申购、赎回时并不能即时获知买卖的成交价格。

109. 【答案】ACD

【解析】B项"捐赠"是指基金份额持有人将其合法持有的基金份额捐赠给福利性质的基金会或社会团体的情形。

110. 【答案】CD

【解析】LOF份额的转托管业务包含系统内转托管和跨系统转托管两种类型：前者是指投资者将托管在某证券经营机构的LOF份额转托管到其他证券经营机构（场内到场内），或将托管在某基金管理人或其代销机构的LOF份额转托管到其他基金代销机构或基金管理人（场外到场外）的操作；后者是指投资者将托管在某证券经营机构的LOF份额转托管到基金管理人或代销机构（场内到场外），或将托管在基金管理人或其代销机构的LOF份额转托管到某证券经营机构（场外到场内）。

111. 【答案】ABD

【解析】C项登记机构应于T＋1日根据T日各代销机构的申购（认购）、赎回申请数据及T日的基金份额净值统一进行确认处理。

112. 【答案】ABCD

【解析】除ABCD四项外，基金信息披露应满足的原则还有公平披露原则。

113. 【答案】ABCD

【解析】为便于一般公众投资者获取信息，我国目前基金信息披露采用了多种方式，包括通过中国证监会指定报刊或指定网站披露信息，将信息披露文件备置于特定场所供投资者查阅或复制，直接邮寄给基金份额持有人等。除法规制定的披露报刊和网站外，信息披露义务人也可在其他公共媒体披露信息，但须注意其他媒体不得早于制定报刊和网站披露信息，且不同媒体上披露的同一信息应当一致。

114. 【答案】ABCD

【解析】基金管理人和托管人召集基金份额持有人大会的，应至少提前30日公告大会的召开时间、会议形式、审议事项、议事程序和表决方式等事项。会议召开后，应将持有人大会决定的事项报中国证监会核准或备案，并予以公告。

115. 【答案】BC

【解析】"重大性"概念有两种标准：影响投资者决策标准和影响证券市场价格标准。按照前一种标准，如果可以合理地预期某种信息将会对理性投资者的投资决策产生重大影响，则该信息为重大信息，应及时予以披露。按照后一种标准，如果相关信息足以导致或可能导致证券价值或市场价格发生重大变化，则该信息为重大信息，应予披露。

116. 【答案】ABCD

【解析】除ABCD四项外，中国证监会派出机构的主要职责还有：对辖区内的从事证券业务的律师事务所、会计师事务所、资产评估机构等服务机构的证券、期货业务活动进行监督管理。

117. 【答案】ABCD

118. 【答案】ABCD

【解析】基金监管的原则包括：①依法监管原则；②"三公"原则；③监管与自律并重原则；④监管的连续性和有效性原则；⑤审慎监管原则。

119. 【答案】ABCD

【解析】《证券投资基金管理公司管理办法》第五十五条规定，中国证监会依照法律、行政法规、中国证监会规定和审慎监管原则对基金管理公司的公司治理、内部监控、经营运作、风险状况，以及相关业务活动进行非现场检查和现场检查。

120. 【答案】ABCD

【解析】《证券投资基金销售业务信息管理平台管理规定》从总体上要求销售机构信息管理平台的建立和维护应当遵循安全性、实用性、系统化的原则，并且满足以下方面的要求：①具备符合该规定所列示的各项基金销售业务功能；②具备基金销售业务信息流和资金流的监控核对机制；③保障基金投资人资金流动的安全性；④具备基金销售费率的监控机制；⑤支持基金销售适用性原则在基金销售业务中的运用；⑥具备基金销售人员的管理、监督和投诉机制；⑦能够为中国证监会提供监控基金交易、资金安全及其他销售行为所需的信息。

三、判断题（本题型共20小题，每小题1分，共20分。判断各小题的对错，正确的用A表示，错误的用B表示。）

121. 【答案】B

【解析】国际证券和国内证券的区别主要在于是面向国际投资人发行，还是国内投资者发行，与它是否用人民币标明面值、是否在国内证券交易所发行无关。例如B股就是以人民币标明面值、在国内证券交易所发行和交易的，仍然属于外资股。

122. 【答案】A

【解析】股票理论价格的确定方法，是计算为了得到股票的未来收益按照一定收益率折现到现在的价格。股票的理论价格用公式表示为：股票价格＝预期股息÷必要收益率。

123. 【答案】A

【解析】开立证券账户后，投资者不能直接买卖证券。由于买卖证券涉及货币资金的收入或付出，因此投资者还必须开立资金账户。

124. 【答案】B

【解析】一般而言，债券的收益是比较稳定的，但当发行债券的债务人经营状况不好，债务人就存在到期无法还本付息的风险。因而，债券持有人能否获得固定的利息仍然要取决于发债公司的经营状况和信用状况。

125. 【答案】B

【解析】通常情况下，股票价格的波动性大，是一种高风险、高收益的投资品种；债券可以给投资者带来较为确定的利息收入，波动性较小，是一种低风险、低收益的投资品种；基金通过在股票、债券等资产之间进行配置和分散投资，呈现出风险相对适中、收益相对稳健的特征。

126. 【答案】B

【解析】证券投资基金作为社会化的理财工具，起源于英国。

127. 【答案】B

【解析】主动型基金是力图取得超越基准组合表现的一类基金。

128. 【答案】B

【解析】基金管理人未按规定召集或者不能召集时，由基金托管人召集。

129. 【答案】B

【解析】一般情况下，基金银行存款账户、基金清算备付金余额、基金证券账户的各类证券资产数量、余额每日核对。

130. 【答案】B

【解析】基金会计核算中，基金管理公司是基金会计核算的责任主体。

131. 【答案】B

【解析】基金市场营销不能简单地等同于推销、销售或销售促进，而是包括了基金产品、价格、促销、市场定位等诸多活动。

132. 【答案】B

【解析】区分主要市场和次要市场，加大对主要市场的投入力度，比大范围撒网捞鱼的销售策略更加有效。

133. 【答案】A

134. 【答案】B

【解析】基金合同生效1年以上但不满10年的，应当登载自合同生效当年开始所有完整会计年度的业绩，宣传推介材料公布日在下半年的，还应登载当年上半年度的业绩；基金合同生效10年以上的，应当登载最近10个完整会计会计年度的业绩。

135. 【答案】A

136. 【答案】B

【解析】开放式基金的赎回费在扣除手续费后，余额不得低于赎回费总额的25％，并应当归入基金财产。

137. 【答案】A

138. 【答案】B

【解析】规范性原则要求基金信息必须按照法定的内容和格式进行披露，以保证披露信息的可比性；题中描述的是准确性原则。

139. 【答案】B

【解析】《证券法》第一百一十条规定，进入证券交易所参与集中交易的，必须是证券交易所的会员。

140. 【答案】A

【解析】《证券投资基金行业高级管理人员任职管理办法》第三十一条规定，基金管理公司高级管理人员有下列情形之一的，督察长应当在知悉该信息之日起3个工作日内，向中国证监会报告：①因涉嫌违法违纪被有关机关调查或者处理；②辞职、离职、丧失民事行为能力或者因其他原因不能履行职务；③拟因私出境1个月以上或者出境逾期未归；④直系亲属拟移居境外或者已在境外定居；⑤在非经营性机构兼职；⑥其他可能影响高级管理人员正常履行职务的情形。

证券投资基金销售基础知识过关冲刺题(三)

一、单项选择题(本题型共 80 小题，每小题 0.5 分，共 40 分。各小题所给出的四个选项中，只有一项最符合题目要求，请将正确选项的代码填入括号内，不选、错选均不得分。)

1. 有价证券能够买卖的原因是其(　　)。
   A. 代表着一定量的财产权利　　　　B. 具有交换价值
   C. 具有价值　　　　　　　　　　　D. 具有使用价值

2. 证券市场可分为发行市场和交易市场，这是按证券市场的(　　)进行的分类。
   A. 交易结构　　　B. 层次结构　　　C. 品种结构　　　D. 主体结构

3. 现阶段我国社会保险基金的部分积累项目主要是(　　)。
   A. 养老保险基金　　B. 医疗保险基金　　C. 失业保险基金　　D. 生育保险基金

4. 下列选项中，属于企业补充流动资金的重要手段是(　　)。
   A. 发行股票　　B. 发行短期债券　　C. 发行长期债券　　D. 购买政府债券

5. 基金管理公司的(　　)具体负责基金的投资管理业务。
   A. 运作部门　　　B. 销售部门　　　C. 托管部门　　　D. 投资部门

6. 普通股票和优先股票是按(　　)分类的。
   A. 股东享有的权利　　B. 股票的格式　　C. 股票的价值　　D. 股东的风险和收益

7. 股价的涨跌与公司的盈利的变化(　　)。
   A. 同时发生，变化幅度也相同　　　　B. 是无关的
   C. 同时发生，但变化幅度不相同　　　D. 不同时发生，变化幅度也不相同

8. 下列各债券中，利率在偿付期限内发生变化的是(　　)。
   A. 附息债券　　　B. 零息债券　　　C. 息票累计债券　　　D. 浮动利率债券

9. 股票和债券在风险性上相比，(　　)。
   A. 股票风险较大，债券风险相对较小　　B. 债券风险较大
   C. 股票和债券风险基本相同　　　　　　D. 股票风险较小

10. 证券发行市场是由证券发行人、(　　)和证券投资者三部分组成。
    A. 社会公众　　　B. 会计审计机构　　　C. 证券中介机构　　　D. 商业银行

11. 关于代销，下列论述不正确的是(　　)。
    A. 代销可分为全额代销和余额代销两种
    B. 上市公司向原股东配售股份应当采用代销方式发行
    C. 我国《证券法》规定，向不特定对象发行的证券票面总值超过人民币 5000 万元，应当由承销团承销
    D. 代销是指证券公司代发行人发售证券，在承销期结束时，将未售出的证券全部退还给发行人的承销方式

12. 集合竞价确定成交价的原则包括(　　)。
    A. 价格优先原则　　　　　　　　　B. 时间优先原则
    C. 价格优先和时间优先原则　　　　D. 最大成交量原则

13. (　　)属于证券投资的非系统性风险。

A. 利率风险   B. 政策风险

C. 经济周期波动风险   D. 财务风险

14. 股息的分配不可以采用(　　)。

    A. 股票的形式   B. 现金的形式

    C. 债券或应付票据的形式   D. 投资组合的形式

15. 证券投资基金所筹集的资金主要投向(　　)。

    A. 实业   B. 理财产品   C. 信贷   D. 有价证券

16. 根据基金投资理念的不同,可以将基金分为(　　)。

    A. 封闭式基金和开放式基金   B. 契约型基金和公司型基金

    C. 离岸基金和在岸基金   D. 主动型基金和被动型基金

17. 证券投资基金"利益共享、风险共担"的特点表现在(　　)。

    A. 对基金业实行严格监管

    B. 对有损投资者利益的行为进行严厉打击

    C. 强制性信息披露

    D. 基金投资收益在扣除由基金承担的费用后的盈余全部归基金投资者所有,并依据各投资者所持有的基金份额比例进行分配

18. (　　)通过依法行使审批或核准权,依法办理基金备案,对基金管理人、基金托管人以及其他从事基金活动的中介机构进行监督管理,对违法行为进行查处,在基金的运作过程中起着重要的作用。

    A. 基金份额持有人   B. 基金监管机构   C. 基金托管人   D. 基金注册登记机构

19. 下列(　　)不属于基金的运作相关环节。

    A. 基金营销   B. 基金募集   C. 基金投资运作   D. 基金的前台管理

20. "马萨诸塞投资信托基金"是世界上第一只(　　)基金。

    A. 契约型封闭式   B. 契约型开放式   C. 公司型封闭式   D. 公司型开放式

21. 我国第一只债券型基金是(　　)。

    A. 银华优选   B. 华安富利   C. 南方避险   D. 南方宝元

22. 特殊类型基金不包括(　　)。

    A. 系列基金   B. 收入型基金   C. 保本基金   D. 上市开放式基金

23. (　　)不追求取得超越市场表现。

    A. 主动型基金   B. 被动型基金   C. 灵活配置基金   D. 积极成长基金

24. 债券基金中,利率风险和信用风险最高的是(　　)。

    A. 低久期、低信用的债券基金   B. 低久期、高信用的债券基金

    C. 高久期、低信用的债券基金   D. 高久期、高信用的债券基金

25. 下列各项中,不属于股票基金的分析指标的是(　　)。

    A. 久期   B. 基金分红   C. 已实现收益   D. 净值增长率

26. ETF(　　)与标的指数日收益率之差,称为日跟踪误差。

    A. 日平均收益率   B. 日净值收益率   C. 折(溢)价率   D. 费用率

27. (　　)不属于基金的历史业绩评估的指标。

    A. 累计收益率   B. 平均收益率   C. 系统收益率   D. 风险调整后收益

28. 我国《证券投资基金法》规定，下列事项不须通过召开基金持有人大会审议决定的是（　　）。
    A. 基金扩募或者延长基金合同期限　　B. 转换基金运作方式
    C. 更换基金管理公司的高级管理人员　D. 更换基金管理人、基金托管人
29. 下列选项中，不属于基金运营事务的是（　　）。
    A. 基金核算　　　　B. 基金清算　　　　C. 信息披露　　　　D. 投资咨询
30. 基金托管人是（　　）权益的代表。
    A. 基金管理人　　　B. 基金公司　　　　C. 基金持有人　　　D. 证券公司
31. 《证券投资基金托管资格管理办法》对托管业务准入的规定中，拟从事基金清算、核算、投资监督、信息披露、内部稽核监控等业务的执业人员不少于（　　）人，并具有基金从业资格。
    A. 3　　　　　　　　B. 5　　　　　　　　C. 10　　　　　　　D. 12
32. 申请设立证券投资咨询的机构，应当有 5 名以上取得证券投资咨询从业资格的专职人员，其高级管理人员中，至少有（　　）名取得证券投资咨询从业资格。
    A. 1　　　　　　　　B. 2　　　　　　　　C. 3　　　　　　　　D. 4
33. （　　）负责向交易部下达投资指令。
    A. 研究部　　　　　B. 投资部　　　　　C. 投资决策委员会　D. 法律部
34. 基金管理人的（　　）主要是由基金管理人的违规、违法、侵害基金利益等行为所导致的基金持有人的损失。
    A. 管理水平风险　　B. 业务风险　　　　C. 职业道德风险　　D. 公司治理结构风险
35. 信息披露费的来源是（　　）。
    A. 基金管理人　　　B. 基金托管人　　　C. 基金资产　　　　D. 投资者缴纳
36. 关于基金托管费计提标准，下列说法不正确的是（　　）。
    A. 通常基金规模越大，基金托管费率越低
    B. 基金托管费收取的比例与基金规模、基金类型有一定关系
    C. 目前我国封闭式基金按照 2.5‰的比例计提
    D. 开放式基金根据基金契约的规定比例计提，通常为 2.5‰
37. 根据《证券投资基金运作管理办法》有关规定，封闭式基金年度利润分配比例不得低于基金年度已实现利润的（　　）。
    A. 70%　　　　　　　B. 80%　　　　　　　C. 90%　　　　　　　D. 95%
38. 下列关于基金税收的说法，正确的是（　　）。
    A. 对基金管理人运用基金买卖股票的差价收入，依照税法的规定征收营业税
    B. 对基金管理人运用基金买卖债券的差价收入，依照税法的规定征收营业税
    C. 基金买卖股票按照 1‰的税率征收印花税
    D. 对证券投资基金从证券市场中取得的收入，依照税法的规定征收企业所得税
39. 下列各项中，不属于基金营销核心内容的是（　　）。
    A. 产品　　　　　　B. 费率　　　　　　C. 渠道　　　　　　D. 包销
40. 投资者对基金产品的选择有时需依赖个人成长的文化背景、社会阶层、家庭、身份和社会地位等因素，这些因素属于（　　）。
    A. 外在因素　　　　B. 内在因素　　　　C. 个人自身因素　　D. 环境因素

41. 国际上，开放式基金的销售主要分为(　　)两种方式。
    A. 直销和分销　　　　　　　　　B. 承购包销和余额包销
    C. 直销和包销　　　　　　　　　D. 直销和代销

42. 网上买卖基金业务中，银行理财服务的特点不包括(　　)。
    A. 代销的基金种类多样
    B. 投资者可以享受先投资后付费的理财方式
    C. 投资者可以随时向其进行基金的申购和赎回
    D. 能够实现银行与投资者面对面的沟通

43. 基金销售机构在评估各种不同的细分市场进而选择自己的目标市场时，不须考虑
    (　　)。
    A. 细分市场结构的吸引力　　　　B. 细分市场的规模和成长性
    C. 细分市场的地理环境　　　　　D. 销售机构的资源

44. 在选择组合投资的品种时，不需要对(　　)方面进行充分评估。
    A. 基金的风险控制水平　　　　　B. 基金管理公司的实力
    C. 基金的历史业绩表现　　　　　D. 基金的当前业绩表现

45. 对已经设立的基金开展再营销的行为是指(　　)。
    A. 人员推销　　　B. 持续营销　　　C. 营业推广　　　D. 公共关系

46. 营销推广的目标主要是解决(　　)的问题。
    A. 向谁推广和推广什么　　　　　B. 推广什么和如何推广
    C. 如何推广和何时推广　　　　　D. 何时推广和向谁推广

47. 持续性服务是指(　　)。
    A. 为投资者提供市场资讯
    B. 为投资者提供账户及交易查询
    C. 使投资者了解资产状况并调整投资建议
    D. 对投资者投资的基金资产情况进行持续性的跟踪

48. 关于投资者教育工作的具体形式，下列说法不正确的是(　　)。
    A. 宣传内容应该尽可能专业，以体现专业水准
    B. 投资者专项教育活动应该实事求是、因地制宜、灵活多样
    C. 应鼓励创造性地开展工作，切忌形式主义、流于表面、大起大落和一哄而起
    D. 基金销售机构及销售人员应强化投资者教育的相关责任，结合自身特点，综合利用
       多种宣传方式进行投资者教育，例如电视、报刊、网络、宣传材料、户外广告等

49. 《证券投资基金销售管理办法》第十一条对证券投资咨询机构申请基金代销业务资格进
    行了规定，指出除具备该办法第九条第(二)项至第(九)项和第十条第(三)项、第(四)
    项规定的条件外，还应当具备的条件包括(　　)。
    A. 注册资本不低于5000万元人民币，且必须为实缴货币资本
    B. 高级管理人员已取得基金从业资格，熟悉基金代销业务，并具备从事3年以上基金
       业务或者5年以上证券、金融业务的工作经历
    C. 持续从事证券投资咨询业务3个以上完整会计年度
    D. 最近5年没有代理投资人从事证券买卖的行为

50. 商业银行申请基金代销业务资格应该在最近_____年内没有因违法违规行为受到行

政处罚或者刑事处罚，同时应当在最近_____年没有挪用客户资产等损害客户利益的行为。（　　）

    A. 1；1   B. 2；1   C. 3；2   D. 5；5

51. 基金管理公司和基金代销机构制作、分发或公布基金宣传推介材料，应当按照要求报送报告材料。关于其报送内容的叙述，错误的是（　　）。

    A. 基金宣传推介材料

    B. 基金宣传推介材料的形式和用途说明

    C. 基金管理公司督察长出具的合规意见书

    D. 基金托管银行出具的基金业绩复核函或基金定期报告中相关内容的原件以及有关获奖证明的原件

52. 关于封闭式基金的开户说法，正确的是（　　）。

    A. 投资者必须同时开立深、沪证券账户和基金账户才可以买卖封闭式基金

    B. 每个有效证件可以允许开设 1 个以上基金账户

    C. 基金账户只能用于基金、国债及其他债券的认购及交易

    D. 购买不同基金公司的封闭式基金要开立不同的基金账户

53. 目前我国封闭式基金的募集期限一般为（　　）个月。

    A. 3   B. 6   C. 12   D. 15

54. 当投资基金二级市场价格_____基金份额净值时，为溢价交易，这时折（溢）价率为_____。（　　）

    A. 高于；正数   B. 低于；负数   C. 低于；正数   D. 高于；负数

55. 折（溢）价率反映（　　）之间的关系。

    A. 开放式基金份额净值和封闭式基金份额净值

    B. 开放式基金份额净值和二级市场价格

    C. 封闭式基金份额净值和二级市场价格

    D. 封闭式基金份额净值和二级市场价格交易量

56. 某普通投资者准备投资 10 万元申购某开放式基金，基金单位净值为 2.0000 元，申购费率为 0.50%，最终获得的份额约为（　　）份。

    A. 80000   B. 50000   C. 49751   D. 49750

57. 某基金的认购实行全额收费，基金认购费率为 1%，张先生以 70000 元认购该基金，假设认购资金在募集期产生的利息为 155 元，在后端收费模式下，该投资者认购基金的份额数量为（　　）份。

    A. 69510   B. 69514   C. 69559   D. 70155

58. 投资者两年前申购某开放式基金 1000 份，当日基金单位净值为 2.5000 元。采用后端收费模式，申购费率标准为：不足一年申购费率为 1.8%，满一年不足三年申购费率为 1.5%，满三年不足五年申购费率为 1%，五年及以上申购费率为 0。四年后该基金单位净值为 3.5000 元，此时投资者将 1000 份该基金全部赎回（赎回费 0.50%），则该投资者可以赎回的金额为（　　）元。

    A. 3445   B. 3470   C. 3500   D. 3600

59. 通常，货币市场基金从基金财产中计提的销售服务费不高于（　　）。

    A. 1.5‰   B. 2‰   C. 2.5‰   D. 3‰

60. 开放式基金份额的转换一般采取_____，按照转换申请日的_____为基础计算转换基金份额数量。（   ）

A. 未知价法；基金份额净值　　　　B. 已知价法；基金份额净值

C. 未知价法；基金份额总值　　　　D. 确定价法；基金份额净值

61. 在 ETF 的募集期内，根据投资者(   )的不同，可分为场内认购和场外认购。

A. 认购方式　　　B. 认购渠道　　　C. 认购期限　　　D. 认购程序

62. LOF 基金合同生效后即进入封闭期，封闭期一般不超过(   )个月。

A. 1　　　　　　B. 2　　　　　　C. 3　　　　　　D. 6

63. 下列关于 QDII 基金首次募集应当符合的要求，说法错误的是(   )。

A. 可以人民币、美元或其他任何外汇货币为计价货币募集

B. 基金募集金额不少于 2 亿元人民币或等值货币

C. 开放式基金份额持有人不少于 200 人、封闭式基金份额持有人不少于 1000 人

D. 以面值进行募集，境内机构投资者可以根据产品特点确定面值金额的大小

64. (   )收到完整的资格申请文件后对申请材料进行审核，作出批准或者不批准的决定。

A. 国务院　　　B. 中国证监会　　　C. 证券业协会　　　D. 全国人大常委会

65. 关于基金信息披露描述中不正确的是(   )。

A. 基金运作信息的披露时间一般是可以事先预见的，基金临时信息的披露时间一般无法事先预见

B. 存续期募集信息披露，主要是指封闭式基金在基金合同生效后每 6 个月披露一次更新的招募说明书

C. 基金定期报告主要指基金年度报告、半年度报告、季度报告

D. 基金运作信息披露文件包括基金份额上市交易公告书、基金资产净值和份额净值公告以及基金定期报告

66. 下列不属于基金份额发售前至基金合同生效期间进行的信息披露内容的是(   )。

A. 招募说明书　　　　　　　　　　B. 基金合同

C. 份额净值公告　　　　　　　　　D. 基金份额发售公告

67. 基金管理人应当在每个开放日的(   )披露开放日的基金份额净值和基金份额累计净值。

A. 当日闭市时　　B. 次日　　　C. 第三日　　　D. 第四日

68. 对于开放式基金，在放开申购、赎回后，资产净值公告的时间频率是(   )。

A. 每个开放日公告 1 次　　　　　　B. 一般每周公告 1 次

C. 一般每周公告 2 次　　　　　　　D. 一般每月公告 1 次

69. 下列(   )情形中，无须编制并披露临时公告书。

A. 基金托管人的专门基金托管部门的负责人更换

B. 基金托管人的研究部门的负责人辞职

C. 基金管理人总经理辞职

D. 基金份额持有人大会召开

70. 基金募集期间应披露的信息不包括(   )。

A. 基金合同和托管协议　　　　　　B. 基金份额发售公告

C. 招募说明书　　　　　　　　　　D. 季度报告

71. 《证券法》规定，股票依法发行后，发行人经营与收益的变化，由发行人负责；由此变化引致的投资风险，由（　　）负责。
    A. 保荐人　　　　B. 发行人　　　　C. 投资者　　　　D. 主承销商

72. 下列关于投资咨询机构及其从业人员从事证券服务业务的行为，合法的是（　　）。
    A. 代理委托人从事证券投资
    B. 与委托人约定分享证券投资收益或者分担证券投资损失
    C. 通过各种方式提供、传播虚假或者误导投资者的信息
    D. 根据规定的标准向委托人收取咨询费用

73. 根据《证券法》规定，证券公司撤销分支机构，必须经（　　）批准。
    A. 中国人民银行　　　　　　　　B. 当地政府
    C. 财政部　　　　　　　　　　　D. 国务院证券监督管理机构

74. 我国《刑法》规定，未经国家有关主管部门批准，非法发行股票或者公司、企业债券，数额巨大、后果严重或者有其他严重情节的，处_____年以下有期徒刑或者拘役，并处或者单处非法募集资金金额_____的罚金。（　　）
    A. 10；5%以上10%以下　　　　　B. 3；1%以上50%以下
    C. 5；1%以上5%以下　　　　　　D. 5；5%以上10%以下

75. 根据《证券投资基金运作管理办法》，基金管理人和基金托管人都不召集基金份额持有人大会的，代表基金份额总额（　　）的基金份额持有人可以自行召集基金持有人大会。
    A. 5%　　　　　B. 10%　　　　　C. 20%　　　　　D. 30%

76. 《证券投资基金运作管理办法》规定，因证券市场波动、上市公司合并、基金规模变动等基金管理人之外的因素致使基金投资不符合有关规定的投资比例时，基金管理人应当在（　　）个交易日内进行调整。
    A. 5　　　　　B. 10　　　　　C. 15　　　　　D. 20

77. 根据《证券投资基金运作管理办法》，开放式基金的基金合同可以约定基金管理人自基金合同生效之日起一定期限内不办理赎回。下列各项中，（　　）个月没有超过法定期限。
    A. 2　　　　　B. 3　　　　　C. 4　　　　　D. 5

78. 根据《证券投资基金运作管理办法》，开放式基金的基金合同生效后，基金份额持有人数量不满_____人或者基金资产净值低于5000万元的，基金管理人应当及时报告中国证监会。连续_____个工作日出现前述情形的，基金管理人应当向中国证监会说明原因和报送解决方案。（　　）
    A. 200；10　　　B. 200；20　　　C. 500；20　　　D. 1000；10

79. 下列选项中，（　　）包括数据库、服务器、网络通讯、安全保障等。
    A. 辅助式前台系统　　　　　　　B. 自助式前台系统
    C. 后台管理系统　　　　　　　　D. 信息管理平台应用系统的支持系统

80. 基金产品风险评价的依据不包括（　　）。
    A. 基金招募说明书所明示的投资方向、投资范围和投资比例
    B. 基金的过往业绩及基金净值的历史波动程度
    C. 基金管理人对该基金未来收益率的预测
    D. 基金的历史规模和持仓比例

二、**不定项选择题**(本题型共 40 小题，每小题 1 分，共 40 分。各小题所给出的四个选项中，至少有一项正确，请将正确选项的代码填入括号内，不选、少选、错选均不得分。)

81. 下列对有价证券期限性的描述错误的是(   )。
    A. 债券的期限不具有法律约束力，但可以对融资双方权益起到保护作用
    B. 股票一般没有期限性
    C. 股票不可以视为无期证券
    D. 债券一般有明确的还本付息期限，以满足不同筹资者和投资者对融资期限以及与此相关的收益率需求

82. 下列情况中，有利于公司股票价格上升的有(   )。
    A. 货币供应量宽松
    B. 存款利率上升
    C. 缺少投资机会前提下，公司留存收益率上升
    D. 印花税税率下调

83. 股票具有的特征有(   )。
    A. 收益性   B. 流动性   C. 永久性   D. 偿还性

84. 可以在期权到期日或到期日之前的任何一个营业日执行的期权是(   )。
    A. 看涨期权   B. 看跌期权   C. 欧式期权   D. 美式期权

85. 按照现行规定，我国的混合资本债券具有的基本特征是(   )。
    A. 期限在 15 年以上，发行之日起 10 年内不得赎回
    B. 发行之日起 10 年后发行人具有 1 次赎回权，若发行人未行使赎回权，可以适当提高混合资本债券的利率
    C. 混合资本债券到期前，如果发行人核心资本充足率低于 4%，发行人可以延期支付利息
    D. 当发行人清算时，混合资本债券本金和利息的清偿顺序列于一般债务和次级债务之后、先于股权资本

86. 关于注册制，下列说法正确的是(   )。
    A. 实行证券发行注册制可以向投资者提供证券发行的有关资料，可以保证发行的证券资质优良，价格适当
    B. 不要求发行人提供关于证券发行本身以及同证券发行有关的一切信息
    C. 发行人不仅要完全公开有关信息，不得有重大遗漏，并且要对所提供信息的真实性、完整性和可靠性承担法律责任
    D. 发行人只要充分披露了有关信息，在法律注册申报后的规定时间内未被证券监管机构拒绝注册，即可进行证券发行，无须再经过批准

87. 关于购买力风险对不同证券的影响，下列说法错误的是(   )。
    A. 最容易受其损害的是固定收益证券
    B. 普通股股票的购买力风险相对较大
    C. 相比之下，浮动利率债券或保值贴补债券的购买力风险较小
    D. 固定利息率和股息率的证券购买力风险较小

88. 根据投资对象不同，可以将基金分为(   )。

A. 股票型基金　　　B. 混合型基金　　　C. 债券型基金　　　D. 货币市场基金

89. 在我国，(　　)可以向中国证监会申请基金代销业务资格，从事基金的代销业务。
    A. 商业银行　　　　　　　　　B. 证券公司
    C. 证券投资咨询机构　　　　　D. 专业基金销售机构

90. 现代金融体系的支柱包括(　　)
    A. 银行业　　　　B. 证券业　　　　C. 保险业　　　　D. 基金产业

91. 下列选项中，(　　)属于保本基金提供的保证。
    A. 风险保证　　　B. 信用保证　　　C. 收益保证　　　D. 红利保证

92. ETF 运作中，产生跟踪误差的原因主要包括(　　)。
    A. 完全复制　　　B. 现金留存　　　C. 抽样投资　　　D. 基金费用

93. 基金管理公司的股东都应具备的条件有(　　)。
    A. 从事证券经营、证券投资咨询、信托资产管理或者其他金融资产管理
    B. 注册资本、净资产应当不低于 1 亿元人民币
    C. 持续经营 3 个以上完整的会计年度，公司治理健全，内部监控制度完善
    D. 最近 3 年没有因违法违规行为受到行政处罚或者刑事处罚

94. 基金管理公司要建立(　　)的治理结构，保持公司规范运作，维护基金份额持有人的
    利益。
    A. 组织机构健全　　　B. 职责划分清晰　　　C. 制衡监督有效　　　D. 激励约束合理

95. 基金注册登记机构负责的业务包括基金(　　)。
    A. 登记　　　　　　B. 存管　　　　　　C. 清算　　　　　　D. 交收

96. 下列关于我国基金资产估值原则的说法，正确的有(　　)。
    A. 对存在活跃市场的投资品种，如估值日有市价的，应采用市价确定公允价值
    B. 对存在活跃市场的投资品种，如估值日无市价的，但最近交易日后经济环境未发生
       重大变化，应采用最近交易市价确定公允价值
    C. 对存在活跃市场的投资品种，如估值日无市价的，且最近交易日后经济环境发生了
       重大变化的，应采用最近交易市价确定公允价值
    D. 对不存在活跃市场的投资品种，应采用市场参与者普遍认同且被以往市场实际交易
       价格验证具有可靠性的估值技术确定公允价值

97. 下列与基金有关的费用可以从基金财产中列支的有(　　)。
    A. 基金管理费　　　B. 基金托管费　　　C. 基金转换费　　　D. 销售服务费

98. 目前，我国对基金管理人从事基金管理活动取得的收入(　　)。
    A. 征收营业税　　　B. 不征收营业税　　　C. 征收企业所得税　　　D. 不征收企业所得税

99. 在确定目标市场与客户上，基金管理公司面临的重要问题之一就是分析投资人的真实需
    求，与其相关的因素有(　　)。
    A. 投资规模　　　　　　　　　B. 风险偏好
    C. 对基金收益性的要求　　　　D. 对基金安全性的要求

100. 基金销售的基本流程包括(　　)。
    A. 受理基金业务申请　　　　　B. 售后跟踪服务
    C. 产品适用性分析　　　　　　D. 投资者风险承受能力测试

101. 稳健型的投资者，在考虑投资回报率的同时坚持稳健的原则，风险承受能力中等，可

为其选择中风险等级的基金产品或组合，例如( )。

    A. 混合型基金   B. 债券型基金   C. 股票型基金   D. 货币型基金

102. 与基金相关的广告可以是( )。

    A. 形象广告   B. 品牌广告   C. 推广活动信息   D. 基金产品广告

103. 基金销售机构可以通过互动平台定期举办形式多样的互动交流活动，邀请( )等专业人士为投资者进行现场答疑解惑，创造面对面交流的机会，分享投资经验，使投资成为投资者日常生活的乐趣。

    A. 大股东   B. 专业分析师   C. 基金经理   D. 理财规划师

104. ( )在取得业务资格后方可从事代销活动。

    A. 中国证监会   B. 商业银行

    C. 专业基金销售机构   D. 证券投资咨询机构

105. 下列关于基金销售人员内部管理的说法，不正确的有( )。

    A. 基金销售人员的组织管理的本质是给予销售人员最有吸引力的薪酬待遇

    B. 对基金销售人员的行为监督主要是从其职业道德方面进行严格要求和监督管理

    C. 对基金销售人员的培训包括专业知识培训、销售技能培训和法律合规培训

    D. 基金销售机构可以通过薪酬计划、培训计划、监督机制对销售队伍进行管理

106. 封闭式基金"价格优先、时间优先"的交易原则是指( )。

    A. 较低价格买进申报优先于较高价格买进申报

    B. 较高价格买进申报优先于较低价格买进申报

    C. 较低价格卖出申报优先于较高价格卖出申报

    D. 买卖方向、价格相同的，先申报者优先于后申报者

107. 投资者参与认购开放式基金，需要经过的步骤有( )。

    A. 资金账户的开立   B. 基金的认购

    C. 证券交易所席位的取得   D. 认购的确认

108. 开放式基金认购渠道包括( )。

    A. 商业银行   B. 基金管理公司销售网点

    C. 证券投资咨询机构   D. 专业基金销售机构

109. 目前，我国的投资者在 ETF 募集期间，认购 ETF 的方式包括( )。

    A. 场内现金认购   B. 场外现金认购

    C. 网上组合证券认购   D. 网下组合证券认购

110. 注册登记在 TA 系统内的基金份额，可通过( )在场外办理 LOF 的申购、赎回。

    A. 基金托管人   B. 证券交易所

    C. 基金管理人   D. 基金管理人代销机构

111. 开放式基金的注册登记业务包括( )。

    A. 基金登记   B. 份额存管   C. 资金交收   D. 资金清算

112. 在基金信息披露的原则分为形式性原则和实质性原则，下列不属于实质性原则的有( )。

    A. 完整性原则   B. 规范性原则   C. 公平披露原则   D. 易解性原则

113. 基金信息披露的规范性文件不包括基金信息披露( )。

    A. 内容与格式准则   B. 时间与方式准则

C. 编报规则 D. 事务管理规则

114. 基金管理人信息披露事项具体涉及的环节包括( )。
    A. 基金募集　　　B. 上市交易　　　C. 投资运作　　　D. 净值披露

115. 招募说明书的主要披露信息包括( )。
    A. 基金份额的发售方式
    B. 基金的投资限制
    C. 基金资产的估值
    D. 基金份额持有人、基金管理人和基金托管人的权利、义务

116. 下列属于我国证监会职能部门的有( )。
    A. 法律部 B. 会计部
    C. 国际合作部 D. 证券公司风险处置办公室

117. 证券市场法律制度主要包括( )等。
    A. 证券发行制度 B. 证券交易制度
    C. 信息披露制度 D. 证券机构监管制度

118. 基金合同终止时,对基金财产进行清算的清算组应由( )等构成。
    A. 基金管理人 B. 基金托管人
    C. 相关中介服务机构 D. 基金投资者

119. 基金管理人、代销机构从事基金销售活动,不得( )。
    A. 采取抽奖、回扣或者送实物、保险、基金份额等方式销售基金
    B. 以低于成本的销售费率销售基金
    C. 在基金募集期间对认购费打折
    D. 挪用基金份额持有人的认购、申购、赎回资金

120. 《证券投资基金销售适用性指导意见》围绕投资人需要,从( )等方面对销售机构的
    行为进行了规范。
    A. 审慎调查
    B. 产品风险评价
    C. 基金投资人风险承受能力调查和评价
    D. 基金管理人风险承受能力调查和评价

三、判断题(本题型共 20 小题,每小题 1 分,共 20 分。判断各小题的对错,正确的用 A 表
    示,错误的用 B 表示。)

121. 公募证券的审核条件比私募证券更加严格,且一般采取公示制度。( )

122. B 股是指境外股份公司向境内投资者发行的股票。( )

123. 第二板市场专为业绩较差企业上市筹资。( )

124. 收益与风险相对应,风险越大,收益就一定越高。( )

125. 股票、债券、基金都是直接投资工具。( )

126. 目前世界证券投资基金的主流产品是封闭式基金。( )。

127. 交易型开放式指数基金是一种在场外市场交易的、基金份额固定的开放式基金。( )

128. 我国相关法规规定,基金管理公司主要股东注册资本应不低于 5 亿元人民币。( )

129. 证券投资基金银行存款账户是以管理人名义在银行开立的账户。( )

130. 目前,我国开放式基金于每个交易日估值,并于当日公告基金份额净值。( )

131. 直销一般通过银行、证券公司、保险公司等机构销售基金。（　　）

132. 由于基金专业理财的特点，不同基金的收益水平不同。（　　）

133. 基金销售机构都把营销工作的重点着眼于加强对内部营销人员的培训和沟通反馈，提供充足的宣传资料和费用等，以调动其积极性。（　　）

134. 基金管理公司旗下基金获得奖项的，可以在宣传推介材料中都加以引用，而且应当引用其过往足够长时间的全部奖项，以证明其业绩的稳定性。（　　）

135. 价格优先是指较高价格买进申报优先于较低价格买进申报，较低价格卖出申报优先于较高价格卖出申报。（　　）

136. 股票基金、债券基金和货币市场基金的申购、赎回均采用"未知价"交易原则。（　　）

137. 基金份额冻结时产生的权益不会冻结。（　　）

138. 当发生对基金份额持有人权益或者基金价格产生重大影响的事件时，应在2日内编制并披露临时报告书，并分别报中国证监会及其地方证监局备案。封闭式基金还应在披露临时报告前送基金上市的证券交易所审核。（　　）

139. 中国证券业协会的章程由国务院证券监督管理机构制定。（　　）

140. 符合条件的商业银行必须经中国证监会和中国银监会同时核准，方可取得基金托管资格。（　　）

答案与解析

一、单项选择题(本题型共80小题，每小题0.5分，共40分。各小题所给出的四个选项中，只有一项最符合题目要求，请将正确选项的代码填入括号内，不选、错选均不得分。)

1.【答案】A
【解析】由于有价证券代表着一定量的财产权利，持有人可凭该证券直接取得一定量的商品、货币，或是取得利息、股息等收入，因而可以在证券市场上买卖和流通，客观上具有了交易价格。

2.【答案】B
【解析】按证券市场的交易场所结构，可分为有形市场和无形市场；按品种结构，可分为股票市场、债券市场、基金市场和衍生品市场等。

3.【答案】A
【解析】社会保险基金一般由养老、医疗、失业、工伤、生育五项保险基金组成。在现阶段，我国社会保险基金的部分积累项目中主要是养老保险基金。

4.【答案】B
【解析】发行股票和长期公司(企业)债券是公司(企业)筹措长期资本的主要途径，购买政府债券是使资金流出的投资行为。

5.【答案】D
【解析】基金投资运作管理是基金管理公司的核心业务，基金管理公司的投资部门具体负责基金的投资管理业务。

6.【答案】A
【解析】股票的分类包括：①按股东享有的权利不同，股票可以分为普通股票和优先股票；②按是否记载股东姓名，股票可以分为记名股票和不记名股票。

7. 【答案】D

【解析】股价的涨跌和公司盈利的变化并不是同时发生的，通常股价的变化要先于盈利的变化，股价的变动幅度也要大于盈利的变化幅度。

8. 【答案】D

【解析】浮动利率债券是指债券的利率在最低票面利率的基础上参照预先确定的某一基准利率予以定期调整，所以浮动利率债券的利率在偿付期限内会发生变化。

9. 【答案】A

【解析】股票风险较大，债券风险相对较小。因为：①债券利息是公司的固定支出，属于费用范围；股票的股息红利是公司利润的一部分，公司有盈利才能支付，而且支付顺序列在债券利息支付和纳税之后；②倘若公司破产，清理资产有余额偿还时，债券偿付在前，股票偿付在后；③在二级市场上，债券因其利率固定，期限固定，市场价格也较稳定；而股票无固定期限和利率，受各种宏观因素和微观因素的影响，市场价格波动频繁，涨跌幅度较大。

10. 【答案】C

【解析】证券发行市场由三部分组成：①证券发行人，是资金的需求者和证券的供应者；②证券投资者，是资金的供应者和证券的需求者；③证券中介机构，是联系发行人和投资者的专业性中介服务组织。

11. 【答案】A

【解析】公募发行一般要通过证券承销商协助发行，根据委托程度和承销商所承担的责任不同，承销可分为全额包销、余额包销和代销三种方式，代销方式中，承销商只是以发行人的名义按既定的发行价格代理发行公司债券或股票，不承担任何发行失败的风险，没有全额代销和余额代销的区分。

12. 【答案】D

【解析】集合竞价确定成交价的原则为：①最大成交量原则；②高于该价格的买入申报与低于该价格的卖出申报全部成交的价格；③与该价格相同的买方或卖方至少有一方全部成交的价格。

13. 【答案】D

【解析】证券投资的风险包括系统性风险和非系统性风险两种：前者包括政策风险、经济周期波动风险、利率风险和购买力风险等；后者包括信用风险、经营风险和财务风险等。

14. 【答案】D

【解析】股息分配可以采用的具体形式包括：现金股息（现金的形式）、股票股息（股票的形式）、财产股息（现金以外的财产的形式）、负债股息（债券或应付票据的形式）、建业股息。股息虽然可以采用股票或债券的形式发放，但不允许采用投资组合的形式。

15. 【答案】D

【解析】基金与股票、债券所筹资金的投向不同。股票和债券是直接投资工具，筹集的资金主要投向实业领域；基金是一种间接投资工具，所筹集的资金主要投向有价证券等金融工具。

16. 【答案】D

【解析】依据投资理念的不同，可以将基金分为主动型基金与被动（指数）型基金：前者是一类力图取得超越基准组合表现的基金；后者一般选取特定的指数作为跟踪的对象，通常又被称为"指数型基金"。

17. 【答案】D

【解析】ABC 三项体现的是证券投资基金严格监管、信息透明的特点。

18. 【答案】B

19. 【答案】D

【解析】基金的运作是指包括基金营销、基金募集、基金投资运作、基金后台管理以及其他基金运作活动在内的所有相关环节。

20. 【答案】D

【解析】1924 年 3 月 21 日，"马萨诸塞投资信托基金"设立，这是世界上第一个公司型开放式基金。

21. 【答案】D

【解析】2002 年 8 月，第一只债券型基金南方宝元设立。A 项银华优选是我国第一只采用上证基金通形式发售的基金；B 项华安富利是我国第一只货币市场基金；C 项南方避险是我国第一只保本型基金。

22. 【答案】B

【解析】特殊类型基金包括：①系列基金；②基金中的基金；③保本基金；④交易型开放式指数基金(ETF)与上市开放式基金(LOF)；⑤QDII 基金。

23. 【答案】B

【解析】与主动型基金不同，被动(指数)型基金并不主动寻求取得超越市场的表现，而是试图复制指数的表现。

24. 【答案】C

【解析】债券基金受持有债券平均久期及持有债券信用等级影响较大。在其他情况相同的条件下，久期越长，利率风险越高；信用等级越低，信用风险越高。

25. 【答案】A

【解析】反映股票基金经营业绩的主要指标包括基金分红、已实现收益、净值增长率等指标；A 项久期是债券基金的主要分析指标。

26. 【答案】B

【解析】日跟踪误差等于 ETF 日净值收益率与标的指数日收益率之差，其也可以以月度、季度等为时间区间来表示。

27. 【答案】C

【解析】历史业绩评估指标是以现代投资组合理论为基础，对基金的历史业绩进行评估。业绩评估指标包括累计收益率、平均收益率和风险调整后收益。

28. 【答案】C

【解析】我国《证券投资基金法》规定，下列事项应该通过召开基金持有人大会审议决定：①提前终止基金合同；②基金扩募或者延长基金合同期限；③转换基金运作方式；④提高基金管理人、基金托管人的报酬标准；⑤更换基金管理人、基金托管人；⑥基金合同约定的其他事项。

29. 【答案】D

【解析】基金运营事务是基金投资管理与市场营销工作的后台保障，通常包括基金注册登记、核算与估值、基金清算和信息披露等业务。投资咨询属于投资咨询服务业务。

30. 【答案】C

【解析】在基金运作中引进基金托管人，有利于基金财产的安全和投资者利益的保护，是基金持有人权益的代表。

31. 【答案】B

【解析】《证券投资基金托管资格管理办法》对托管业务准入有详细的规定。例如：最近3个会计年度的年末净资产均不低于20亿元人民币；设有专门的基金托管部门；基金托管部门拟从事基金清算、核算、投资监督、信息披露等业务的执业人员不少于5人，并具有基金从业资格；有安全保管基金财产的条件等。

32. 【答案】A

【解析】根据《证券、期货投资咨询管理暂行办法》的规定，申请设立证券投资咨询的机构应当具备的条件有：①有5名以上取得证券投资咨询从业资格的专职人员，其高级管理人员中，至少有1名取得证券投资咨询从业资格；②有100万元人民币以上的注册资本；③有固定的业务场所及与业务相适应的通讯及其他信息传递设施；④有公司章程；⑤有健全的内部管理制度；⑥具备中国证监会要求的其他条件。

33. 【答案】B

【解析】投资部负责根据投资决策委员会制定的投资原则和计划进行股票选择和组合管理，向交易部下达投资指令。

34. 【答案】C

【解析】基金面临着外部风险（具体包括市场风险、政策风险等系统性风险和信用风险、经营风险等非系统性风险与内部风险）和内部风险（具体包括基金管理人的投资策略风险、基金管理人的管理水平风险和基金管理人的职业道德风险等）。其中，职业道德风险主要是由基金管理人的违规、违法、侵害基金利益等行为所导致的基金持有人的损失。

35. 【答案】C

【解析】基金管理过程中发生的费用，主要包括基金管理费、基金托管费、信息披露费等，这些费用均由基金资产承担。

36. 【答案】D

【解析】D项开放式基金托管费率通常低于2.5‰。

37. 【答案】C

【解析】根据《证券投资基金运作管理办法》有关规定，封闭式基金的收益分配每年不得少于一次，封闭式基金年度收益分配比例不得低于基金年度已实现收益的90%。

38. 【答案】C

【解析】基金管理人运用基金买卖股票、债券的差价收入免征营业税。对证券投资基金从证券市场中取得的收入，包括买卖股票、债券的差价收入，股权的股息、红利收入，债券的利息收入及其他收入，暂不征收企业所得税。

39. 【答案】D

【解析】基金营销核心内容即营销组合的四大要素为产品（Product）、费率/价格（Price）、渠道(Place)和促销(Promotion)。

40.【答案】A

【解析】投资者对基金产品的选择依赖于两个因素:外在因素和内在因素。外在因素如个人成长的文化背景、社会阶层、家庭、身份和社会地位。内在因素有心理上的,如动机、感觉、风险承受能力、对新产品的态度等。还有个人自身的因素,如人生阶段、年龄、职业、生活方式和个性等。

41.【答案】D

42.【答案】D

43.【答案】C

【解析】基金销售机构在评估各种不同的细分市场进而选择自己的目标市场时,必须考虑细分市场结构的吸引力、细分市场的规模和成长性、销售机构的资源。

44.【答案】D

【解析】在选择具体基金的时候,须仔细对基金进行判别和分析。在对基金的历史业绩表现、基金管理公司的实力、基金管理团队的经验和能力、基金管理公司管理流程的严格程度、基金的风险控制水平等诸多方面进行充分评估后,如果某只基金符合投资者的风险承受能力,符合以上诸多基金选择标准,就可以将其纳入基金组合中。

45.【答案】B

【解析】基金的促销手段包括人员推销、广告促销、营业推广、公共关系和持续营销等。其中,持续营销是指对已经设立的基金开展再营销的行为,其能提高或稳定老基金的规模、增加基金销售机构的收入,从而有能力为投资者提供更专业、更优质的理财服务,还有利于促进基金销售机构与投资者的沟通与互动,提高投资者忠诚度。

46.【答案】A

【解析】营销推广的目标主要是解决"向谁推广"和"推广什么"两个问题。针对不同类型的基金投资者及不同的推广内容,应确立不同的营销推广目标。

47.【答案】D

48.【答案】A

【解析】A项宣传内容应该简明扼要,通俗易懂,容易传播。

49.【答案】C

【解析】证券投资咨询机构申请基金代销业务资格应具备的条件包括:①注册资本不低于2000万元人民币,且必须为实缴货币资本;②高级管理人员已取得基金从业资格,熟悉基金代销业务,并具备从事2年以上基金业务或者5年以上证券、金融业务的工作经历;③持续从事证券投资咨询业务3个以上完整会计年度;④最近3年没有代理投资人从事证券买卖的行为。

50.【答案】C

51.【答案】D

【解析】D项应是"基金托管银行出具的基金业绩复核函或基金定期报告中相关内容的复印件以及有关获奖证明的复印件"。

52.【答案】C

【解析】A项投资者开立深、沪证券账户或深、沪基金账户及资金账户就可以购买所有上市的封闭式基金;B项每个有效证件只允许开设1个基金账户;D项已开设证券账户的不能再重复开设基金账户。

53.【答案】A

【解析】封闭式基金的募集期限自基金份额发售之日起计算。目前，我国封闭式基金的募集期限一般为3个月。

54.【答案】A

【解析】投资者常常使用折（溢）价率反映封闭式基金份额净值与其二级市场价格之间的关系。当投资基金二级市场价格高于基金份额净值时，为溢价交易，这时折（溢）价率为正数。

55.【答案】C

【解析】投资者常常使用折（溢）价率反映封闭式基金份额净值与其二级市场价格之间的关系，其中折（溢）价率是指封闭式基金二级市场价格与基金份额净值相比较处于溢价或折价的程度，其计算公式为：折（溢）价率 = $\left|\dfrac{\text{二级市场价格} - \text{基金份额净值}}{\text{基金份额净值}}\right| \times 100\%$。

56.【答案】C

【解析】净申购金额 = 申购金额/（1 + 申购费率）= 100000 ÷（1 + 0.50%）≈ 99502.4（元）；申购份额 = 净申购金额/当日基金单位净值 = 99502.4 ÷ 2.0000 = 49751.2（份）。

57.【答案】D

【解析】后端收费模式是指在认购基金份额时不收费，在赎回基金时才支付认购费用的收费模式。认购份额 =（净认购金额 + 认购利息）/基金份额面值 =（70000 + 155）/1.00 = 70155（份）。

58.【答案】A

【解析】净申购金额 = 申购份额 × 申购当日基金单位净值 = 1000 × 2.5000 = 2500（元）；后端申购费用 = 净申购金额 × 后端申购费率 = 2500 × 1.50% = 37.5（元）；赎回总额 = 赎回数量 × 赎回日基金份额净值 = 1000 × 3.5000 = 3500（元）；赎回费用 = 赎回总额 × 赎回费率 = 3500 × 0.50% = 17.5（元）；赎回金额 = 赎回总额 − 后端申购费用 − 赎回费用 = 3500 − 37.5 − 17.5 = 3445（元）。

59.【答案】C

【解析】通常，货币市场基金从基金财产中计提不高于2.5‰的销售服务费，用于基金的持续销售和服务，为基金份额持有人提供服务。

60.【答案】A

【解析】开放式基金份额的转换是指投资者不需要先赎回已持有的基金份额，就可以将其持有的基金份额转换成同一基金管理公司管理的另一种基金份额的一种业务模式，其一般采取未知价法，按照转换申请日的基金份额净值为基础计算转换基金份额数量。

61.【答案】B

62.【答案】C

【解析】LOF基金合同生效后即进入封闭期，封闭期一般不超过3个月。封闭期内，基金不受理赎回。

63.【答案】A

【解析】A项应为"可以人民币、美元或其他主要外汇货币为计价货币募集"。

64. 【答案】B

65. 【答案】B

【解析】B项存续期募集信息披露,主要是指开放式基金在基金合同生效后每6个月披露一次更新的招募说明书。

66. 【答案】C

【解析】C项份额净值公告属于基金运作信息披露。

67. 【答案】B

【解析】《证券投资基金信息披露管理办法》第十五条规定,开放式基金的基金合同生效后,在开始办理基金份额申购或者赎回前,基金管理人应当至少每周公告一次基金资产净值和基金份额净值。基金管理人应当在每个开放日的次日,通过网站、基金份额发售网点以及其他媒介,披露开放日的基金份额净值和基金份额累计净值。

68. 【答案】A

【解析】封闭式基金与开放式基金在披露净值公告的频率上有所不同:前者一般一周披露一次基金净值和份额累计净值;而后者在开放申购、赎回前一般一周披露一次净值,放开申购、赎回后则会披露每个开放日的份额净值与份额累计净值。

69. 【答案】B

【解析】基金临时信息披露主要指在基金存续期间,当发生重大事件或市场上流传误导性信息,可能引致对基金份额持有人权益或者基金份额价格产生重大影响时,基金信息披露义务人依法对外披露临时报告或澄清公告。基金托管人的研究部门的负责人辞职不属于重大事件,基金信息披露义务人无须编制并披露临时公告书。

70. 【答案】D

【解析】基金季度报告属于基金运作信息披露,是基金合同生效后至基金合同终止前应披露的信息。基金募集期间应披露的信息包括招募说明书、基金合同、托管协议和基金份额发售公告。

71. 【答案】C

【解析】《证券法》第二十七条规定,股票依法发行后,发行人经营与收益的变化,由发行人自行负责;由此变化引致的投资风险,由投资者自行负责。

72. 【答案】D

【解析】除ABC三项外,《证券法》第一百七十一条规定投资咨询机构及其从业人员从事证券服务业务禁止行为还有买卖本咨询机构提供服务的上市公司股票和法律、行政法规禁止的其他行为。

73. 【答案】D

【解析】《证券法》第一百二十九条规定,证券公司设立、收购或者撤销分支机构,变更业务范围或者注册资本,变更持有百分之五以上股权的股东、实际控制人,变更公司章程中的重要条款,合并、分立、变更公司形式、停业、解散、破产,必须经国务院证券监督管理机构批准。

74. 【答案】C

75. 【答案】B

76. 【答案】C

77. 【答案】A

【解析】《证券投资基金运作管理办法》的第十六条规定，开放式基金的基金合同可以约定基金管理人自基金合同生效之日起一定期限内不办理赎回；但约定的期限不得超过三个月，并应当在招募说明书中载明。

78. 【答案】B

79. 【答案】D

【解析】《证券投资基金销售业务信息管理平台管理规定》第二十五条规定，信息管理平台应用系统的支持系统包括数据库、服务器、网络通讯、安全保障等，对于关键的支持系统组成部分应当提供备份措施或方案。

80. 【答案】C

【解析】C项对基金的投资业绩水平进行预测并不科学，应予以禁止。《证券投资基金销售适用性指导意见》第十五条规定，除ABD三项外，基金产品风险评价还包括基金成立以来有无违规行为发生。

二、不定项选择题(本题型共40小题，每小题1分，共40分。各小题所给出的四个选项中，至少有一项正确，请将正确选项的代码填入括号内，不选、少选、错选均不得分。)

81. 【答案】AC

【解析】A项中债券的期限具有法律约束力；C项股票可以视为无期证券。

82. 【答案】AD

【解析】A项一般而言，货币供应量收紧，会导致股价下跌；货币供应量宽松，会推动股价上升；B项存款利率上升，会使股票市场资金流入银行体系，股价下跌；C项公司缺乏投资机会时，留存收益率上升不能增加企业价值，同时导致股息减少，会降低股价；D项印花税税率下调，降低股票交易成本，成本下降则股价往往上升。

83. 【答案】ABC

【解析】D项属于债券的特征之一。

84. 【答案】D

【解析】欧式期权只能在期权到期日行使，而美式期权可以在期权到期日或期权到期日之前的任何一个营业日执行。

85. 【答案】ABCD

86. 【答案】CD

【解析】实行证券发行注册制要求发行人提供关于证券发行本身以及同证券发行有关的一切信息，可以向投资者提供证券发行的有关资料，但并不保证发行的证券资质优良，价格适当。

87. 【答案】BD

【解析】B项普通股股票的购买力风险相对较小，当发生通货膨胀时，由于公司产品价格上涨，股份公司的名义收益会增加，特别是当公司产品价格上涨幅度大于生产费用的涨幅时，公司净盈利增加，此时股息会增加，股票价格也会随之提高，普通股股东可得到较高收益，可部分减轻通货膨胀带来的损失；D项固定利息率和股息率的证券购买力风险较大。

88. 【答案】ABCD

89. 【答案】ABCD

【解析】在我国，只有中国证监会认定的机构才能从事基金的代理销售业务。目前，商业银行、证券公司、证券投资咨询机构、专业基金销售机构以及中国证监会规定的其他机构，均可以向中国证监会申请基金代销业务资格，从事基金的代销业务。

90. 【答案】ABCD

【解析】基金产业已经与银行业、证券业、保险业并驾齐驱，成为现代金融体系的四大支柱之一。

91. 【答案】CD

【解析】基金提供的保证有本金保证、收益保证和红利保证，具体比例由基金公司自行规定。

92. 【答案】BCD

【解析】ETF 的收益率与所跟踪指数的收益率之间往往存在一定的跟踪误差；抽样复制、现金留存以及基金费用等都会导致一定的跟踪误差。

93. 【答案】ACD

【解析】基金管理公司主要股东是指出资额占基金管理公司注册资本的比例最高，且不低于 25% 的股东，其应当具备下列条件：①从事证券经营、证券投资咨询、信托资产管理或者其他金融资产管理；②注册资本不低于 3 亿元人民币；③具有较好的经营业绩，资产质量良好；④持续经营 3 个以上完整的会计年度，公司治理健全，内部监控制度完善；⑤最近 3 年没有因违法违规行为受到行政处罚或者刑事处罚；⑥没有挪用客户资产等损害客户利益的行为；⑦没有因违法违规行为正在被监管机构调查，或者处于整改期间；⑧具有良好的社会信誉，最近 3 年在税务，工商等行政机关以及金融监管，自律管理，商业银行等机构无不良记录。基金管理公司除主要股东外的其他股东，注册资本、净资产应当不低于 1 亿元人民币，资产质量良好，且具备上述第④项至第⑧项规定的条件。

94. 【答案】ABCD

95. 【答案】ABCD

96. 【答案】ABD

【解析】对存在活跃市场的投资品种，估值日无市价的，且最近交易日后经济环境发生了重大变化的，应参考类似投资品种的现行市价及重大变化因素，调整最近交易市价，确定公允价值。

97. 【答案】ABD

【解析】根据有关规定，下列与基金有关的费用可以从基金财产中列支：①基金管理人的管理费；②基金托管人的托管费；③销售服务费；④基金合同生效后的信息披露费用；⑤基金合同生效后的会计师费和律师费；⑥基金份额持有人大会费用；⑦基金的证券交易费用；⑧按照国家规定和基金合同规定，可以在基金财产中列支的其他费用。基金转换费是由基金投资者承担的费用。

98. 【答案】AC

【解析】对基金管理人、基金托管人从事基金管理活动取得的收入，依照税法的规定征收营业税、企业所得税以及其他相关税收。

99. 【答案】ABD

【解析】投资人的真实需求与投资规模、风险偏好，对基金流动性、安全性的要求等因素有关。

100. 【答案】ABCD

【解析】基金销售的基本流程包含投资者风险承受能力测试、产品适用性分析及风险提示、提供投资咨询建议、受理基金业务申请和售后跟踪服务等。

101. 【答案】AB

【解析】C 项一般适用于积极投资者；D 项一般适用于保守型投资者。

102. 【答案】ABCD

103. 【答案】BCD

104. 【答案】BCD

【解析】商业银行、证券公司、证券投资咨询机构、专业基金销售机构以及中国证监会规定的其他机构在取得业务资格后方可从事代销活动；同时，上述机构与基金管理人是一种委托代理管理，其接受基金管理人的委托从事基金销售活动。

105. 【答案】AB

【解析】A 项基金销售人员的组织管理的本质是基金销售机构建立最优的组织结构并对销售人员进行合理化管理，使销售团队与销售机构的定位、战略营销目标协调发展；B 项对基金销售人员的行为监督必须从其职业素养和职业道德两方面进行严格要求和监督管理。

106. 【答案】BCD

【解析】封闭式基金的交易遵从"价格优先、时间优先"的原则：前者指较高价格买进申报优先于较低价格买进申报，较低价格的卖出申报优先于较高价格的卖出申报；后者指买卖方向相同、申报价格相同的，先申报者优先于后申报者，先后顺序按照交易主机接受申报的时间确定。

107. 【答案】ABD

【解析】投资者参与认购开放式基金，分开户、认购和确认三个步骤。其中开户是指基金账户的开立和资金账户的开立。

108. 【答案】ABCD

109. 【答案】ABCD

110. 【答案】CD

【解析】注册登记在中国结算公司的开放式基金注册登记系统(TA 系统)内的基金份额，可通过基金管理人及其代销机构在场外办理 LOF 的申购、赎回；登记在中国结算公司的证券登记结算系统内的基金份额，也可以通过具有基金代销业务资格且符合风险控制要求的深圳证券交易所会员单位在场内办理申购、赎回业务。

111. 【答案】ABCD

【解析】基金登记机构不但负责基金份额的登记工作，而且还承担着与基金份额登记有关的份额存管、资金清算和资金交收等业务。

112. 【答案】BD

【解析】基金信息披露的原则有实质性原则和形式性原则：前者包括真实性原则、准确性原则、完整性原则、及时性原则和公平披露原则；后者包括规范性原则、易解性原则和易得性原则。

113. 【答案】BD

【解析】基金信息披露的规范性文件主要包括"基金信息披露内容与格式准则"(第 1 号至第 7 号)和"基金信息披露编报规则"(第 1 号至第 5 号)。

114. 【答案】ABCD

【解析】对于基金管理人来说,主要负责办理与基金财产管理业务活动有关的信息披露事项,具体涉及基金募集、上市交易、投资运作、净值披露等各环节。

115. 【答案】ABC

【解析】D 项"基金份额持有人、基金管理人和基金托管人的权利、义务"属于基金合同的主要披露事项之一。

116. 【答案】ABCD

【解析】中国证监会设发行监管部、市场监管部、上市公司监管部、机构监管部、证券公司风险处置办公室、基金监管部、期货监管部、法律部、稽查局、会计部、国际合作部等职能部门。

117. 【答案】ABCD

118. 【答案】ABC

【解析】《证券投资基金法》第六十八条规定,基金合同终止时,基金管理人应当组织清算组对基金财产进行清算。清算组由基金管理人、基金托管人以及相关的中介服务机构组成。

119. 【答案】ABCD

【解析】《证券投资基金销售管理办法》第四十七条规定,除题中四项外,基金管理人、代销机构从事基金销售活动,禁止行为还有:①以排挤竞争对手为目的,压低基金的收费水平;②承诺利用基金资产进行利益输送;③本办法第十九条规定的情形;④中国证监会规定禁止的其他情形。

120. 【答案】ABC

【解析】《证券投资基金销售适用性指导意见》围绕投资人需要,从审慎调查、产品风险评价、基金投资人风险承受能力调查和评价等方面对销售机构的行为进行了规范,并要求基金销售机构在实施基金销售适用性的过程中应当遵循投资人利益优先原则、全面性原则、客观性原则和及时性原则。

三、判断题(本题型共 20 小题,每小题 1 分,共 20 分。判断各小题的对错,正确的用 A 表示,错误的用 B 表示。)

121. 【答案】A

【解析】公募证券是指发行人通过中介机构向不特定的社会公众投资者公开发行的证券,审核较严格并采取公示制度;而私募证券是指向少数特定的投资者发行的证券,其审查条件相对宽松,投资者也较少,不采取公示制度。

122. 【答案】B

【解析】B 股,即境内上市外资股,是指在中国境内注册的股份有限公司向境内外投资者发行并在中国境内证券交易所上市交易的股票。

123. 【答案】B

【解析】第二板市场是指交易所主板市场以外的另一个证券市场,其主要目的是为新兴公司提供集资途径,助其发展和扩展业务。

124. 【答案】B

【解析】收益与风险相对应，风险较大的证券，其收益率相对较高；反之收益率较低的投资对象，风险相对较小，但并不具有必然性。

125. 【答案】B

【解析】股票和债券是直接投资工具，筹集的资金主要投向实业领域；但基金是一种间接投资工具，筹集的资金主要投向有价证券等金融工具。

126. 【答案】B

【解析】20世纪80年代以来，开放式基金的数量和规模增加幅度最大，目前已成为证券投资基金中的主流产品。

127. 【答案】B

【解析】交易型开放式指数基金，通常又被称为"交易所交易基金"（Exchange Traded Funds，简称"ETF"），是一种在交易所上市交易的、基金份额可变的开放式基金。

128. 【答案】B

【解析】我国相关法规规定，基金管理公司主要股东（指出资额占基金管理公司注册资本的比例最高且不低于25%的股东）注册资本不低于3亿元人民币；除主要股东外的其他股东要求注册资本，净资产应当不低于1亿元人民币。

129. 【答案】B

【解析】证券投资基金银行存款账户由托管人以基金的名义在银行开立。

130. 【答案】B

【解析】目前，我国开放式基金于每个交易日估值，并于下一交易日公告基金份额净值。

131. 【答案】B

【解析】直销是不通过服务机构而是由基金管理公司附属的销售机构把基金份额直接出售给投资者的模式，其一般通过邮寄、电话、互联网、直属的分支机构网点、直销队伍等实现基金销售。

132. 【答案】A

【解析】不同的基金由于投资目标和方向不同、规模不同、风格不同，风险、收益水平也会不一样。

133. 【答案】A

134. 【答案】B

【解析】基金管理公司或旗下基金产品获得奖项的，应当引用业界公认比较权威的奖项，且应当避免引用两年前的奖项。

135. 【答案】A

136. 【答案】B

【解析】货币市场基金的申购、赎回采用"确定价"原则。

137. 【答案】B

【解析】基金份额冻结时产生的权益一并冻结。

138. 【答案】A

139. 【答案】B

【解析】中国证券业协会的权力机构为全体会员组成的会员大会，并由该会员大会负责制定协会的章程，并报中国证监会备案。

140. 【答案】A

【解析】《证券投资基金托管资格管理办法》第二条规定，商业银行从事证券投资基金托管业务，应当经中国证券监督管理委员会和中国银行业监督管理委员会核准，依法取得基金托管资格。

证券投资基金销售基础知识过关冲刺题(四)

一、单项选择题(本题型共80小题,每小题0.5分,共40分。各小题所给出的四个选项中,只有一项最符合题目要求,请将正确选项的代码填入括号内,不选、错选均不得分。)

1. 按照( ),可将有价证券分为股票、债券和其他证券三大类。
   A. 募集方式的不同
   B. 证券发行主体的不同
   C. 证券所代表权利性质的不同
   D. 是否在证券交易所挂牌上市交易

2. 按横向结构关系,证券市场可以分为( )。
   A. 发行市场和交易市场
   B. 股票市场、债券市场和基金市场
   C. 集中交易市场和场外市场
   D. 国内市场和国外市场

3. 社会保障基金的资金投资范围规定,用于证券投资基金、股票投资的比例( )。
   A. 不高于50%
   B. 不低于50%
   C. 不低于40%
   D. 不高于40%

4. 投资者预计某上市公司自一年后开始分发红利,红利为每年2元/股,必要的收益率为10%,则该公司股票的理论价格为( )元/股。
   A. 16
   B. 20
   C. 2
   D. 30

5. 下列关于记名股票的阐述,不正确的是( )。
   A. 记名股票转让相对复杂,受到限制
   B. 记名股票便于挂失,相对安全
   C. 记名股票的股东权利属于记名股东
   D. 记名股票认购股票时要求一次缴纳出资

6. 上海证券交易所和深圳证券交易所对未完成股权分置改革的上市公司股票的涨跌幅比例统一调整为( )。
   A. 5%
   B. 8%
   C. 10%
   D. 15%

7. 关于债券的票面要素,下列描述正确的是( )。
   A. 为了弥补自己临时性资金周转的短缺,债务人可以发行中长期债券
   B. 当未来市场利率趋于下降时,应选择发行期限较长的债券
   C. 票面金额定得较小,有利于小额投资者购买,持有者分布面广
   D. 流通市场发达,债券容易变现,长期债券不能被投资者接受

8. 关于债券与股票的比较,下列说法错误的是( )。
   A. 债券和股票都属于有价证券
   B. 尽管从单个债券和股票看,它们的收益率经常会发生差异,而且有时差距还很大,但是总体而言,两者的收益率是相互影响的
   C. 债券通常有规定的利率,而股票的股息红利不固定
   D. 债券和股票都是筹资手段,因而都属于负债

9. 在我国,首次公开发行的股票应以( )方式确定股票发行价格。
   A. 询价
   B. 网上竞价
   C. 协商定价
   D. 资产核算定价

10. 以募满发行额为止所有投标者的最低中标价格作为最后中标价格,全体中标者的中标价格是单一的招标方式是( )。
    A. 以价格为标的的荷兰式招标
    B. 以价格为标的的美式招标
    C. 以收益率为标的的荷兰式招标
    D. 以收益率为标的的美式招标

11. 世界上最早、最有影响的股价指数是(　　　)。
    A. 道－琼斯工业股价平均指数　　　　　B. 标准普尔指数
    C. 日经指数　　　　　　　　　　　　　D. 纳斯达克指数

12. 下列选项中最易受到购买力风险损害的证券是(　　　)。
    A. 固定收益证券　　B. 浮动利率债券　　C. 保值补贴债券　　D. 普通股股票

13. 下列关于股票投资收益的说法不正确的是(　　　)。
    A. 股票投资收益是指投资者从购买股票开始到出售股票为止整个持有期间的收入
    B. 股息的具体形式包括现金股息和股票股息，其中股票股息是最普通、最常见的股息形式
    C. 股票买入价与卖出价之间的差额就是资本利得
    D. 由股息收入、资本利得和公积金转增股本组成

14. 下列金融产品中，信息披露程度最高的是(　　　)。
    A. 基金　　　　　B. 银行储蓄存款　　C. 银行理财产品　　D. 券商集合计划

15. 银行理财产品的投资范围除了基金可以投资的领域，还可以投资的领域比较宽广。但不包括(　　　)。
    A. 申购基金产品　　　　　　　　　　　B. 申购股票产品
    C. 购买信托产品　　　　　　　　　　　D. 设计投资收益与金融指数挂钩的产品

16. 基金在信息披露上对披露的(　　　)没作严格规定。
    A. 频率　　　　　B. 内容　　　　　　C. 格式　　　　　　D. 透明度

17. 为了保障广大投资者的利益，防止基金资产被挤占、挪用等，证券投资基金的基金资产一般都要由(　　　)来保管。
    A. 基金中介机构　　B. 基金管理人　　C. 基金持有人　　D. 基金托管人

18. 下列选项中，基金托管人的职责不包括(　　　)。
    A. 基金投资运作的监督　　　　　　　　B. 基金产品的设计
    C. 基金资金清算　　　　　　　　　　　D. 会计复核

19. 与以往基金运作模式相比，马萨诸塞投资信托的特点不包括(　　　)。
    A. 组织形式由契约型改变为公司型
    B. 投资对象由实业领域改变为有价证券
    C. 回报方式由过去的收益方式改变为收益分享、风险分担的分配方式
    D. 运作方式由原先的封闭式改变为开放式

20. 我国第一只开放式股票型基金是(　　　)。
    A. 银华优选　　　B. 华安富利　　　　C. 华安创新　　　　D. 南方避险

21. 根据投资目标的不同，基金可以分为(　　　)。
    A. 契约型基金与公司型基金　　　　　　B. 成长型基金、收入型基金和平衡型基金
    C. 主动型基金和被动(指数)型基金　　　D. 系列基金和基金中的基金

22. 多个基金共用一个基金合同，各子基金独立进行投资决策，投资者可以根据自己的需要转换子基金称为(　　　)。
    A. 指数基金　　　B. 对冲基金　　　　C. 伞型基金　　　　D. 共同基金

23. 份额净值保持在1元不变的是(　　　)。
    A. 股票基金　　　B. 债券基金　　　　C. 混合基金　　　　D. 货币市场基金

74

24. ( )是最能全面反映基金经营成果的指标。
   A. 基金分红　　　　B. 留存收益　　　　C. 已实现收益　　　　D. 净值增长率

25. 股票基金持股集中度通常包括( )。
   A. 前五大行业投资市值占基金投资总市值的比重
   B. 前五大行业投资市值占基金投资股票总市值的比重
   C. 前十大重仓股的投资总市值占基金投资总市值的比重
   D. 前十大重仓股的投资总市值占基金投资股票总市值的比重

26. 一般的业绩归因分析即对基金的超额收益进行分解，研究超额收益的主要来源，主要分为( )选择与证券选择两个方面。
   A. 市场时机　　　　B. 内部收益　　　　C. 证券公司　　　　D. 基金管理人

27. 基金市场参与主体中，( )在整个基金的运作中起核心作用。
   A. 基金份额持有人　B. 基金管理人　　　C. 基金托管人　　　D. 基金市场服务机构

28. 基金管理公司应当建立健全独立董事制度，独立董事人数不得少于( )人，且不得少于董事会人数的1/3。
   A. 1　　　　　　　　B. 3　　　　　　　　C. 5　　　　　　　　D. 10

29. 基金托管人的首要职责是( )。
   A. 安全保管基金资产　　　　　　　　B. 完成基金资金清算
   C. 进行基金会计核算　　　　　　　　D. 监督基金投资运作

30. 《证券投资基金托管资格管理办法》对托管人资产规模的要求是最近( )个会计年度的年末净资产均不低于20亿元人民币。
   A. 1　　　　　　　　B. 2　　　　　　　　C. 3　　　　　　　　D. 5

31. 专业基金销售机构申请基金代销业务资格的，机构高级管理人员已取得基金从业资格，熟悉基金代销业务，并具备从事2年以上基金业务或者( )年以上证券、金融业务的工作经历。
   A. 2　　　　　　　　B. 3　　　　　　　　C. 5　　　　　　　　D. 7

32. 封闭式基金的交易价格最终由( )决定。
   A. 市场供求关系　　　　　　　　　　B. 市场机制
   C. 基金份额资产净值　　　　　　　　D. 基金份额资产总值

33. 投资决策委员会一般是( )议事机构。
   A. 常设的　　　　　　B. 非常设的　　　　C. 常规的　　　　　　D. 非常规的

34. 因为信息的不对称性等原因导致基金管理人制定出错误的投资策略，由此引发的风险就称为( )。
   A. 投资策略风险　　　B. 管理水平风险　　C. 职业道德风险　　　D. 公司治理结构风险

35. 下列关于基金管理费的说法，错误的是( )。
   A. 基金管理费是指基金管理人管理基金资产而向基金收取的费用
   B. 一般情况下，基金规模越大，基金管理费率越高
   C. 基金风险程度越高，基金管理费率越高
   D. 我国债券基金的管理费率一般低于股票基金

36. 我国基金销售服务费按( )支付。
   A. 日　　　　　　　　B. 周　　　　　　　　C. 月　　　　　　　　D. 季

37. (　　)是指将应分配的净利润折算为等值的新的基金份额进行基金分配。

A. 股票分红方式　　　　　　　　　　B. 现金分红方式

C. 分红再投资转换为基金份额　　　　D. 股票投资收益

38. 目前，基金买卖股票按照(　　)的税率征收印花税。

A. 0.1%　　　　　B. 0.5%　　　　　C. 1.0%　　　　　D. 1.5%

39. 基金营销部门的一项关键性工作是(　　)。

A. 确定目标市场与投资者　　　　　　B. 保住老客户

C. 开发新客户　　　　　　　　　　　D. 设计市场营销组合

40. 下列各项中，影响投资者决策的内在因素是(　　)。

A. 个人的文化背景　　B. 社会阶层　　C. 家庭　　　　D. 风险承受能力

41. 开放式基金的特点是投资者在开放日(　　)可以按基金单位净值申购和赎回。

A. 结束前规定一段时间内　　　　　　B. 开始后规定一段时间内

C. 随时　　　　　　　　　　　　　　D. 下一工作日

42. 目前，我国基金代销的主要渠道是(　　)。

A. 商业银行　　　B. 证券公司　　　C. 保险公司　　　D. 财务顾问公司

43. (　　)是指确定目标市场投资者群体关心的关键要素，并进行权衡选择，如研究能力、信誉、营销经验、产品、客户服务等。

A. 目标定位　　　B. 市场定位　　　C. 品牌定位　　　D. 分析与选择定位

44. 基金销售机构应在基金投资者(　　)购买基金产品时或定期、不定期对已购买基金投资者的风险承受能力进行调查和评价。

A. 首次　　　　　B. 第二次　　　　C. 第三次　　　　D. 第四次

45. 营销工作的重点不包括(　　)。

A. 加强对内部营销人员的培训　　　　B. 加强对内部营销人员的沟通反馈

C. 提供有竞争力的产品　　　　　　　D. 提供充足的宣传资料和费用

46. 营销目标的确定内容不包括(　　)。

A. 分析基金营销活动面向的目标市场

B. 确定具体的市场营销策略

C. 评估基金营销活动的外部因素和内部因素

D. 收集、分析金融市场、相关基金产品、相关基金管理公司以往的历史数据

47. 基金销售的"售前"服务是(　　)。

A. 受理投诉　　　B. 投资跟踪　　　C. 投资咨询　　　D. 投资者查询

48. (　　)应组织编写投资者教育的宣传材料，定期对会员单位的投资者教育工作开展情况进行巡检和指导。

A. 证券交易所　　B. 中国证券业协会　C. 中国银监会　　D. 中国证监会

49. 《证券投资基金销售管理办法》第十二条对专业基金销售机构申请基金代销业务资格进行了规定，指出除具备本办法第九条第(三)项至第(七)项、第十条第(三)项和第(四)项以及第十一条第(一)项和第(二)项规定的条件外，还应当具备其他条件。下列说法错误的是(　　)。

A. 有符合规定的组织名称、组织机构和经营范围

B. 主要出资人是依法设立的持续经营2个以上完整会计年度的法人，注册资本不低于

5000 万元人民币，财务状况良好，运作规范稳定，最近 3 年没有因违法违规行为受到行政处罚或者刑事处罚

    C. 取得基金从业资格的人员不少于 30 人，且不低于人员人数的 1/2

    D. 中国证监会规定的其他条件

50. 基金管理人委托代销机构办理基金的销售应当签订(　　)，明确双方的权利和义务。

    A. 书面代销协议　　　　B. 书面合作协议　　　　C. 书面交易协议　　　　D. 书面委托协议

51. 基金宣传推介材料登载基金的过往业绩，应当符合的规定叙述错误的是(　　)。

    A. 按照有关法律、行政法规的规定或者行业公认的准则计算基金的业绩表现数据

    B. 引用的统计数据和资料应当真实、准确，并注明出处，不得引用未经核实、尚未发生或者模拟的数据

    C. 真实、准确、完整、合理地表述基金业绩和基金管理人的管理水平，基金业绩表现数据应当经基金持有人大会复核

    D. 基金宣传推介材料可以登载该基金、基金管理人管理的其他基金的过往业绩，但基金合同生效不足 6 个月的除外

52. 封闭式基金的基金份额，由(　　)申请上市交易。

    A. 基金托管人　　　　　　　　　　　　B. 持有基金比例超过 10% 的投资者

    C. 基金管理人　　　　　　　　　　　　D. 中国证券业协会

53. 根据《证券投资基金运作管理办法》规定，封闭式基金募集期限自基金份额发售之日起不得超过(　　)个月。

    A. 3　　　　　　　　　B. 4　　　　　　　　　C. 5　　　　　　　　　D. 6

54. 某封闭式基金市价 2.200 元，基金份额净值为 2.000 元，那么该基金的折(溢)价率为(　　)。

    A. 溢价 11%　　　　　B. 折价 11%　　　　　C. 溢价 10%　　　　　D. 折价 10%

55. T 日，客户在某一基金销售网点提交开放式基金的认购申请后，最早要在(　　)日才可以查询认购申请的受理情况。

    A. T+1　　　　　　　B. T+2　　　　　　　C. T+3　　　　　　　D. T+4

56. 一投资者共出资 15 万元申购某基金，已知该基金采取的是前端收费模式，净额费率为 1%，申购当天该基金份额净值 1.1 元，则该公司最终申购的份额为(　　)份。

    A. 133014.30　　　　B. 135013.50　　　　C. 145213.50　　　　D. 155223.30

57. 目前，我国股票型基金的认购费率通常为(　　)。

    A. 0　　　　　　　　　B. 1% 以下　　　　　C. 1%~1.5%　　　　　D. 1%~2.5%

58. 某开放式基金的管理费为 1.2%，申购费 1.3%，托管费 0.3%。某投资者以 20000 元现金申购该基金，若当日基金单位净值为 1.290 元，则该投资者得到的基金份额是(　　)份。

    A. 11549.54　　　　　B. 12546.54　　　　　C. 15304.91　　　　　D. 15546.91

59. 基金管理人认为兑付投资者的赎回申请进行的资产变现可能使基金份额净值发生较大波动，基金管理人可以在当日接受赎回比例不低于上一日基金总份额(　　)的前提下，对其余赎回申请延期办理。

    A. 4%　　　　　　　　B. 6%　　　　　　　　C. 8%　　　　　　　　D. 10%

60. 开放式基金份额的(　　)是指投资者不需要先赎回已持有的基金份额，就可以将其持

有的基金份额转换成同一基金管理公司管理的另一种基金份额的一种业务模式。

    A. 转换   B. 非交易过户   C. 转托管   D. 冻结

61. 关于交易型开放式指数基金(ETF)份额的发售,下列说法错误的是( )。

    A. ETF 可采取场内认购和场外认购方式

    B. 目前我国的投资者可以采取场内现金认购方式

    C. ETF 份额的认购可采用现金认购,也可采用证券认购

    D. 场外认购是指投资者通过基金管理人指定的基金发售代理机构使用证券交易所的交易网络系统进行的认购

62. 投资者将 LOF 基金份额从证券登记系统转入 TA 系统,自_____日始,可以在_____代销机构基金管理人处申报赎回基金份额。( )

    A. T+0;转出方   B. T+2;转出方   C. T+2;转入方   D. T+0;转入方

63. QDII 基金的管理人应当在基金份额发售的( )公布招募说明书、基金合同及其他文件。

    A. 1 日前   B. 2 日内   C. 3 日前   D. 4 日内

64. QDII 基金在募集期间募集的资金应当存入_____,在基金募集行为结束前,_____。( )

    A. 一般账户;持有人可以动用   B. 专门账户;持有人可以动用

    C. 一般账户;托管人不得动用   D. 专门账户;任何人不得动用

65. _____属于基金信息披露的实质性原则,_____属于基金信息披露的形式性原则。( )

    A. 公平披露原则;规范性原则   B. 规范性原则;完整性原则

    C. 准确性原则;及时性原则   D. 易得性原则;及时性原则

66. 基金管理人可以根据需要在其他报刊上披露信息时应当保证:指定报刊应( )非指定报刊披露信息;在不同报刊上披露同一信息的内容一致。

    A. 早于   B. 同步于   C. 晚于   D. 不晚于

67. 封闭式基金至少( )资产净值和份额净值。

    A. 每周公告 1 次   B. 每周公告 2 次   C. 每月公告 1 次   D. 每月公告 2 次

68. 下列各项中,约定基金管理人、基金托管人和基金份额持有人权利义务关系的重要法律文件是( )。

    A. 基金合同   B. 基金代销协议   C. 基金托管协议   D. 基金招募说明书

69. 基金定期报告需要进行审计的是( )。

    A. 基金年度报告   B. 基金季度报告和半年度报告

    C. 基金半年度报告和年度报告   D. 基金季度报告、半年度报告和年度报告

70. 下列对季度报告中的投资组合所披露的主要内容,叙述错误的是( )。

    A. 基金资产组合   B. 按行业分类的股票投资组合

    C. 按券种分类的债券投资组合   D. 前 10 名债券明细

71. 《证券法》规定,证券的代销、包销期限最长不得超过( )天。

    A. 120   B. 90   C. 60   D. 30

72. 在我国,由( )负责证券业从业人员从事证券业务资格的确认、撤销及有关事宜。

    A. 国务院证券管理委员会   B. 中国证监会

C. 中国证券业协会　　　　　　　　　　　D. 证券交易所

73. 我国《证券法》对证券交易所的规定内容不包括(　　　)。
    A. 证券交易所的性质、功能、组织架构、职责
    B. 负责人和从业人员任职的禁止情形
    C. 风险基金的提取、自律规则的制定、回避制度、交易结果不得改变原则
    D. 证券交易所的办公人员数量，对收入支配的规定，交易所的组织架构及从业人员的规定

74. 构成编造并传播证券交易虚假信息罪的，处(　　　)年以下有期徒刑、拘役，并处或者单处罚金；单位犯该罪的，对单位判处罚金，并对相关责任人员处有期徒刑或者拘役。
    A. 3　　　　　　　B. 5　　　　　　　C. 10　　　　　　　D. 15

75. 我国目前的基金监管法律法规体系是以(　　　)为核心。
    A.《证券投资基金法》　　　　　　　B.《证券投资基金运作管理办法》
    C.《证券法》　　　　　　　　　　　D.《基金公司管理条例》

76. 某日，某基金管理公司接到中国证监会有关基金投资比例的违规警告，可能的原因是(　　　)。
    A. 该公司的某只基金，在基金名称中显示投资方向，并且有5%的非现金基金资产不属于投资方向确定的内容
    B. 该公司的某只基金持有一家上市公司的股票，其市值占该基金资产净值的8%
    C. 该公司管理的全部基金持有某一家公司发行的证券，总份额为该证券的15%
    D. 某只基金参与股票发行申购，所申报的金额为该基金总资产的80%

77. 根据《证券投资基金管理公司管理办法》，以下属于中外合资基金管理公司的境外股东应当具备的条件的是(　　　)。
    A. 为依其所在国家或者地区法律设立，而不需要关注该国或地区证券法律和监管制度是否完善
    B. 所在国家或者地区具有完善的证券法律和监管制度，其证券监管机构已与中国证监会或者中国证监会认可的其他机构签订证券监管合作谅解备忘录，并保持着有效的监管合作关系
    C. 实缴资本不少于5亿元人民币的等值可自由兑换货币
    D. 最近5年没有受到监管机构或者司法机关的处罚

78. 我国基金业正处在发展壮大的初期，基金监管应遵循(　　　)原则，以避免出现大起大落的情形，影响基金业的正常发展。
    A. 连续性　　　　B. 有效性　　　　C. 审慎性　　　　D. 公平性

79. 转入下一开放日的赎回申请不享有赎回优先权，并将以(　　　)为基准计算赎回金额。以此类推，直到全部赎回为止。
    A. 上一个开放日的基金份额净值　　　B. 上一个开放日的基金份额总值
    C. 下一个开放日的基金份额净值　　　D. 下一个开放日的基金份额总值

80. 基金产品风险评价可通过基金产品的风险等级来反映，一般不包括(　　　)层次。
    A. 无风险等级　　B. 低风险等级　　C. 中风险等级　　D. 高风险等级

二、多项选择题(本题型共40小题，每小题1分，共40分。各小题所给出的四个选项中，

81. 关于资本证券，下列说法正确的是(   )。

    A. 持有人有一定的收入请求权

    B. 股票属于资本证券

    C. 有价证券是资本证券的主要形式

    D. 资本证券是指由金融投资或与金融投资有直接联系的活动而产生的证券

82. 下列选项中，不属于赋予股东优先认股权的主要目的是(   )。

    A. 保证普通股股东在股份公司保持原有的持股比例

    B. 保护原有普通股股东的利益和持股价值

    C. 增加公司的募集资金

    D. 确保公司股份能足额认购

83. 普通股股东一般不享有(   )。

    A. 公司重大决策参与权   B. 了解公司经营状况权

    C. 优先分配股息权   D. 剩余资产优先分配权

84. 按照持有人权利的性质不同，权证分为(   )。

    A. 认股权证   B. 认购权证   C. 备兑权证   D. 认沽权证

85. 下列关于股票和债券的描述，错误的有(   )。

    A. 发行债券是公司追加资金的需要，它属于公司的资本金

    B. 债券属于公司的负债

    C. 股票发行是股份公司为创办企业和增加资本的需要，应列入负债

    D. 金融机构、公司组织一般都可发行股票

86. 下列关于我国证券交易所的说法，正确的有(   )。

    A. 证券交易所是证券买卖双方公开交易的场所

    B. 证券交易所本身也能买卖证券

    C. 证券交易所可以决定证券价格

    D. 证券交易所分为会员制和公司制

87. 下列关于风险的说法，正确的是(   )。

    A. 风险是指对投资者预期收益的背离

    B. 证券投资的风险就是证券收益的不确定性

    C. 系统性风险是可以投资组合而避免的

    D. 非系统风险是可以投资组合来避免的

88. 下列关于证券投资基金的说法，正确的有(   )。

    A. 证券投资基金是一种实行组合投资、专业管理、利益共享、风险共担的集合投资方式

    B. 证券投资基金是一种直接投资工具

    C. 基金投资者是基金资产的所有者

    D. 基金份额持有人、基金管理人与基金托管人是基金的当事人

89. 基金持有人享有(   )等法定权益。

    A. 分享基金财产收益   B. 基金资产运作管理权

    C. 剩余基金资产分配权   D. 基金资产保管权

90. 下列选项中，（   ）属于我国基金销售渠道。
    A. 商业银行
    B. 证券公司
    C. 保险公司
    D. 证券投资咨询公司

91. 关于保本基金，下列说法正确的是（   ）。
    A. 保本期越长，投资者承担的机会成本越高
    B. 常见的保本比例介于50%~80%之间
    C. 其他条件相同，保本比例较低的基金投资于风险性资产的比例也较低
    D. 保本基金往往会对提前赎回基金的投资者收取较高的赎回费

92. 下列关于ETF的说法，正确的是（   ）。
    A. ETF本质上是一种指数基金
    B. ETF规模的变动最终取决于市场对ETF的真正需求
    C. ETF会不可避免地承担所跟踪指数面临的系统性风险
    D. 我国首只ETF采用的是抽样复制

93. 下列关于基金市场参与主体的说法，正确的有（   ）。
    A. 依据所承担的责任与作用的不同，基金市场参与主体可以分为基金当事人、基金市场服务机构、监管和自律组织三大类
    B. 基金份额持有人、基金管理人、基金托管人是基金的当事人
    C. 基金销售机构、注册登记机构、基金投资咨询机构是基金的主要服务机构
    D. 中国证券业协会是我国基金市场的监管主体

94. 基金管理公司的基本管理制度主要包括（   ）。
    A. 风险控制制度、投资管理制度
    B. 公司财务制度、资料档案管理制度
    C. 监察稽核制度、信息技术管理制度
    D. 业绩评估考核制度、紧急应变制度

95. 基金资产账户主要包括（   ）。
    A. 银行存款账户
    B. 结算备付金账户
    C. 交易所证券账户
    D. 全国银行间市场股票托管账户

96. 基金管理公司的业务风险主要包括（   ）。
    A. 投资管理风险
    B. 信息披露风险
    C. 第三方风险
    D. 关联交易风险

97. 投资人在申购赎回开放式基金单位时直接承担的费用有（   ）。
    A. 管理费
    B. 转换费
    C. 申购费
    D. 托管费

98. 下列选项中，不能免征营业税的收入的是（   ）。
    A. 基金管理人运用基金买卖股票、债券的差价收入
    B. 基金管理人、基金托管人从事基金管理活动取得的收入
    C. 金融机构买卖基金的差价收入
    D. 非金融机构买卖基金份额的差价收入

99. 基金市场营销的意义主要有（   ）。
    A. 基金的市场营销是实现基金销售机构经营目标的基本活动之一
    B. 基金销售机构高品质的营销服务有助于吸引投资者并且留住投资者，帮助基金销售机构建立与投资者之间持久良好的关系
    C. 通过市场营销使基金达到一定的销售目标和资产管理规模，是基金营销的根本职责所在

D. 基金销售机构通过长期有效的市场营销工作，可以逐步树立公司的市场形象和品牌形象，培养投资者对公司的忠诚度，从而保证公司及整个基金行业的不断发展

100. 开放式基金的直销一般通过(　　)等实现。

A. 邮寄　　　　　　　　　　　　B. 电话

C. 直属的分支机构网点　　　　　D. 直销队伍

101. 投资者评价以基金投资者的风险承受能力类型来具体反映，下列有关特征分类的说法，正确的有(　　)。

A. 稳健型投资者对投资的态度是希望投资收益极度稳定，不愿意承受投资波动对心理的煎熬，追求稳定

B. 积极型投资者有较高的风险承受能力，专注于投资的长期增值，并愿意为此承受较大的风险

C. 风险较小的情况下获得一定的收益是保守型投资者主要的投资目的

D. 投资者以其风险承受能力分类至少应包括积极型、稳健型和保守型

102. 在新基金募集过程中，基金销售机构大多通过(　　)等方式，组织基金经理与投资者交流，帮助投资者增进对基金产品的理解。

A. 产品推介会　　B. 产品研讨会　　C. 电视广告　　D. 报刊

103. 基金销售机构提供的交易查询内容包括(　　)。

A. 基金净值　　B. 对账单　　C. 基金交易规则　　D. 基金公告解释

104. 基金管理公司的主要价值体现在(　　)。

A. 标准化的产品　　　　　　　　B. 信息披露制度

C. 严格的外部监管　　　　　　　D. 严格的内部风险控制制度

105. 《证券投资基金销售管理办法》对基金销售费用的规范作了明确规定。下列说法不正确的有(　　)。

A. 销售服务费一般不从基金财产中计提，而是向直接基金持有人收取

B. 无论投资人的认购金额、申购金额的数量的多少，都必须适用相同的认购、申购费率标准，该标准一经确定，不得随意改变

C. 基金的认购费和申购费可以在基金份额发售或者申购时收取，也可以在赎回时从赎回金额中扣除

D. 基金管理人办理开放式基金份额的赎回，应当收取赎回费，赎回费在扣除手续费后，余额属于基金财产

106. 封闭式基金份额上市交易应符合条件的有(　　)。

A. 基金份额总额达到核准规模的 80% 以上

B. 基金合同期限 5 年以上

C. 基金募集金额不低于 5 亿元人民币

D. 基金份额持有人不少于 1000 人

107. 下列关于开放式基金发售的说法，不正确的有(　　)。

A. 开放式基金的发售由基金登记结算公司负责办理

B. 基金管理人可以委托商业银行、证券公司等经国务院证券监督管理机构认定的其他机构代理基金份额的发售

C. 基金管理人应当在基金份额发售的 10 日前公布招募说明书、基金合同及其他有关

文件

D. 开放式基金在基金募集期间募集的资金应当存入专门账户，在基金募集行为结束前，任何人不得动用

108. 开放式基金的申购赎回可以通过(   )进行。

A. 直销中心   B. 传真   C. 电话   D. 互联网

109. ETF 申购、赎回的原则有(   )。

A. 场外申购赎回采用金额申购、份额赎回

B. 场外申购赎回 ETF 的申购对价、赎回对价包括组合证券、现金替代、现金差额及其他对价

C. 场外申购赎回 ETF 的申购对价、赎回对价为现金

D. 申购、赎回申请提交后可以在规定期限内撤销

110. 按照《合格境内机构投资者境外证券投资管理试行办法》以及《关于实施〈合格境内机构投资者境外证券投资管理试行办法〉有关问题的通知》的相关规定，申请合格境内机构投资者资格，应当具备的条件包括(   )。

A. 申请人的财务稳健，资信良好，资产管理规模、经营年限等符合中国证监会的规定

B. 拥有符合规定的具有境外投资管理相关经验的人员

C. 没有重大事项正在接受司法部门、监管机构的立案调查

D. 最近 5 年没有受到监管机构的重大处罚

111. 关于基金登记机构的职责，下列说法正确的有(   )。

A. 负责基金份额的登记工作

B. 承担与基金份额登记有关的资金清算业务

C. 承担与基金份额登记有关的资金交收业务

D. 不承担与基金份额登记有关的份额存管业务

112. 为防止信息误导给投资者带来损失，法律法规对公开披露基金信息作出了禁止性规定，属于禁止行为的有(   )。

A. 虚假记载、误导性陈述或重大遗漏

B. 对证券投资业绩进行预测

C. 违规承诺收益或者承担损失

D. 诋毁其他基金管理人、托管人或者基金销售机构

113.《证券投资基金法》对基金公开披露信息的(   )都作了明确的规定。

A. 主要原则   B. 披露方式   C. 主要文件   D. 禁止行为

114. 基金托管人的信息披露义务主要涉及的环节包括(   )。

A. 基金资产保管   B. 代理清算交割   C. 会计核算   D. 投资运作监督

115. 下列不属于基金合同披露的主要事项是(   )。

A. 基金财产的投资方向和投资限制

B. 封闭式基金的基金份额总额和基金合同期限，或者开放式基金的最低募集份额总额

C. 基金份额的发售日期、发售价格、费用和期限

D. 风险警示内容

116. 我国对证券市场监督管理的原则包括(   )。

A. 依法管理原则   B. 保护投资者利益原则

C. "三公"原则   D. 行政监管与自律相结合的原则

117. 下列属于"违法运用客户资金罪和违反国家规定运用资金罪"犯罪主体的是(　　)。

    A. 商业银行   B. 证券交易所   C. 证券公司   D. 证券业协会

118. 我国基金业监管的原则有(　　)。

    A. 依法监管原则   B. 监管与自律并重原则

    C. 监管的连续性和有效性原则   D. 审慎监管原则

119. 下列关于基金份额持有人大会的说法,正确的有(　　)。

    A. 基金托管人认为有必要召开基金份额持有人大会的,应当向基金管理人提出书面提议

    B. 当基金托管人召开基金份额持有人大会的提议被基金管理人否决后,基金托管人不得自行召集会议

    C. 基金管理人决定召集基金托管人提议的基金份额持有人大会的,应当自出具书面决定之日起 30 日内召开

    D. 代表基金份额 10% 以上的基金份额持有人认为有必要召开基金份额持有人大会的,应当向基金管理人提出书面提议

120. 《证券投资基金销售适用性指导意见》规定,(　　)。

    A. 基金代销机构选择代销产品时,应当对基金管理人进行审慎调查

    B. 基金代销机构选择代销产品时,应当对基金托管人进行审慎调查

    C. 基金管理人在选择基金代销机构时,应对基金代销机构进行审慎调查

    D. 基金管理人在选择基金代销机构时,应对基金份额持有人进行审慎调查

三、判断题(本题型共 20 小题,每小题 1 分,共 20 分。判断各小题的对错,正确的用 A 表示,错误的用 B 表示。)

121. 按募集方式的不同,有价证券可分为上市证券与非上市证券。(　　)

122. 《中华人民共和国证券投资基金法》的正式实施,是我国证券发展史上的一个重要里程碑,可以说我国证券市场从此步入法制化轨道。(　　)

123. 我国有关法律规定,公司缴纳所得税后的利润,按如下顺序分配:弥补亏损;分配股利;提取法定公积金;提取任意公积金。(　　)

124. 50% 以上的基金资产投资于股票的,为股票基金。(　　)

125. 基金反映的是一种所有权关系,是一种所有权凭证。(　　)

126. 在我国,基金销售的主要渠道是证券公司。(　　)

127. 货币市场基金适合厌恶风险、对资产流动性和安全性要求较高的投资者进行短期投资。(　　)

128. 基金管理人只有以股东利益为重,不断提高收益回报,才能在竞争中立于不败之地。(　　)

129. 基金管理人、基金代销机构应妥善保管基金份额持有人的开户资料和与销售业务有关的其他资料,保存期不少于 20 年。(　　)

130. 基金日常估值由基金托管人进行。(　　)

131. 对投资者而言,基金超市需要的入门费比较低。(　　)

132. 在营销活动施行过程中,应当控制支出。(　　)

133. 基金销售机构及销售人员对投资者的教育必须重点关注弱势群体。(　　)

134. 《证券投资基金销售管理办法》规定，商业银行申请基金代销业务资格应该在最近 5 年内没有因违法违规行为受到行政处罚或者刑事处罚。（ ）

135. 封闭式基金存续期满后可以不终止。（ ）

136. 依据平等对待投资者原则，基金管理人不得对投资者采用不同的赎回费率标准。（ ）

137. 赎回费率一般按持有时间的长短分级设置，持有时间的长短与适用的赎回费率成反比。（ ）

138. 信息披露义务人应当在重大事件发生之日起 2 日内编制并披露临时报告书。（ ）

139. 基金监管工作的首要目标是保护基金投资者利益。（ ）

140. 对基金产品的风险评价，必须由第三方的基金评级与评价机构完成。（ ）

答案与解析

一、单项选择题(本题型共 80 小题，每小题 0.5 分，共 40 分。各小题所给出的四个选项中，只有一项最符合题目要求，请将正确选项的代码填入括号内，不选、错选均不得分。)

1. 【答案】C
   【解析】按证券所代表的权利性质分类，有价证券可以分为股票、债券和其他证券三大类。股票和债券是证券市场两个最基本和最主要的品种，其他证券包括基金证券和衍生品等。

2. 【答案】B
   【解析】A 项为证券市场按纵向结构的分类，即按证券的品种结构；C 项是按交易场所结构进行的分类。

3. 【答案】D
   【解析】对于社保基金，其投资范围包括：银行存款和国债投资的比例不低于 50%，企业债、金融债不高于 10%，证券投资基金、股票投资的比例不高于 40%。

4. 【答案】B
   【解析】根据股票理论价格的计算公式，可得：股票的理论价格 = 预期股息/必要收益率 = 2 ÷ 10% = 20(元/股)。

5. 【答案】D
   【解析】记名股票和无记名股票出资方式的区别在于：前者可以一次或分次缴纳出资；后者要求一次缴纳出资。

6. 【答案】A

7. 【答案】C
   【解析】A 项为了弥补自己临时性资金周转的短缺，债务人可以发行短期债券；B 项当未来市场利率趋于下降时，应选择发行期限较短的债券；D 项流通市场发达，债券容易变现，长期债券能被投资者接受。

8. 【答案】D
   【解析】D 项债券和股票都是筹资手段，但债券属于负债；股票属于所有者权益。

9. 【答案】A
   【解析】我国《证券发行与承销管理办法》规定，首次公开发行股票以询价方式确定股票发行价格。同时规定，首次公开发行股票的公司及其保荐机构应通过向询价对象询价的方式确定股票发行价格。

10. 【答案】A

【解析】债券发行的定价方式以公开招标最为典型，其分类包括：①按照招标标的分类，有价格招标和收益率招标；②按价格决定方式分类，有美式招标和荷兰式招标。其中，以价格为标的的荷兰式招标，是以募满发行额为止所有投标者的最低中标价格作为最后的中标价格，全体中标者的中标价格是单一的；以价格为标的的美式招标，是以募满发行额为止中标者各自的投标价格作为各中标者的最终中标价格，各中标者的认购价格是不相同的。

11. 【答案】A

【解析】道－琼斯工业股价平均指数是世界上最早、最享盛誉和最有影响的股票价格平均数，由美国道－琼斯公司编制并在《华尔街日报》上公布。

12. 【答案】A

【解析】购买力风险对不同证券的影响是不同的，最容易受损害的是固定收益证券。

13. 【答案】B

【解析】B项现金股息是最普通、最常见的股息形式。

14. 【答案】A

【解析】基金具有"严格监管、信息透明"的特点，其信息披露程度通常高于一般的金融理财产品。

15. 【答案】B

【解析】从投资范围来看，银行理财产品的投资领域更为宽广，除了基金可以投资的领域，还可以申购基金产品、设计投资收益与金融指数挂钩的产品、购买信托产品等，但不包括申购股票产品。

16. 【答案】D

17. 【答案】D

【解析】根据《证券投资基金法》的规定，为了保证基金资产的安全，基金资产必须由独立于基金管理人的基金托管人保管，从而使得基金托管人成为基金的当事人之一。基金托管人的职责主要体现在基金资产保管、基金资金清算、会计复核以及对基金投资运作的监督等方面。

18. 【答案】B

【解析】基金托管人的职责主要体现在基金财产保管、基金资金清算、会计复核以及对基金投资运作的监督等方面。基金产品的设计属于基金管理人的职责。

19. 【答案】B

【解析】马萨诸塞投资信托基金是世界上第一只公司型开放式基金，它在组织形式、运作方式和回报方式三个方面有了创新。但基金投资对象从实业领域转变为有价证券这一过程在此之前已经完成。

20. 【答案】C

【解析】2001年9月，我国第一只开放式股票型基金——华安创新基金设立，标志着我国基金的新发展，即进入开放式基金的发展阶段。银华优选是我国第一只采用上证基金通形式发售的基金；华安富利是我国第一只货币市场基金；南方避险是我国第一只保本型基金。

21.【答案】B

【解析】基金可以根据不同标准进行分类。根据法律形式的不同，基金可以分为契约型基金与公司型基金；根据投资目标的不同，基金可以分为成长型基金、收入型基金和平衡型基金；根据投资理念的不同，基金可以分为主动型基金和被动（指数）型基金。系列基金和基金中的基金均为特殊类型基金。

22.【答案】C

【解析】系列基金又称为"伞型基金"，是指多个基金共用一个基金合同，子基金独立运作，子基金之间可以进行相互转换的一种基金结构形式。

23.【答案】D

【解析】货币市场基金仅投资于货币市场工具，每日分配收益，且份额净值保持在1元不变。

24.【答案】D

【解析】反映股票基金经营业绩的主要指标包括基金分红、已实现收益、净值增长率等指标。其中，净值增长率是最主要的分析指标，最能全面反映基金的经营成果。

25.【答案】D

【解析】股票基金持股集中度是指其前十大重仓股的投资总市值占基金投资股票总市值的比重，行业投资集中度是指前三大行业或前五大行业投资市值占基金投资股票总市值的比重。

26.【答案】A

27.【答案】B

【解析】基金管理人是负责基金发起设立与经营管理的专业性机构，是基金的组织者和管理者，在整个基金的运作中起着核心作用。

28.【答案】B

29.【答案】A

【解析】基金托管人是根据法律法规的要求，在基金运作中承担资产保管、交易监督、信息披露、资产清算与会计核算等相应职责的当事人。基金托管人的首要职责就是保证基金资产的安全，独立、完整、安全地保管基金的全部资产。

30.【答案】C

【解析】《证券投资基金托管资格管理办法》对托管业务准入有更详细的规定。如，最近3个会计年度的年末净资产均不低于20亿元人民币；设有专门的基金托管部门；基金托管部门拟从事基金清算、核算、投资监督、信息披露等业务的执业人员不少于5人，并具有基金从业资格；有安全保管基金财产的条件等。

31.【答案】C

32.【答案】C

【解析】对于封闭式基金而言，交易价格虽然受到资金供求关系的影响而波动，但最终决定于基金份额资产净值。

33.【答案】B

【解析】投资决策委员会一般是非常设的议事机构，在遵守国家有关法律法规、条例的前提下，拥有对所管理基金的投资事务的最高决策权。

34. 【答案】A

【解析】内部风险主要分为基金管理人的投资策略风险、管理水平风险和职业道德风险。其中，因为信息的不对称性等原因导致基金管理人制定出错误的投资策略，由此引发的风险就称为"投资策略风险"。这是基金投资过程中比较常见的一种风险。

35. 【答案】B

【解析】基金管理费通常与基金规模成反比，与风险成正比。基金规模越大，风险程度越低，基金管理费率越低。

36. 【答案】C

【解析】我国的基金管理费、基金托管费及基金销售服务费均是按照基金资产净值的一定比例逐日计提，按月支付。

37. 【答案】C

【解析】开放式基金的分红方式有现金分红方式和分红再投资转换为基金份额两种。其中，分红再投资转换为基金份额是指将应分配的净利润折算为等值的新的基金份额进行基金分配。

38. 【答案】A

39. 【答案】A

【解析】确定目标市场与投资者是基金营销部门的一项关键工作。只有仔细地分析投资者，针对不同的市场与投资者推出合适的基金产品，才能更有效地实现营销目标。

40. 【答案】D

【解析】ABC 三项属于影响投资者决策的外在因素。

41. 【答案】C

【解析】开放式基金的投资者在开放日随时可以按基金单位净值申购和赎回，其开放式基金的营销是一个持续的过程。

42. 【答案】A

【解析】在我国，商业银行具有营业网点多、覆盖面积广、储户群庞大等特点，作为开放式基金的代销渠道，商业银行利用现有的网点优势，争取银行储户这一细分市场，在基金营销市场占有重要的地位，是我国基金代销的主要渠道。

43. 【答案】D

44. 【答案】A

【解析】根据《证券投资基金销售适用性指导意见》第五章第二十一条和第二十二条的规定，基金销售机构应在基金投资者首次购买基金产品时或定期、不定期对已购买基金投资者的风险承受能力进行调查和评价。基金销售机构可以采用当面、信函、网络或对已掌握的投资者信息进行分析等方式对基金投资者的风险承受能力进行调查，并向基金投资者及时反馈评价的结果。

45. 【答案】C

【解析】基金销售机构都把营销工作的重点着眼于加强对内部营销人员的培训和沟通反馈，提供充足的宣传资料和费用等，以调动其积极性。

46. 【答案】B

【解析】B 项是制订营销策略及方案工作的内容。

47. 【答案】C

【解析】投资咨询服务是基金销售的"售前"服务，是客户服务中最重要的环节之一。金融产品不同于实物产品，投资者很难选择适合自己的基金产品。这就需要基金销售人员帮助投资者选择合适的基金，并提供独立、客观的基金投资建议。

48.【答案】B

【解析】中国证券业协会应组织编写投资者教育的宣传材料，在主流媒体进行公益广告宣传；组织地方证券业协会有层次地开展投资者教育；通过公开宣传，严厉打击非法基金传销，维护会员机构的合法权益；定期对会员单位的投资者教育工作开展情况进行巡检和指导。

49.【答案】B

【解析】专业基金销售机构申请基金代销业务资格，要求其主要出资人是依法设立的持续经营 3 个以上完整会计年度的法人，注册资本不低于 3000 万元人民币，财务状况良好，运作规范稳定，最近 3 年没有因违法违规行为受到行政处罚或者刑事处罚。

50.【答案】A

51.【答案】C

【解析】C 项"基金业绩表现数据应当经基金托管人复核"。

52.【答案】C

【解析】封闭式基金的基金份额，经基金管理人申请，中国证监会核准，可以在证券交易所上市交易。

53.【答案】A

【解析】根据《证券投资基金运作管理办法》第十一条的规定，基金募集期限自基金份额发售之日起不得超过 3 个月。

54.【答案】C

【解析】折（溢）价率的计算公式为：折（溢）价率 ＝ ｜（二级市场价格 － 基金份额净值）÷ 基金份额净值 ｜×100%。由于市场价格高于基金份额净值，所以是溢价发行，并且该封闭式基金的溢价率为 ｜（2.200 － 2.000）÷ 2.000 ｜×100% ＝10%。

55.【答案】B

【解析】投资者在 T 日提交开放式基金认购申请后，一般可于 T ＋2 日后在办理认购的网点查询认购申请的受理情况。

56.【答案】B

【解析】净申购金额 ＝ 申购金额/（1 ＋ 申购费率）＝150000/（1 ＋1%）＝148514.85（元）；申购份额 ＝ 净申购金额/申购当日基金份额净值 ＝148514.85/1.1 ＝135013.50（份）。

57.【答案】C

【解析】目前，我国股票型基金的认购费率大多在 1% ～1.5% 左右，债券型基金的认购费率通常在 1% 以下，货币型基金一般认购费为 0。

58.【答案】C

【解析】管理费和托管费由基金资产承担。投资者申购基金，需要缴纳的是申购费。因此，该投资者得到的基金份额 ＝20000/［（1 ＋1.3%）×1.290］＝15304.91（份）。

59.【答案】D

60.【答案】A

61. 【答案】D

【解析】场内认购是指投资者通过基金管理人指定的基金发售代理机构，使用证券交易所的交易网络进行的认购；场外认购是指投资者通过基金管理人或其指定的发售代理机构进行的认购。

62. 【答案】C

63. 【答案】C

64. 【答案】D

65. 【答案】A

【解析】基金信息披露的原则包括实质性原则和形式性原则。其中，实质性原则包括真实性原则、准确性原则、完整性原则、及时性原则和公平披露原则；形式性原则包括规范性原则、易解性原则和易得性原则。

66. 【答案】D

【解析】基金管理人除在中国证监会指定的全国性报刊上披露信息外，还可以根据需要在其他报刊上披露信息，但应当保证：指定报刊不晚于非指定报刊披露信息；在不同报刊上披露同一信息的内容一致。

67. 【答案】A

【解析】基金管理人至少每周公告1次封闭式基金的资产净值和份额净值。开放式基金在开始办理申购或者赎回前，至少每周公告1次资产净值和份额净值；放开申购、赎回后，应于每个开放日的次日披露基金份额净值和份额累计净值。

68. 【答案】A

【解析】基金合同、基金招募说明书和基金托管协议是基金募集期间的三大信息披露文件。其中，基金合同是约定基金管理人、基金托管人和基金份额持有人权利义务关系的重要法律文件，投资者缴纳基金份额认购款时，即表明其对基金合同的承认和接受，此时基金合同成立。

69. 【答案】A

【解析】基金定期报告中只有年度报告需要进行审计。

70. 【答案】D

【解析】投资组合报告主要披露了基金资产组合、按行业分类的股票投资组合、前10名股票明细、按券种分类的债券投资组合、前5名债券明细及投资组合报告附注等内容。

71. 【答案】B

【解析】《证券法》第三十三条规定，证券的代销、包销期限最长不得超过90天。

72. 【答案】C

【解析】中国证券业协会的职责之一是组织会员单位从业人员的业务培训，开展会员间的业务交流，负责从业人员的资格考试、认定和执业注册管理，组织从业人员的水平考试和水平认证、证券公司高级管理人员资质测试和保荐代表人胜任能力考试以及会员单位从业人员的持续教育和业务培训。

73. 【答案】D

【解析】我国《证券法》对证券交易所的规定内容包括：证券交易所的性质、功能、组织架构、职责，负责人和从业人员任职的禁止情形，风险基金的提取，自律规则的制定，回避制度，交易结果不得改变原则及对违规交易的责任追究等。

74. 【答案】B

【解析】编造并传播证券交易虚假信息罪是指编造并且传播影响证券、期货交易的虚假信息，扰乱证券、期货交易市场，造成严重后果的行为。构成该罪的，处5年以下有期徒刑、拘役，并处或者单处罚金；单位犯该罪的，对单位判处罚金，并对相关责任人员处有期徒刑或者拘役。

75. 【答案】A

【解析】我国基金业经过多年的规范发展，已经初步形成一套以《证券投资基金法》为核心、覆盖主要基金活动、多层次的基金法规体系。

76. 【答案】C

【解析】《证券投资基金运作管理办法》规定，基金名称显示投资方向的，应当有80%以上的非现金基金资产属于投资方向确定的内容，而A项中的基金有95%的非现金资产属于投资方向确定的内容。基金管理人运用基金财产进行证券投资，不得有下列情形：一只基金持有一家上市公司的股票，其市值超过基金资产净值的10%；同一基金管理人管理的全部基金持有一家公司发行的证券，超过该证券的10%。基金财产参与股票发行申购，单只基金所申报的金额超过该基金的总资产，单只基金所申报的股票数量超过拟发行股票公司本次发行股票的总量。

77. 【答案】B

【解析】根据《证券投资基金管理公司管理办法》第九条规定，除B项外，还包括为依其所在国家或者地区法律设立，合法存续并具有金融资产管理经验的金融机构，财务稳健，资信良好，最近3年没有受到监管机构或者司法机关的处罚；实缴资本不少于3亿元人民币的等值可自由兑换货币；经国务院批准的中国证监会规定的其他条件。

78. 【答案】A

79. 【答案】C

【解析】对于当日的赎回申请，应当按单个账户赎回申请量占赎回申请总量的比例，确定当日受理的赎回份额；未受理部分除投资者在提交赎回申请时选择将当日未获受理部分予以撤销外，延迟至下一开放日办理。转入下一开放日的赎回申请不享有赎回优先权，并将以下一个开放日的基金份额净值为基准计算赎回金额。以此类推，直到全部赎回为止。

80. 【答案】A

【解析】基金产品风险评价可通过基金产品的风险等级来反映，至少包括低风险等级、中风险等级、高风险等级等层次。

二、多项选择题(本题型共40小题，每小题1分，共40分。各小题所给出的四个选项中，至少有一项正确，请将正确选项的代码填入括号内，不选、少选、错选均不得分。)

81. 【答案】ABD

【解析】广义的有价证券可分为商品证券、资本证券和货币证券。其中，资本证券是有价证券的主要形式。

82. 【答案】CD

83. 【答案】CD

【解析】按照《公司法》的规定，普通股股东享有公司重大决策参与权、公司资产收益权、剩余资产分配权、了解公司经营状况的权利、转让股票的权利、优先认股权等。CD两项是优先股股东权利。

84. 【答案】BD

【解析】权证的分类包括：①根据权证行权的基础资产或标的资产，分为股权类权证、债权类权证以及其他权证；②根据权证行权所买卖的标的股票来源不同，分为认股权证和备兑权证；③按照持有人权利的性质不同，分为认购权证和认沽权证；④按照权证持有人行权的时间不同，分为美式权证、欧式权证、百慕大式权证；⑤按权证的内在价值，分为平价权证、价内权证和价外权证。

85. 【答案】ACD

【解析】A 项公司债券是公司追加资金的需要，它属于公司的负债，不是资本金；C 项股票所筹措的资金应列入公司资本；D 项发行股票的经济主体只能是股份有限公司。

86. 【答案】AD

【解析】证券交易所是证券买卖双方公开交易的场所，是一个高度组织化、集中进行证券交易的市场。证券交易所本身并不买卖证券，也不决定证券价格，而是为证券交易提供一定的场所和设施，配备必要的管理和服务人员。世界证券交易所有会员制和公司制两种。

87. 【答案】ABD

【解析】系统性风险又称为不可分散风险，不能通过构建投资组合而避免。

88. 【答案】ACD

【解析】B 项与直接投资股票、债券不同，基金是一种间接投资工具。

89. 【答案】AC

【解析】按照《证券投资基金法》的规定，我国基金份额持有人享有以下权利：分享基金财产收益，参与分配清算后的剩余基金财产，依法转让或者申请赎回其持有的基金份额，按照规定要求召开基金份额持有人大会，对基金份额持有人大会审议事项行使表决权，查阅或者复制公开披露的基金信息资料，对基金管理人、基金托管人、基金份额发售机构损害其合法权益的行为依法提出诉讼。资产运作管理权为基金管理人的权利；资产保管权为基金托管人的权利。

90. 【答案】ABD

【解析】我国基金的销售渠道已经开始多元化，包括商业银行、证券公司和证券投资咨询公司在内多种机构获得基金代销资格并开展业务。

91. 【答案】AD

【解析】保本比例是指到期时投资者可获得的本金保障比率。保本基金是影响基金投资风险性资产比例的重要因素之一。其他条件相同的情况下，保本比例比较低的基金，投资于风险性之差的比例较高。常见的保本比例介于80% ~100% 之间。

92. 【答案】ABC

【解析】根据复制方法的不同，可以将 ETF 分为完全复制型 ETF 与抽样复制型 ETF。其中，完全复制型 ETF 是依据构成指数的全部成分股在指数中所占的权重，进行 ETF 的构建。我国首只 ETF——上证 50ETF 采用的是完全复制。

93. 【答案】AB

【解析】基金管理人、基金托管人是基金的主要服务机构。此外，市场上还有许多面向基金提供各类服务的其他服务机构，主要包括基金销售机构、注册登记机构、律师事务所、会计师事务所、基金投资咨询机构等。中国证监会是我国基金市场的监管主体，中国证券业协会是我国证券业的自律组织。

94. 【答案】ABCD

【解析】除 ABCD 四项外，基金管理公司的基本管理制度还包括基金会计制度、信息披露制度。

95. 【答案】ABC

【解析】基金资产账户主要包括银行存款账户、结算备付金账户和证券账户三类。其中证券账户包括交易所证券账户和全国银行间市场债券托管账户。

96. 【答案】ABCD

【解析】基金管理公司在业务开展和内部管理中面临的风险主要有五大类：公司治理结构风险、员工道德风险、法律风险、业务风险、其他风险。其中，业务风险主要包括投资管理风险、营销风险、第三方风险、后台风险、关联交易风险、监察稽核风险、信息披露风险。

97. 【答案】BC

【解析】基金销售过程中发生的费用由基金投资者自己承担，主要包括申购费、赎回费及基金转换费。这些费用直接从投资者申购、赎回或转换的金额中收取。

98. 【答案】BC

【解析】根据有关规定，基金管理人运用基金买卖股票、债券的差价收入免征营业税；对基金管理人、基金托管人从事基金管理活动取得的收入，依照税法的规定征收营业税、企业所得税以及其他相关税收；金融机构(包括银行和非银行金融机构)申购和赎回基金单位的差价收入征收营业税，个人和非金融机构申购和赎回基金单位的差价收入不征收营业税。

99. 【答案】ABCD

100. 【答案】ABCD

【解析】开放式基金的直销是不通过中介机构，而是由基金管理人附属的销售机构把基金份额直接出售给投资者的模式，一般通过邮寄、电话、互联网、直属的分支机构网点、直销队伍等实现。

101. 【答案】BD

【解析】A 项所述是保守型投资者的特点；C 项所述是稳健型投资者的特点。

102. 【答案】AD

【解析】在新基金募集过程中，基金销售机构大多通过产品推介会、报刊或网上路演等方式，组织基金经理与投资者交流，帮助投资者增进对基金产品的理解。

103. 【答案】ABCD

【解析】基金销售机构可通过提供网点柜台、人工电话服务、自动语音及网站等多种方式供基金投资者查询其账户信息、交易申请的提交和确认信息、基金基本信息、基金净值、对账单、基金基础知识、基金交易规则、相关法律法规和基金公告解释等信息和服务。

104. 【答案】ABCD

【解析】基金管理公司是基金产品的募集者和管理者，其最主要的职责就是按照基金合同的约定，负责基金资产的投资运作，在风险控制的基础上为基金投资者争取最大的投资收益，其主要价值体现在其成熟的投资理念、专业化的研究方法、良好的治理结构、标准化的产品、严格的内部风险控制制度、严格的外部监管和信息披露制度等。

105.【答案】AB

【解析】基金管理人可以从开放式基金财产中计提销售服务费，用于基金的持续销售和服务基金份额持有人。基金管理人可以根据投资人的认购金额、申购金额的数量适用不同的认购、申购费率标准。

106.【答案】ABD

【解析】封闭式基金份额上市交易，应符合的条件有：①基金份额总额达到核准规模的80%以上；②基金合同期限为5年以上；③基金募集金额不低于2亿元人民币；④基金份额持有人不少于1000人；⑤基金份额上市交易规则规定的其他条件。

107.【答案】AC

【解析】开放式基金的发售由基金管理人负责办理。基金管理人应当在基金份额发售的3日前公布招募说明书、基金合同及其他有关文件。

108.【答案】ABCD

【解析】开放式基金份额的申购、赎回场所与认购渠道一样，可以通过基金管理人的直销中心与基金销售代理人的代销网点进行。投资者也可通过基金管理人或其指定的基金销售代理人以电话、传真或互联网等形式进行申购、赎回。

109.【答案】ABC

【解析】D项申购、赎回申请提交后不得撤销。

110.【答案】ABC

【解析】D项应为"最近3年没有受到监管机构的重大处罚"。除ABC三项外，应当具备的条件还包括具有健全的治理结构和完善的内控制度，经营行为规范和中国证监会根据审慎监管原则规定的其他条件。

111.【答案】ABC

【解析】基金登记机构不但负责基金份额的登记工作，而且还承担着与基金份额登记有关的份额存管、资金清算和资金交收等业务。

112.【答案】ABCD

113.【答案】ACD

【解析】《证券投资基金信息披露管理办法》对基金信息披露义务人进行了细化，并对各类基金信息的披露时间和披露方式以及信息披露事务管理方面作出了详细的规定。

114.【答案】ABCD

【解析】基金托管人的信息披露义务主要是办理与基金托管业务活动有关的信息披露事项，具体涉及基金资产保管、代理清算交割、会计核算、净值复核、投资运作监督等环节。

115.【答案】CD

【解析】CD两项属于基金招募说明书的主要披露事项。

116.【答案】ABCD

117.【答案】ABC

【解析】违法运用客户资金罪和违反国家规定运用资金罪是指商业银行、证券交易所、期货交易所、证券公司、期货经纪公司、保险公司或其他金融机构违背受托义务，擅自运用客户资金或者其他委托、信托的财产，情节严重的行为。

118.【答案】ABCD

【解析】除题中四项外，还包含公开、公平、公正原则。

119.【答案】AD

【解析】根据《证券投资基金运作管理办法》第三十八条规定，基金管理人应当自收到书面提议之日起 10 日内决定是否召集，并书面告知基金托管人。基金管理人决定召集的，应当自出具书面决定之日起 60 日内召开；基金管理人决定不召集，基金托管人仍认为有必要召开的，应当自行召集。

120.【答案】AC

三、判断题(本题型共 20 小题，每小题 1 分，共 20 分。判断各小题的对错，正确的用 A 表示，错误的用 B 表示。)

121.【答案】B

【解析】按募集方式的不同分为公募证券和私募证券。而将有价证券分为上市证券与非上市证券，是按照其是否在证券交易所挂牌上市交易来划分的。

122.【答案】B

【解析】《中华人民共和国证券法》的正式实施，是我国证券发展史上的一个重要里程碑，可以说我国证券市场从此步入法制化轨道。

123.【答案】B

【解析】我国有关法律规定，公司缴纳所得税后的利润，其分配顺序为：弥补亏损；提取法定公积金；提取任意公积金。普通股东能否分到红利以及分得多少，取决于公司的税后利润多少以及公司未来发展的需要。

124.【答案】B

【解析】60% 以上的基金资产投资于股票的，为股票基金。

125.【答案】B

【解析】基金反映的是一种信托关系，是一种受益凭证，投资者购买基金份额就成为基金的受益人。

126.【答案】B

【解析】银行仍然是我国基金销售的主要渠道，但是多元化的销售渠道已经形成。

127.【答案】A

【解析】仅投资于货币市场工具的基金被称为货币市场基金，其风险低，流动性好，适合厌恶风险、对资产流动性和安全性要求较高的投资者进行短期投资。

128.【答案】B

【解析】基金管理人只有以投资者的利益为重，不断使投资者取得满意的投资回报，才能在竞争中立于不败之地。

129.【答案】B

【解析】根据《证券投资基金销售管理办法》的有关规定，基金管理人、基金代销机构应当建立健全档案管理制度，妥善保管基金份额持有人的开户资料和与销售业务有关的其他资料，保存期不少于 15 年。

130.【答案】B

【解析】基金日常估值由基金管理人进行。基金管理人每个工作日对基金资产估值后，将基金份额净值结果发给基金托管人，经基金托管人复核无误后，由基金管理人对外公布。

131.【答案】A

【解析】对投资者而言，基金超市只需要很低的入门费甚至免费，所以买卖基金比通过银行柜台、独立的投资顾问等承担的费用要低得多。

132.【答案】A

【解析】营销管理部门在设定具体的市场营销目标时，通常对不同的营销活动或单独的项目制定不同的预算。在营销活动施行过程中须严格遵照对应的预算支出安排对应的活动，以实现预算收支平衡。即使出现特殊情况需支出额外的费用，也须将其控制在一定的范围内。

133.【答案】A

【解析】基金销售机构及销售人员应该将投资者教育工作切实落实到实处，即要教会投资者投资赚钱的本领；要教育投资者认识市场和风险；要用现实案例教育投资者；对投资者的教育必须重点关注弱势群体。

134.【答案】B

【解析】商业银行申请基金代销业务资格，最近 3 年内没有因违法违规行为受到行政处罚或者刑事处罚。

135.【答案】A

【解析】封闭式基金存续期满后，在满足一定条件的前提下可以延期。

136.【答案】B

【解析】基金管理人可以依据投资者持有基金份额期限不同而采用不同的赎回费率标准，鼓励投资者长期投资。

137.【答案】A

138.【答案】A

【解析】如果预期某种信息可能对基金份额持有人权益或者基金份额的价格产生重大影响，则该信息为重大信息，相关事件为重大事件，信息披露义务人应当在重大事件发生之日起 2 日内编制并披露临时报告书。

139.【答案】A

【解析】基金监管目标包括保护基金投资者的合法权益，保证市场的公平、效率和透明，防范和降低系统性风险，推动基金业的规范发展。基金是面向社会大众销售的投资产品，保护基金投资者的利益是我国基金监管的首要目标。

140.【答案】B

【解析】《证券投资基金销售适用性指导意见》第十二条规定，对基金产品的风险评价，可以由基金销售机构的特定部门完成，也可以由第三方的基金评级与评价机构提供。

证券投资基金销售基础知识过关冲刺题(五)

一、单项选择题(本题型共 80 小题,每小题 0.5 分,共 40 分。各小题所给出的四个选项中,只有一项最符合题目要求,请将正确选项的代码填入括号内,不选、错选均不得分。)

1. 证券发行市场的作用不包括(   )。
   A. 为已经发行的证券提供流通转让的机会
   B. 为资金提供者提供投资和获利的机会,实现储蓄向投资转化
   C. 为资金需求者提供筹措资金的渠道
   D. 形成资金流动的收益导向机制,促进资源配置不断优化

2. 证券市场上,证券所能提供的(   )决定着该证券的价格。
   A. 利息收入   B. 内部收益率   C. 变价收入   D. 预期报酬率

3. 下列不属于代办股份转让系统挂牌的公司分类的是(   )。
   A. 原 STAQ、NET 系统挂牌公司   B. 退市公司
   C. 中关村科技园区高科技公司   D. 苏州科技园区高科技公司

4. 财务公司已发行、尚未兑付的金融债券总额不得超过其净资产总额的_____;发行金融债券后,资本充足率不应低于_____。(   )
   A. 10%;10%   B. 30%;8%   C. 50%;6%   D. 100%;10%

5. 《中华人民共和国公司法》规定,股份公司向发起人、国家授权投资的机构、法人发行的股票应当是(   )。
   A. 不记名股票   B. 记名股票   C. 优先股   D. 国有股

6. 下列关于股票的清算价值的说法中,正确的有(   )。
   A. 清算价值是股票清仓时,股票所能获得的出售价值
   B. 股票的清算价值应与账面价值相等
   C. 股票的清算价值是公司清算时每一股份所代表的实际价值
   D. 清算价值是公司破产清算时,其发行的股票的交易价值

7. 关于债券的特征,下列描述错误的是(   )。
   A. 安全性是指债券持有人的收益固定,并且一定可按期收回投资
   B. 收益性是指债券能为投资者带来一定的收入,即债权投资的报酬
   C. 偿还性是指债券有规定的偿还期限,债务人必须按期向债权人支付利息和偿还本金
   D. 流动性是指债券持有人可按自己的需要和市场的实际状况,灵活地转让债券

8. 关于附权证的可分离公司债券与可转换债券,下列说法错误的是(   )。
   A. 可转换债券持有人即转股权所有人;而附权证债券在可分离交易的情况下,债券持有人拥有的是单纯的公司债券,不具有转股权
   B. 可转换债券持有人在行使权力时,将债券按规定的转换比例转换为上市公司股票,债券将不复存在;而附权证债券发行后,权证持有人将按照权证规定的认股价格以现金认购标的股票,对债券不产生直接影响
   C. 可转换债券持有人的转股权有效期通常等于债券期限,债券发行条款中可以规定若干修正转股价格的条款;而附权证债券的权证有效期通常不等于债券期限,只有在正股

除权除息时才调整行权价格和行权比例

    D. 可转换债券通常是转换成优先股股票，附权证的可分离公司债券通常是认购国库券

9. ( )是以在沪、深证券交易所上市交易的固定利率付息和一次还本付息、剩余期限在1年以上(含1年)、信用评级为投资级(BBB)以上的非股权连接类企业债券为样本编制的指数。

    A. 中国债券指数   B. 上证企业债指数   C. 上证国债指数   D. 中证全债指数

10. 有关债券发行方式，以下说法不正确的是( )。

    A. 定向发行，又称私募发行、私下发行，即面向少数特定投资者发行

    B. 承购包销，指发行人与由商业银行、证券公司等金融机构组成的承销团通过协商条件签订承购包销合同，由承销团分销拟发行债券的发行方式

    C. 招标发行，指通过招标方式确定债券承销商和发行条件的发行方式

    D. 根据中标规则不同，可分为美式招标(单一价格中标)和荷兰招标(多种价格中标)

11. 道－琼斯指数股价综合平均数的编制对象是( )。

    A. 30 家著名大工商业公司股票，20 家具有代表性的运输业公司股票和 15 种具有代表性的公用事业大公司股票

    B. 30 家著名大工商业公司股票，15 家具有代表性的运输业公司股票和 20 种具有代表性的公用事业大公司股票

    C. 15 家著名大工商业公司股票，30 家具有代表性的运输业公司股票和 20 种具有代表性的公用事业大公司股票

    D. 15 家著名大工商业公司股票，15 家具有代表性的运输业公司股票和 20 种具有代表性的公用事业大公司股票

12. 长期政府债券的利率高于短期政府债券利率，这是对( )的补偿。

    A. 系统风险   B. 通胀风险   C. 利率风险   D. 信用风险

13. 下列关于债券投资收益的说法不正确的是( )。

    A. 再投资收益是投资债券所获现金流量再投资的差价收入

    B. 债券的利息收益是指债券持有人凭债券向债券发行人领取的定期利息收入

    C. 债券投资的资本利得是指债券买入价与卖出价或买入价与到期偿还额之间的差额

    D. 债券投资收益主要包括债券的利息收益、资本利得和再投资收益

14. 根据( )，可将基金分为封闭式基金与开放式基金。

    A. 法律形式不同   B. 基金份额是否固定

    C. 投资目标不同   D. 投资对象不同

15. 下列不属于特殊类型基金的是( )。

    A. 保本基金   B. 平衡型基金

    C. 上市开放式基金(LOF)   D. 交易型开放式指数基金(ETF)

16. 基金投资运作不包括( )。

    A. 交易管理   B. 基金估值   C. 绩效评估   D. 风险控制

17. 对于基金管理人，下列认识错误的是( )。

    A. 基金管理人的目标函数是受益人利益的最大化

    B. 设立基金管理公司必须经国务院批准

    C. 基金管理人需要承担基金估值、会计核算等多方面的职责

D. 基金管理人是基金的募集者和管理者

18. 我国的证券交易所是依法设立的，不以营利为目的，为证券的集中和有组织的交易提供场所、设施，履行国家有关法律法规、规章、政策规定的职责，实行自律性管理的（　　）。

A. 事业单位　　　B. 法人　　　C. 有限公司　　　D. 股份公司

19. 下列各项中，已成为基金的重要资金来源的是（　　）。

A. 企业年金　　　B. 退休基金　　　C. 教育基金　　　D. 公益基金

20. 2004 年 6 月 1 日（　　）的正式实施，推动基金业在更加规范的法制轨道上稳健发展。

A.《封闭式证券投资基金试点办法法》　　　B.《开放式证券投资基金试点办法》

C.《证券投资基金法》　　　D.《证券投资基金管理暂行办法》

21. 下列各基金类型中，投资人可随时向基金管理人要求赎回的、没有存续期限的是（　　）。

A. 封闭式基金　　　B. 开放式基金　　　C. 契约型基金　　　D. 公司型基金

22. 根据《证券投资基金运作管理办法》的规定，下列说法不正确的是（　　）。

A. 60%以上的基金资产投资于股票的基金为股票基金

B. 80%以上的基金资产投资于债券的基金为债券基金

C. 90%以上的基金资产投资于货币市场工具的基金为货币市场基金

D. 投资于股票、债券和货币市场工具，但股票投资和债券投资的比例不符合股票基金、债券基金规定的为混合基金

23. 一货币市场基金某开放日的净收益为 1.34 万元，当日基金的总份额为 3 亿份，则该基金的日每万份基金净收益为（　　）元。

A. 0.4467　　　B. 0.5434　　　C. 0.6127　　　D. 0.6401

24. （　　）是指债券发行人没有能力按时支付利息或者到期归还本金的风险。

A. 利率风险　　　B. 信用风险　　　C. 提前赎回风险　　　D. 通货膨胀风险

25. 债券的久期是指（　　）。

A. 债券的加权平均期限　　　B. 债券的票面到期时间

C. 债券的付息周期　　　D. 债券的价格波动

26. 平均收益率按计算方式可分为（　　）。

A. 算术平均收益率和加权平均收益率　　　B. 加权平均收益率和协调平均收益率

C. 协调平均收益率和简单平均收益率　　　D. 算术平均收益率和几何平均收益率

27. 基金管理人的主要收入来源是（　　）。

A. 基金申购费　　　B. 基金管理费　　　C. 基金托管费　　　D. 基金投资收益

28. 基金管理公司的督察长由（　　）提名。

A. 股东会　　　B. 董事会　　　C. 董事长　　　D. 总经理

29. 下列各项中，不属于基金托管人职责的是（　　）。

A. 安全保管基金财产

B. 计算并公告基金资产净值，确定基金份额申购、赎回价格

C. 按照规定开设基金财产的资金账户和证券账户

D. 对基金财务会计报告、中期和年度基金报告出具意见

30. 基金托管人对所托管的基金应当以（　　）为会计核算主体。

A. 基金   B. 基金托管人   C. 基金管理人   D. 基金份额持有人

31. 根据(   )的规定，申请设立证券投资咨询的机构，应有 5 名以上取得证券投资咨询从业资格的专职人员。

    A.《证券法》   B.《证券、期货投资咨询管理暂行办法》
    C.《证券投资基金法》   D.《行政许可法》

32. 基金份额资产净值来自(   )。

    A. 基金的投资业绩   B. 基金资产净值   C. 基金份额面值   D. 基金份额资产总值

33. 基金管理公司的投资管理部门主要包括(   )。

    A. 投资部、研究部以及风险控制部   B. 投资部、交易部以及风险控制部
    C. 研究部、交易部以及风险控制部   D. 投资部、研究部以及交易部

34. 基金资产估值是指通过对基金所拥有的全部资产及所有负债按一定的原则和方法进行估算，进而确定基金资产(   )的过程。

    A. 账面价值   B. 账面净值   C. 公允价值   D. 账面余额

35. 下列各项中，需直接从基金财产中列支的是(   )。

    A. 申购费   B. 赎回费   C. 基金转换费   D. 销售服务费

36. 目前我国的基金会计核算已经细化到(   )。

    A. 时   B. 日   C. 周   D. 月

37. 封闭式基金一般采用(   )方式进行分红。

    A. 现金   B. 股利   C. 红利   D. 份额拆分

38. 假设投资者在 6 月 1 日(周五，最近一周均没有其他法定节假日)申购了货币市场基金份额，那么利润将会从(   )起开始计算。

    A. 6 月 1 日   B. 6 月 2 日   C. 6 月 3 日   D. 6 月 4 日

39. 基金销售机构进行基金营销的各种内、外部因素的统称为(   )。

    A. 营销环境   B. 营销过程   C. 营销组合   D. 目标市场

40. 在基金营销组合的四大要素中，_____的主要任务是使投资者在需要的时间和地点以便捷的方式购买基金产品，提供持续服务；_____是基金价格营销的核心。
    (   )

    A. 渠道；促销   B. 费率；渠道   C. 渠道；费率   D. 促销；费率

41. 下列选项中，(   )不是国外基金直销渠道的特点。

    A. 对投资者的控制力弱，但有广泛的客户基础
    B. 更容易发现产品或服务方面的不足
    C. 易于建立双向持久的联系，提高忠诚度
    D. 推销新产品更容易

42. (   )作为独立的投资顾问或证券经纪商通过基于因特网的平台，使客户可以以折扣佣金买卖基金。

    A. 折扣经纪人   B. 基金经理   C. 证券经纪人   D. 客户经理

43. 下列各项中，不属于基金销售机构在市场定位上着手的方面的是(   )。

    A. 人员   B. 品牌   C. 服务   D. 环境

44. 基金销售机构应当确定基金产品和基金投资者匹配的方法，将基金产品风险(   )基金投资者风险承受能力的情况定义为风险不匹配。

A. 小于 　　　　　B. 高于 　　　　　C. 无法比较于 　　　　D. 无关于

45. 基金销售中常用的营业推广手段不包括(　　　)。

A. 销售点宣传 　　　　　　　　　　B. 举办投资者交流活动

C. 费率优惠 　　　　　　　　　　　D. 提供充足的宣传费用

46. 下列关于持续营销的说法，错误的是(　　　)。

A. 持续营销有利于促进基金销售机构与投资者的沟通与互动，提高投资者忠诚度

B. 持续营销能提高或稳定老基金的规模、增加基金销售机构的收入，从而有能力为投资者提供更专业、更优质的理财服务

C. 持续营销是指对将要设立的基金开展再营销的行为

D. 持续营销也具有消极作用

47. 下列各项中，为投资额较大的个人投资者和机构投资者提供的最具个性化的服务是(　　　)。

A. 互联网的应用 　　　　　　　　　B. 讲座、推介会和座谈会

C. 自动传真、电子信箱与手机短信 　D. "一对一"专人服务

48. 基金管理公司应加强(　　　)建设，及时解答投资者的疑问。

A. 客户接待中心 　　B. 投资者咨询中心 　　C. 投资者服务中心 　　D. 投资者投诉中心

49. 专业基金销售机构申请基金代销业务，取得基金从业资格的人员应不少于(　　　)人。

A. 10 　　　　　　　B. 15 　　　　　　　C. 25 　　　　　　　D. 30

50. 根据有关规律法规规定，基金宣传推介材料登载过往业绩，基金合同生效(　　　)的，应当登载从合同生效之日起计算的业绩。

A. 6 个月以上不满 1 年 　　　　　　B. 1 年以上不满 10 年

C. 6 个月以上不满 3 年 　　　　　　D. 1 年以上不满 3 年

51. 下列不属于基金管理公司或基金代销机构使用基金宣传推介材料的主要违规情形的是(　　　)。

A. 未履行报送手续

B. 基金宣传推介活动开展缓慢

C. 基金宣传推介材料和上报的材料不一致

D. 基金宣传推介材料违反《证券投资基金销售管理办法》及规定的其他情形

52. 申请设立封闭式基金时，基金管理人不需向监管机构提交(　　　)。

A. 基金申请报告 　　　　　　　　　B. 基金托管协议草案

C. 招募说明书草案 　　　　　　　　D. 上市交易公告书

53. 封闭式基金合同生效的条件之一是，基金份额持有人人数达到(　　　)人以上。

A. 100 　　　　　　B. 200 　　　　　　C. 500 　　　　　　D. 1000

54. 封闭式基金买卖不同于开放式基金，申报数量应当为_____份或其整数倍，并且基金单笔最大数量应低于_____份。(　　　)

A. 100；100 万 　　B. 1000；500 万 　　C. 500；100 万 　　D. 500；1000 万

55. 国务院证券监督管理机构应当自受理开放式基金募集申请之日起(　　　)个月内作出核准或者不予核准的决定。

A. 3 　　　　　　　B. 6 　　　　　　　C. 9 　　　　　　　D. 12

56. 开放式基金在换算认购数量时，以(　　　)为基准换算为认购数量。

A. 基金面值　　　　B. 认购金额　　　　C. 净认购金额　　　　D. 认购费率

57. 目前，我国开放式基金的认购渠道不包括(　　)。
    A. 基金管理人的直销中心　　　　　　B. 证交所
    C. 证券投资咨询机构　　　　　　　　D. 商业银行

58. 巨额赎回是指单个开放日基金净赎回申请超过基金总份额的(　　)。
    A. 6%　　　　　B. 10%　　　　　C. 15%　　　　　D. 20%

59. 当基金管理人认为兑付投资者的赎回申请有困难，或认为兑付投资者的赎回申请进行的资产变现可能使基金份额净值发生较大波动时，基金管理人在当日接受赎回比例不低于上一日基金总份额(　　)的前提下，对其余赎回申请延期办理。
    A. 8%　　　　　B. 10%　　　　　C. 15%　　　　　D. 20%

60. 由于基金的申购费率、赎回费率不同，当转入基金的申购费率_____转出基金的申购费率而存在费用差额时，一般应在_____补齐。(　　)
    A. 低于；转换时　　B. 低于；转换后　　C. 高于；转换时　　D. 高于；转换后

61. 假设某投资者在基金募集期内认购了100万份ETF，基金份额折算前的基金份额总额为210亿份，折算日的基金资产净值为230亿元，当日标的指数收盘值为955.45元，则该投资者折算后的份额为(　　)万份。
    A. 108.5　　　　B. 105.8　　　　C. 114.6　　　　D. 141.6

62. 关于上市开放式基金(LOF)的上市交易，下列说法错误的是(　　)。
    A. 基金管理人向深圳证券交易所提交上市申请
    B. 基金上市首日的开盘参考价为上市首日前一交易日的基金份额净值
    C. 买入上市开放式基金申报数量应当为100份或其整数倍，申报价格最小变动单位为0.001元人民币
    D. 上市开放式基金交易价格涨跌幅限制比例为10%，自上市日第二个交易日起执行

63. QDII基金申购的开放时间包括(　　)。
    A. 9:30～11:30　　B. 9:00～11:00　　C. 9:15～11:15　　D. 9:25～11:25

64. 基金管理人会针对不同的基金类型、不同的认购金额设置不同的认购费率，并且随着认购金额的增加而(　　)。
    A. 增加　　　　　B. 递减　　　　　C. 不变　　　　　D. 波动

65. (　　)能增加基金运作的透明度，限制和阻止基金管理不当和欺诈行为的发生。
    A. 基金公司自律　　B. 强制性信息披露　　C. 证券业协会监管　　D. 实质性审查制度

66. 基金信息披露最根本、最重要的原则是(　　)。
    A. 真实性原则　　B. 及时性原则　　C. 完整性原则　　D. 准确性原则

67. 当基金将(　　)提交中国证监会办理基金备案手续后，基金还应当编制并披露基金合同生效公告。
    A. 验资报告　　B. 基金合同　　C. 份额净值公告　　D. 基金份额发售公告

68. 开放式基金合同生效后每_____个月结束之日起_____日内，基金管理人应将更新的招募说明书登载在管理人网站上。(　　)
    A. 3；45　　　　B. 3；60　　　　C. 6；45　　　　D. 6；60

69. 以下各项中，不属于对基金份额持有人权益及基金单位交易价格产生重大影响的是(　　)。

A. 基金份额持有人大会决议

B. 基金管理人或基金托管人变更

C. 基金管理人或基金托管人的董事、监事和高级管理人员变更

D. 基金管理人或基金托管人主要业务人员2年内变更达30%以上

70. 年度报告应提供最近( )个会计年度的主要会计数据、财务指标、基金净值表现和收益分配情况。

A. 1　　　　　　B. 2　　　　　　C. 3　　　　　　D. 4

71. 通常情况下，上市公司董事、监事、高级管理人员、持有上市公司股份5%以上的股东，将其持有的该公司的股票在买入后6个月内卖出，或者在卖出后6个月内又买入，由此所得收益归( )所有。

A. 该公司　　　　B. 该股票持有股东　　C. 董事会成员　　D. 证监会

72. 根据《公司法》的有关规定，有限责任公司(非投资公司)注册时公司全体股东的首次出资额不得低于注册资本的＿＿＿＿＿＿，也不得低于法定的注册资本最低限额，其余部分由股东自公司成立之日起＿＿＿＿＿＿内缴足。( )

A. 20%；2年　　B. 30%；3年　　C. 30%；2年　　D. 40%：5年

73. 我国《证券法》对证券监督管理机构的规定内容未包括( )。

A. 监管人员的职业操守　　　　　　B. 被检查或调查对象的配合义务

C. 证券监督管理机构的职责　　　　D. 证券监督管理机构的设立及人员组成

74. 基金监管"三公"原则中的公平原则要求( )。

A. 公开监管机构全部业务活动内容

B. 基金市场具有充分的透明度，实现市场信息的公开化

C. 市场中不存在歧视，参与市场的主体具有完全平等的权利

D. 监管部门对被监管对象给予公正待遇

75. 下列不属于《基金法》中法律责任的规定内容的是( )。

A. 证券监管机构工作人员玩忽职守、滥用职权、徇私舞弊或者利用职务上的便利索取或者收受他人财物的处罚

B. 运用募集资金投资亏损的处罚

C. 基金信息披露义务人不依法披露基金信息或者披露的信息虚假记载、误导性陈述或者重大遗漏的处罚，出具公开披露基金信息专业机构违法的处罚；基金管理人或者基金托管人不按照规定召集基金份额持有人大会的处罚

D. 擅自从事基金管理业务或者基金托管业务的处罚

76. 根据《证券投资基金法》，基金募集期限届满，封闭式基金募集的基金份额总额达到核准规模的＿＿＿＿＿＿以上，并且基金份额持有人人数符合国务院证券监督管理机构规定的，基金管理人应当自募集期限届满之日起＿＿＿＿＿＿日内聘请法定验资机构验资。( )

A. 60%；30　　B. 70%；15　　C. 80%；10　　D. 90%；5

77. 根据《证券投资基金管理公司管理办法》，基金管理公司变更重大事项，应当自董事会或者股东会做出决议之日起( )日内，按照中国证监会的规定提出变更申请。

A. 5　　　　　　B. 10　　　　　　C. 15　　　　　　D. 20

78. 下列关于《证券投资基金销售管理办法》的说法，错误的是( )。

A. 由中国证券业协会颁布，并于 2004 年 7 月 1 日起实施

B. 是我国第一部规范基金销售活动的部门规章

C. 适用于在我国境内从事基金销售活动的所有机构和人员

D. 其立法宗旨是规范基金的销售活动，促进基金市场健康发展

79. 基金宣传推介材料中可以使用(　　)等词语。

A. 安全　　　　　　B. 保险　　　　　　C. 高收益　　　　　　D. 基金有风险

80. 《销售人员从业守则》规定，基金销售人员应当具备一定的业务素质和职业道德，下列说法错误的是(　　)。

A. 具备从事基金销售活动所必需的法律法规、金融、财务等专业知识和技能，取得中国证券业协会认可的证券业从业资格，并与所在机构签订正式的劳动合同或其他形式的基金销售聘任合同

B. 熟悉所推介基金的基金合同、招募说明书、发行公告、产品特征以及基金销售业务流程

C. 自觉遵守法律法规和所在机构的业务制度，忠于职守，规范服务，自觉维护所在机构及行业的声誉，保护投资者的合法利益

D. 遵循客观性原则、全面性原则和投资者利益优先原则

二、不定项选择题(本题型共 40 小题，每小题 1 分，共 40 分。各小题所给出的四个选项中，至少有一项正确，请将正确选项的代码填入括号内，不选、少选、错选均不得分。)

81. 下列关于证券市场的说法，正确的有(　　)。

A. 证券市场具有资本配置、筹资—投资、资本定价功能

B. 证券市场是价值直接交换的场所

C. 证券市场是财产权利直接交换的场所

D. 证券市场是风险直接交换的场所

82. 按照证券市场的品种结构分类，证券市场可分为(　　)。

A. 股票市场　　　B. 债券市场　　　C. 基金市场　　　D. 衍生品市场

83. 下列关于债券的叙述不正确的是(　　)。

A. 债券尽管有面值，代表了一定的财产价值，但它只是一种虚拟资本，而非真实资本

B. 债权人除了按期取得本息外，对债务人也可以作其他干预

C. 流通性是债券的特征之一，也是国债的基本特点，所有的国债都是可流通的

D. 由于债券期限越长，流动性越差，风险也就较大，所以长期债券的票面利率肯定高于短期债券的票面利率

84. 关于股票价格指数期货，下列论述正确的是(　　)。

A. 股票价格指数期货是以股票价格指数为基础变量的期货交易

B. 股票指数期货的交易单位等于基础指数的数值与交易所规定的每点价值之乘积

C. 股价指数是以实物结算方式来结束交易的

D. 股票价格指数期货是为适应人们控制股市风险，尤其是控制系统性风险的需要而产生的

85. 按照《信贷资产证券化试点管理办法》，下列关于信贷资产证券化的论述，不正确的是(　　)。

A. 银行业金融机构作为发起机构，将信贷资产信托给受托机构

B. 委托机构以资产支持证券的形式向投资机构发行受益证券

C. 受托机构以该财产所产生的现金支付资产支持证券收益

D. 信贷资产证券化不属于结构性融资活动

86. 根据现行制度规定，下列各项不属于连续竞价时，成交价格确定原则的是(　　)。

A. 买入申报价格高于即时揭示的最低卖出申报价格时，以中间价成交

B. 卖出申报价格低于即时揭示的最高买入申报价格时，以中间价成交

C. 可实现最大成交量的价格

D. 卖出申报价格低于即时揭示的最高买入申报价格时，以即时揭示的最高买入申报价格成交

87. 下列选项中，不属于经营风险主要来源的是(　　)。

A. 政府财政政策的调整　　　　　　B. 市场利率上升

C. 公司的管理不善　　　　　　　　D. 公司的决策失误

88. 证券投资基金的特点包括(　　)。

A. 集合理财、专业管理　　　　　　B. 组合投资、分散风险

C. 利益共享、风险共担　　　　　　D. 严格监管、信息透明

89. 基金管理人的职责不包括(　　)。

A. 资产保管　　　B. 基金估值　　　C. 基金营销　　　D. 会计复核

90. 我国基金业进入了规范发展的崭新阶段的标志性事件包括(　　)。

A. 我国第一只公司型基金设立

B. 基金管理公司成立

C.《证券投资基金管理暂行办法》正式颁布

D. 中国证监会替代中国人民银行作为基金管理的主管机关

91. 债券基金的主要投资风险包括(　　)。

A. 汇率风险　　　B. 信用风险　　　C. 提前赎回风险　　　D. 通货膨胀风险

92. 基金运作费用包括(　　)。

A. 基金申购费　　　B. 基金管理费　　　C. 基金托管费　　　D. 销售服务费

93. 基金份额持有人是(　　)。

A. 基金投资人　　　B. 基金的出资人　　　C. 基金的管理者　　　D. 基金资产的所有者

94. 下列关于我国基金托管人资格的描述，正确的是(　　)。

A. 取得基金从业资格的专职人员达到法定人数

B. 有安全高效的清算、交割系统

C. 可以由非银行金融机构担任，但必须独立于基金管理人

D. 净资产和资本充足率符合有关规定

95. 基金托管人需要对(　　)出具意见。

A. 基金公司财务报告　　　　　　B. 基金财务会计报告

C. 中期基金报告　　　　　　　　D. 年度基金报告

96. 下列各项中，属于基金内部风险的是(　　)。

A. 非系统性风险　　　B. 管理水平风险　　　C. 职业道德风险　　　D. 投资策略风险

97. 下列费用中，需要基金承担的是(　　)。

A. 基金审计费   B. 基金份额持有人大会费
C. 基金托管费   D. 基金转换费

98. 对(   )申购和赎回基金单位的差价收入不征收营业税。
    A. 银行   B. 个人   C. 非金融机构   D. 保险公司

99. 对于销售机构本身的情况，基金销售机构需要关注的方面有(   )等。
    A. 营销团队   B. 经营策略   C. 投资者竞争   D. 公司股权结构

100. 当影子定价所确定的基金资产净值低于摊余成本法计算的基金资产净值(即产生负偏离)时，表明基金组合中存在(   )。
    A. 浮亏   B. 先浮亏后浮盈   C. 浮盈   D. 先浮盈后浮亏

101. 基金销售机构对基金投资者的风险承受能力进行调查可以采用的方式有(   )等，并向基金投资者及时反馈评价的结果。
    A. 网络   B. 信函
    C. 当面   D. 对已掌握的投资者信息进行分析

102. 基金营销推广活动的流程包括(   )。
    A. 组织营销推广活动的实施   B. 确定营销推广目标
    C. 营销推广的后续跟踪   D. 制定营销推广的方案

103. 下列属于受理基金业务申请的注意事项主要有(   )。
    A. 保留原始业务凭证，以便日后查询
    B. 妥善保管交易密码，预留印鉴
    C. 提供的业务资料务必保证真实、有效
    D. 任何需要签章确认的业务文件务必在审视无误后方可签署

104. 市场各参与方应严格按照全面计划、系统部署、循序渐进、点面结合、持之以恒的基本原则，将投资者教育工作(   )。
    A. 基础化   B. 系统化   C. 正规化   D. 经常化

105. 基金销售人员下列行为中，属于禁止行为的是(   )。
    A. 挪用基金份额持有人的认购、申购、赎回资金
    B. 采取抽奖、回扣或者送实物、保险、基金份额等方式销售基金
    C. 以低于成本的销售费率销售基金
    D. 承诺利用基金资产进行利益输送

106. 依据《证券投资基金法》的有关规定，基金管理人进行封闭式基金的募集必须向中国证监会提交相关文件，包括(   )。
    A. 基金投资组合方案   B. 基金合同草案
    C. 基金申请报告   D. 招募说明书草案

107. 开放式基金募集的基金份额总额符合《证券投资基金法》第四十四条的规定，并具备(   )条件的，方可成立。
    A. 基金募集份额总额不少于3亿份   B. 基金募集份额总额不少于2亿份
    C. 基金募集金额不少于2亿元人民币   D. 基金份额持有人的人数不少于200人

108. 开放式基金的申购费(   )时收取。
    A. 只能在申购   B. 只能在赎回   C. 可以在申购   D. 可以在赎回

109. 场内申购赎回ETF采用(   )方式。

A. 金额申购　　　　B. 份额申购　　　　C. 金额赎回　　　　D. 份额赎回

110. QDII 基金(　　)进行募集。

A. 可以用人民币

B. 可以用美元或其他主要外汇货币为计价货币

C. 只可以用人民币

D. 只可以用美元或其他外汇货币为计价货币

111. 当前我国 QDII 基金的募集程序主要包括的步骤有(　　)等。

A. 合格境内机构投资者资格的申请及审核

B. 合同生效

C. 备案

D. 基金份额发售

112. 下列各项中，(　　)属于基金首次募集披露的信息。

A. 基金份额上市交易公告书　　　　B. 基金合同

C. 基金年度报告　　　　　　　　　D. 基金份额发售公告

113. 下列各项中，属于基金管理人信息披露范围的有(　　)。

A. 涉及基金净值复核的信息披露　　B. 涉及净值披露的信息披露

C. 涉及基金上市交易的信息披露　　D. 涉及基金投资运作的信息披露

114. 基金季度报告的投资组合报告需要披露的有(　　)。

A. 前 10 名股票明细和前 5 名债券明细　B. 行业分类的股票投资组合

C. 券种分类的债券投资组合　　　　　　D. 投资组合报告附注

115. 基金托管协议的主要目的在于明确协议双方在基金(　　)等事宜中的权利义务及职责。

A. 财产保管　　　　B. 投资运作　　　　C. 净值计算　　　　D. 信息披露

116. 我国对证券市场进行监督管理的主要手段包括(　　)。

A. 自律手段　　　　B. 经济手段　　　　C. 行政手段　　　　D. 法律手段

117. 下列属于《中华人民共和国证券法》总则的主要内容的是(　　)。

A. 立法的宗旨、适用范围

B. 证券业与其他金融业的分业经营与管理

C. 证券发行及交易活动的当事人应当遵守的原则

D. 证券市场集中统一监督管理、证券业协会的自律性管理

118. 下列关于基金托管人与基金管理人的说法，正确的有(　　)。

A. 基金托管人应当拒绝执行基金管理人发出的违反基金合同约定的投资指令

B. 基金管理人与基金托管人可以相互出资或者持有股份

C. 基金管理人与基金托管人不可以由同一机构担任

D. 担任基金管理人或取得基金托管资格，都需要经过国务院银行业监督管理机构的核准

119. 证券投资咨询机构申请基金代销业务资格时，其应具备的条件不正确的是(　　)。

A. 注册资本不低于 2000 万元人民币，且必须为实缴货币资本

B. 持续从事证券投资咨询业务 5 个以上完整会计年度

C. 公司及其主要分支机构负责基金代销业务的部门取得基金从业资格的人员不低于该

部门员工人数的 1/2

    D. 最近 5 年没有代理投资人从事证券买卖的行为

120. 基金销售业务流程控制中,基金销售机构须要制定《投资人权益须知》,其内容应当包括( )。

    A. 向基金销售机构、自律组织以及监管机构的投诉方式和程序

    B. 投资人办理基金业务流程

    C. 投资风险提示

    D. 基金销售机构联络方式

三、判断题(本题型共 20 小题,每小题 1 分,共 20 分。判断各小题的对错,正确的用 A 表示,错误的用 B 表示。)

121. 证券市场是风险直接交换的场所。( )

122. 有限责任公司可以通过公开发行股票募集资金。( )

123. 商业银行次级债券本金和利息的清偿顺序列于商业银行其他负债和商业银行股权资本之后。( )

124. 我国现行基金指数的选择范围不包括没有在证券交易所上市的开放式基金。( )

125. 收入型基金,追求的是基金资产的长期增值。( )

126. 在我国,基金发展几乎同步于证券市场的发展。( )

127. 市场利率升高时,债券的价格也随之升高。( )

128. 基金管理公司需要报经中国证监会审批,才能向合格境外机构投资者提供投资咨询服务。( )

129. 在我国,基金份额注册登记工作只能由中国证券登记结算有限责任公司承担。( )

130. 基金投资运作的具体执行部门是投资部。( )

131. 主要市场是基金销售业务已经覆盖及服务的对象,会使新基金的发行以及老基金的持续营销业务的开展更加便捷有效。( )

132. 对于基金投资者申购的基金产品风险超越基金投资者风险承受能力的情况,基金销售机构需要履行必要的风险提示义务。( )

133. 机构申请基金代销业务资格期间申请材料涉及的事项发生重大变化,申请人应当自变化发生之日起 5 个工作日内向中国证监会提交更新材料。( )

134. 为了使投资者更好地了解产品,基金宣传推介材料可以模拟基金未来投资业绩。( )

135. 目前,沪、深证券交易所对封闭式基金交易实行 5% 的涨跌幅限制。( )

136. 货币市场基金、股票基金、债券基金的申购、赎回均采用"金额申购、份额赎回"原则。( )

137. 除基金注册登记机构外,其他销售机构也可以办理非交易过户业务。( )

138. 货币市场基金不同于其他类型的基金,不需要定期披露基金份额净值信息。( )

139. 基金份额净值计价错误仅达到基金份额累计净值 0.1% 时,基金管理人可以不予处置,但是当其计价错误达到 0.5% 时,基金管理人应当公告,并报国务院证券监督管理机构备案。( )

140. 基金管理人应当自签订代销协议之日起 15 日内,将代销协议报送中国证监会。( )

答案与解析

一、单项选择题(本题型共 80 小题,每小题 0.5 分,共 40 分。各小题所给出的四个选项中,只有一项最符合题目要求,请将正确选项的代码填入括号内,不选、错选均不得分。)

1. 【答案】A

   【解析】证券发行市场的作用主要表现在以下三个方面:①为资金需求者提供筹措资金的渠道;②为资金供应者提供投资和获利的机会,吸引社会暂时闲置的货币资金,实现储蓄向投资转化;③形成资金流动的收益导向机制,促使资金流向最能产生效益的行业和企业,达到促进资源配置不断优化的目的。为已经发行的证券提供流通转让机会的是证券交易市场。

2. 【答案】D

   【解析】证券价格的高低实际上是证券筹资能力的反映,即预期报酬率越高,其相应市场价格就越高,筹资能力就越强。

3. 【答案】D

   【解析】目前,在代办股份转让系统挂牌的公司大致可分为两类:一类是原 STAQ、NET系统挂牌公司和退市公司;另一类是中关村科技园区高科技公司。

4. 【答案】D

5. 【答案】B

   【解析】《中华人民共和国公司法》规定:"公司发行的股票,可以为记名股票,也可以为无记名股票。公司向发起人、法人发行的股票,应当为记名股票,并应记载该发起人、法人的名称或者姓名,不得另立户名或者以代表人姓名记名。"

6. 【答案】C

   【解析】股票的清算价值是公司清算时每一股份所代表的实际价值。从理论上讲,股票的清算价值应与账面价值一致,实际上并非如此。只有当清算时的资产实际出售额与财务报表上反映的账面价值一致时,每一股的清算价值才会和账面价值一致。但在公司清算时,其资产往往需要打折出售,清算价值往往小于账面价值。

7. 【答案】A

   【解析】安全性是指债券持有人的收益相对固定,不随发行者经营收益的变动而变动,并且可按期收回本金。但是,债券投资存在不能收回的情况,如债务人不履行债务、流通市场风险等。

8. 【答案】D

   【解析】可转换债券通常是转换成普通股股票,附权证的可分离公司债券通常是按照权证规定的认股价格以现金认购标的股票。

9. 【答案】B

   【解析】上证国债指数以在上海证券交易所上市的所有固定利率国债为样本,按照国债发行量加权而成。中国债券指数是指数系列,该指数体系覆盖了交易所市场和银行间市场所有发行额在 50 亿元人民币以上、待偿期限在 1 年以上的债券。中证全债指数从沪、深证券交易所和银行间市场挑选国债、金融债及企业债组成样本券。

10. 【答案】D

【解析】根据中标规则不同，可分为荷兰式招标(单一价格中标)和美式招标(多种价格中标)。

11. 【答案】A

12. 【答案】C

【解析】政府债券几乎没有信用风险，长期政府债券的利率比短期政府债券利率高，主要是对利率风险的补偿，因为长期债券的利率风险大于短期债券。

13. 【答案】A

【解析】再投资收益是投资债券所获现金流量再投资的利息收入。

14. 【答案】B

【解析】根据法律形式不同，可以将基金分为契约型基金与公司型基金；根据基金份额是否固定，可以将基金分为封闭式基金和开放式基金；根据投资目标不同，可以将基金分为成长型基金、收入型基金和平衡型基金；根据投资对象不同，可以将基金分为股票型基金、债券型基金、货币市场基金、混合型基金等。

15. 【答案】B

【解析】特殊类型的基金包括保本基金、交易型开放式基金(ETF)、上市开放式基金(LOF)、伞形基金等。

16. 【答案】B

【解析】基金的运作是指包括基金营销、基金募集、基金投资运作、基金后台管理以及其他基金运作活动在内的所有相关环节。其中，基金投资运作是基金运作的最重要的环节，它包括基金管理公司内部的投资管理、交易管理、绩效评估以及风险控制部分。基金估值是基金后台管理的环节之一。

17. 【答案】B

【解析】设立基金管理公司必须经国务院证券监督管理机构批准。

18. 【答案】B

19. 【答案】B

【解析】传统上个人投资者一直是基金的主要投资者，但已有越来越多的机构投资者，特别是退休基金成为基金的重要资金来源。

20. 【答案】C

21. 【答案】B

【解析】开放式基金是指基金份额不固定，基金份额可以在基金合同约定的时间和场所进行申购或者赎回的一种基金运作方式。开放式基金规模不固定，投资者可随时提出申购或赎回申请，基金份额会随之增加或减少。

22. 【答案】C

【解析】按照《证券投资基金运作管理办法》规定，仅投资于货币市场工具的为货币市场基金。

23. 【答案】A

【解析】日每万份基金净收益 $= \dfrac{当日基金净收益}{当日基金份额总数} \times 10000$

$$= \frac{13400}{300000000} \times 10000 = 0.4467(元)。$$

24. 【答案】B

【解析】债券型基金的主要投资风险包括利率风险、信用风险、提前赎回风险以及通货膨胀风险等。其中，信用风险是指债券发行人没有能力按时支付利息或者到期归还本金的风险。如果债券发行人不能按时支付利息或偿还本金，该债券就面临很高的信用风险。

25. 【答案】A

【解析】久期是指债券的每次息票或者本金支付时间的加权平均期限，它综合考虑了到期时间、息票、付息周期以及市场利率对债券价格的影响，可以反映利率的变动对债券价格变动的影响，可以较好地衡量债券利率风险。

26. 【答案】D

【解析】平均收益率按时间长短可分为日平均收益率、周平均收益率和月平均收益率等；按计算方式可分为简单平均收益率(算术平均收益率)和几何平均收益率。

27. 【答案】B

28. 【答案】D

【解析】督察长由总经理提名，董事会聘任，并应当经全体独立董事同意。

29. 【答案】B

【解析】计算并公告基金资产净值，确定基金份额申购、赎回价格是基金管理人的职责。

30. 【答案】A

【解析】基金托管人对所托管的基金应当以基金为会计核算主体，独立建账、独立核算。

31. 【答案】B

32. 【答案】B

【解析】基金份额资产净值＝基金资产净值/基金总份额。

33. 【答案】D

【解析】风险控制部属于基金管理公司的风险控制部门。

34. 【答案】C

35. 【答案】D

【解析】可从基金财产中列支的与基金有关的费用包括：基金管理人的管理费、基金托管人的托管费、销售服务费、基金合同生效后的信息披露费用、基金合同生效后的会计师费和律师费、基金份额持有人大会费用、基金的证券交易费用、按照国家有关规定和基金合同规定可以在基金财产中列支的其他费用。ABC 三项费用是基金销售过程中发生的由基金投资者承担的费用。

36. 【答案】B

【解析】基金会计核算的特点表现在三个方面：①会计主体是证券投资基金；②会计分期细化到日；③基金持有的金融资产和承担的金融负债通常归类为以公允价值计量且其变动计入当期损益的金融资产和金融负债。

37. 【答案】A

38. 【答案】D

【解析】货币市场基金在每日进行利润分配时，当日申购的基金份额自下一个工作日起享有基金的分配权益，当日赎回的基金份额自下一个工作日起不享有基金的分配权益。投资者在 6 月 1 日(周五)申购了基金份额，那么他将在下一个工作日(即 6 月 4 日，周一)起享有基金的分配权益。

39.【答案】A

40.【答案】C

41.【答案】A

【解析】A项属于国外基金代销渠道的特点之一。直销与代销的特点如表1所示。

表1　直销与代销的特点

	直销渠道	代销渠道
渠道构成	直属的销售队伍	独立的投资顾问
	直属的分支机构网点	银行、券商的销售网络
	直接推销	基金超市
	通过邮寄、电话	折扣经纪人
渠道特点	对投资者财务状况更了解，对客户控制力较强	对投资者的控制力弱，但有广泛的客户基础
	更容易发现产品或服务方面的不足	投资者可以得到独立的顾问服务
	易于建立双向持久的联系，提高忠诚度	代销机构有业绩才有佣金，基金公司不承担固定成本
	推销产品更容易	商业对手对渠道的竞争提高了代销成本

42.【答案】A

43.【答案】D

【解析】基金销售机构在市场定位上应有所选择，突出其中某几方面的优势，以体现自身有别于其他竞争对手的差异性优势。一般而言，可以从产品、服务、人员和品牌形象等方面着手。

44.【答案】B

【解析】根据《适用性指导意见》第六章第三十条规定，基金销售机构应当确定基金产品和基金投资者匹配的方法，在销售过程中由销售业务信息管理平台完成基金产品风险和基金投资者风险承受能力的匹配检验。匹配方法至少应当在基金产品的风险等级和基金投资者的风险承受能力类型之间建立合理的对应关系，并在建立对应关系的基础上，将基金产品风险超越基金投资者风险承受能力的情况定义为风险不匹配。

45.【答案】D

【解析】基金销售中常用的营业推广手段有销售点宣传、激励手段、费率优惠、举办投资者交流活动。提供充足的宣传费用目的在于激发销售人员的积极性，属于人员推销的内容。

46.【答案】C

【解析】持续营销是指对已经设立的基金开展再营销的行为；持续营销也会有一些消极作用。例如将基金净值大幅降低的营销方式，迎合投资者的"恐高"心理，从而引发投资者大规模申购，但可能该基金的风险收益特征并不适合该投资者，有可能使投资者陷入误区，购买了不适合自己的基金产品。

47.【答案】D

48.【答案】C

【解析】基金管理公司应加强投资者服务中心建设，保证足够的人员配置，保持沟通渠道的顺畅高效，及时解答投资者的疑问。

49. 【答案】D

【解析】《证券投资基金销售管理办法》第十二条对专业基金销售机构申请基金代销业务资格进行了规定，指出："除具备本办法第九条第（三）项至第（七）项、第十条第（三）项和第（四）项，以及第十一条第（一）项和第（二）项规定的条件外，还应当具备下列条件：①有符合规定的组织名称、组织机构和经营范围；②主要出资人是依法设立的持续经营 3 个以上完整会计年度的法人，注册资本不低于 3000 万元人民币，财务状况良好，运作规范稳定，最近 3 年没有因违法违规行为受到行政处罚或者刑事处罚；③取得基金从业资格的人员不少于 30 人，且不低于员工人数的 1/2；④中国证监会规定的其他条件"。

50. 【答案】A

【解析】基金宣传推介材料可以登载该基金、基金管理人管理的其他基金的过往业绩，但基金合同生效不足 6 个月的除外。基金宣传推介材料登载过往业绩，基金合同生效 6 个月以上但不满 1 年的，应当登载从合同生效之日起计算的业绩；基金合同生效 1 年以上但不满 10 年的，应当登载自合同生效当年开始所有完整会计年度的业绩，宣传推介材料公布日在下半年的，还应登载当年上半年度的业绩；基金合同生效 10 年以上的，应当登载最近 10 个完整会计年度的业绩。

51. 【答案】B

52. 【答案】D

【解析】上市交易公告书是基金运作信息披露文件。凡是根据有关法律法规发售基金份额并申请在证券交易所上市交易的基金，基金管理人均应编制并披露上市交易公告书。

53. 【答案】B

【解析】封闭式基金募集期限届满，基金份额总额达到核准规模的 80% 以上，并且基金份额持有人人数达到 200 人以上，基金管理人应当自募集期限届满之日起 10 日内聘请法定验资机构验资。自收到验资报告之日起 10 日内，向中国证监会提交备案申请和验资报告，办理基金备案手续，刊登基金合同生效公告。

54. 【答案】A

55. 【答案】B

【解析】与封闭式基金一样，国务院证券监督管理机构应当自受理开放式基金募集申请之日起 6 个月内做出核准或者不予核准的决定。

56. 【答案】A

【解析】开放式基金的认购采取金额认购的方式，在扣除相应费用后，以基金面值为基准换算为认购数量。

57. 【答案】B

【解析】目前，我国可以办理开放式基金认购业务的机构主要包括商业银行、证券公司、证券投资咨询机构、专业基金销售机构以及中国证监会规定的其他具备基金代销业务资格的机构。

58. 【答案】B

59. 【答案】B

【解析】出现巨额赎回时，基金管理人可以根据基金当时的资产组合状况决定接受全额赎回或部分延期赎回。接受全额赎回是指当基金管理人认为有能力兑付投资者的全部赎回申请时，按正常赎回程序执行。部分延期赎回是指当基金管理人认为兑付投资者的赎回申请有困难，或认为兑付投资者的赎回申请进行的资产变现可能使基金份额净值发生较大波动时，基金管理人在当日接受赎回比例不低于上一日基金总份额 10% 的前提下，对其余赎回申请延期办理。

60. 【答案】C

61. 【答案】C

【解析】折算比例 =（折算日的基金资产净值/折算前的基金份额总额）÷（当日标的指数收盘值/1000）=（230/210）÷（955.45/1000）= 1.146，则该投资者折算后的基金份额 = 认购份额×折算比率 = 100×1.146 = 114.6（万份）。

62. 【答案】D

【解析】我国深圳证券交易所对 LOF 交易实行价格涨跌幅限制，涨跌幅比例为 10%，自上市首日起执行。

63. 【答案】A

【解析】与一般开放式基金相同，QDII 基金申购和赎回的开放日也为证券交易所的交易日（基金管理人公告暂停申购或赎回时除外），投资者应当在开放日的开放时间办理申购和赎回申请。QDII 基金的开放时间为 9: 30 ~ 11: 30 和 13: 00 ~ 15: 00。

64. 【答案】B

65. 【答案】B

【解析】相对于实质性审查制度，强制性信息披露能增加基金运作的透明度，公众通过查阅基金公开披露的信息对基金的运作进行监督，限制和阻止基金管理不当和欺诈行为的发生，防止利益冲突与利益输送。

66. 【答案】A

【解析】真实性原则是基金信息披露最根本、最重要的原则，它要求披露的信息应当以客观事实为基础，以没有扭曲和不加粉饰的方式反映真实情况。

67. 【答案】A

【解析】在基金份额发售前，基金管理人需要编制并披露招募说明书、基金合同、托管协议、基金份额发售公告等文件。当基金将验资报告提交中国证监会办理基金备案手续后，基金还应当编制并披露基金合同生效公告。

68. 【答案】C

【解析】开放式基金合同生效后每 6 个月结束之日起 45 日内，基金管理人应将更新的招募说明书登载在管理人网站上，更新的招募说明书摘要登载在指定报刊上；在公告的 15 日前，应向中国证监会报送更新的招募说明书并就更新内容提供书面说明。

69. 【答案】D

【解析】D 项基金管理人或基金托管人主要业务人员 1 年内变更达 30% 以上。

70. 【答案】C

【解析】半年度报告只需披露当期的数据和指标；而年度报告应提供最近 3 个会计年度的主要会计数据、财务指标、基金净值表现和收益分配情况。

71. 【答案】A

【解析】《证券法》第四十七条规定，上市公司董事、监事、高级管理人员，持有上市公司股份 5% 以上的股东，将其持有的该公司的股票在买入后 6 个月内卖出，或者在卖出后 6 个月内又买入，由此所得收益归该公司所有，公司董事会应当收回其所得收益。但是，证券公司因包销购入售后剩余股票而持有 5% 以上股份的，卖出该股票不受 6 个月时间限制。

72.【答案】A

【解析】《公司法》第二十六条规定，有限责任公司的注册资本为在公司登记机关登记的全体股东认缴的出资额。公司全体股东的首次出资额不得低于注册资本的 20%，也不得低于法定的注册资本最低限额，其余部分由股东自公司成立之日起 2 年内缴足；其中，投资公司可以在 5 年内缴足。

73.【答案】D

【解析】我国《证券法》对证券监督管理机构的规定内容包括：证券监督管理机构的地位、职责、监管方式及监督检查或调查的程序，被检查或调查对象的配合义务，证券监督管理机构人员的任职要求、职业操守，监督管理信息共享机制等。

74.【答案】C

【解析】AB 两项属于公开原则；D 项属于公正原则。

75.【答案】B

【解析】除了 ACD 三项外，《基金法》对法律责任的规定内容还包括：①基金管理人、基金托管人履行各自职责过程中违反本法规定或者基金合同约定应承担的责任；②违法动用募集资金的处罚；③擅自募集基金的处罚；④擅自设立基金管理公司的处罚；⑤基金管理人或基金托管人违反分别管理、分账保管、挪用基金财产的处罚；⑥基金管理人、基金托管人的专门基金托管部门的从业人员违法的处罚。

76.【答案】C

77.【答案】B

78.【答案】A

【解析】《证券投资基金销售管理办法》由中国证监会颁布。

79.【答案】D

【解析】基金宣传推介材料不得违规使用"安全"、"保证"、"承诺"、"保险"、"避险"、"有保障"、"高收益"、"无风险"等可能使投资者认为没有风险的词语。

80.【答案】D

【解析】D 项应为"遵循勤勉尽职、诚实守信原则和投资者利益优先原则"。

二、不定项选择题(本题型共 40 小题，每小题 1 分，共 40 分。各小题所给出的四个选项中，至少有一项正确，请将正确选项的代码填入括号内，不选、少选、错选均不得分。)

81.【答案】ABCD

【解析】A 项是证券市场基本功能；BCD 三项是证券市场的基本特征。

82.【答案】ABCD

83.【答案】BCD

【解析】B 项债权人除了按期取得本息外，对债务人不能作其他干预；C 项流通性是债券的特征之一，也是国债的基本特点，但也有一些国债是不能流通的；D 项债券票面利率与期限的关系较复杂，它们还受除时间以外其他因素的影响，所以有时也能见到短期债券票面利率高而长期债券票面利率低的现象。

84. 【答案】ABD

【解析】由于股价指数本身并没有任何的实物存在形式，因此股价指数是以现金结算方式来结束交易的。在现金结算方式下，持有至到期日仍未平仓的合约将于到期日得到自动冲销，买卖双方根据最后结算价与前一天结算价之差计算出盈亏金额，通过借记或贷记保证金账户而结清交易。

85. 【答案】BD

【解析】2005 年 4 月，中国银行业监督管理委员会发布《信贷资产证券化试点管理办法》，将信贷资产证券化明确定义为"银行业金融机构作为发起机构，将信贷资产信托给受托机构，由受托机构以资产支持证券的形式向投资机构发行受益证券，以该财产所产生的现金支付资产支持证券收益的结构性融资活动"。

86. 【答案】ABC

【解析】连续竞价时，成交价格确定原则包括：①最高买入申报与最低卖出申报价位相同，以该价格为成交价；②买入申报价格高于即时揭示的最低卖出申报价格时，以即时揭示的最低卖出申报价格成交；③卖出申报价格低于即时揭示的最高买入申报价格时，以即时揭示的最高买入申报价格成交。C 项是集合竞价时的成交价格确定原则。

87. 【答案】AB

【解析】经营风险是指公司的决策人员与管理人员在经营管理过程中出现失误而导致公司盈利水平变化，从而使投资者预期收益下降的可能。经营风险属于非系统性风险。政府政策调整与市场利率变动都属于系统性风险。

88. 【答案】ABCD

【解析】除题中四项之外，基金的特点还包括独立托管、保障安全。

89. 【答案】AD

【解析】基金管理人是基金的募集者和管理者，在整个基金的运作中起着核心的作用。它不仅负责基金的投资管理，而且还承担着产品设计、基金营销、基金注册登记、基金估值、会计核算等多方面的职责。资产保管和会计复核属于基金托管人的职责。

90. 【答案】CD

【解析】1997 年 11 月 14 日，《证券投资基金管理暂行办法》正式颁布；同时由中国证监会替代中国人民银行作为基金管理的主管机关。从此，我国基金业进入了规范发展的崭新阶段。

91. 【答案】BCD

【解析】债券型基金的主要投资风险包括利率风险、信用风险、提前赎回风险以及通货膨胀风险等。

92. 【答案】BCD

【解析】费用率是评价基金运作效率和运作成本的一个重要统计指标，等于基金运作费用与基金平均净资产的比率。其中，基金运作费用主要包括基金管理费、托管费、销售服务费等项目，但不包括前端或后端申购费。

93. 【答案】ABD

【解析】基金份额持有人即基金投资者，是基金的出资人，基金资产的所有者和基金投资收益的受益人。基金的管理者是基金管理公司。

94. 【答案】ABD

【解析】在我国，基金托管人由依法设立并取得基金托管资格的商业银行担任。

95. 【答案】BCD

【解析】《基金法》第二十九条规定，基金托管人应当履行的职责之一是对基金财务会计报告、中期和年度基金报告出具意见。

96. 【答案】BCD

【解析】A 项属于基金外部风险。

97. 【答案】ABC

【解析】基金转换费由基金投资者承担。

98. 【答案】BC

【解析】金融机构（包括银行和非银行金融机构）申购和赎回基金单位的差价收入征收营业税，个人和非金融机构申购和赎回基金单位的差价收入不征收营业税。

99. 【答案】ABD

【解析】销售机构本身的情况，如公司股权结构、经营目标、经营策略、资本实力、营销团队等，都会对基金营销产生重要的影响。

100. 【答案】A

【解析】当影子定价所确定的基金资产净值超过摊余成本法计算的基金资产净值（即产生正偏离）时，表明基金组合中存在浮盈；反之，当存在负偏离时，则基金组合中存在浮亏。

101. 【答案】ABCD

102. 【答案】ABCD

【解析】基金营销推广活动的流程主要有：①确定营销推广目标；②选择营销推广的形式；③制定营销推广的方案；④组织营销推广活动的实施；⑤营销推广的后续跟踪。

103. 【答案】ABCD

【解析】除 ABCD 四项外，基金销售机构在为投资者办理基金业务时，还需提醒投资者注意：投资者的各类基金业务委托，以基金的注册登记机构的确认结果为准。

104. 【答案】ABCD

105. 【答案】ABCD

【解析】基金管理人和代销机构的禁止行为包括以下方面：①以排挤对手为目的，压低基金的收费水平；②采取抽奖、回扣或者送实物、保险、基金份额等方式销售基金；③以低于成本的销售费率销售基金；④募集期间对认购费打折；⑤承诺利用基金资产进行利益输送；⑥挪用基金份额持有人的认购、申购、赎回资金；⑦基金宣传推介材料违反禁止性规定；⑧中国证监会规定禁止的其他情形。

106. 【答案】BCD

【解析】申请募集封闭式基金应提交的主要文件包括：基金申请报告、基金合同草案、基金托管协议草案和招募说明书草案等。

107. 【答案】BCD

【解析】开放式基金募集期限届满，募集的基金份额总额符合《证券投资基金法》第四十四条的规定，并具备下列条件的，基金管理人应当按照规定办理验资和基金备案手续：①基金募集份额总额不少于 2 亿份，基金募集金额不少于 2 亿元人民币；②基金份额持有人的人数不少于 200 人。

108. 【答案】CD

【解析】开放式基金的申购费是投资人在申购时直接支付给基金管理人的一次性费用，申购费用可以在申购时支付，也可以在赎回时支付。

109. 【答案】BD

【解析】场内申购赎回 ETF 采用份额申购、份额赎回的方式，即申购和赎回均以份额申请。

110. 【答案】AB

【解析】QDII 基金除可以用人民币进行募集外，还可以用美元或其他主要外汇货币为计价货币募集；QDII 基金可以根据产品特点确定面值金额的大小。

111. 【答案】ABCD

【解析】除 ABCD 四项外，我国 QDII 基金的募集程序还包括 QDII 基金产品的申请及核准和经营外汇业务资格申请。

112. 【答案】BD

【解析】首次募集信息披露主要包括基金份额发售前至基金合同生效期间进行的信息披露。在基金份额发售前，基金管理人需要编制并披露招募说明书、基金合同、托管协议、基金份额发售公告等文件。AC 两项均属于基金运作信息披露文件。

113. 【答案】BCD

【解析】对于基金管理人来说，主要负责办理与基金财产管理活动有关的信息披露义务，具体涉及基金募集、上市交易、投资运作、净值披露等各环节。涉及基金净值复核的信息披露属于基金托管人信息披露的范围。

114. 【答案】ABCD

【解析】基金季度报告中的投资组合报告主要披露了基金资产组合、按行业分类的股票投资组合、按券种分类的债券投资组合以及前 10 名股票明细和前 5 名债券明细等，另外投资组合报告还包括投资组合报告附注等内容。

115. 【答案】ABCD

【解析】基金托管协议是基金管理人和基金托管人签订的协议，主要目的在于明确双方在基金财产保管、投资运作、净值计算、收益分配、信息披露及相互监督等事宜中的权利义务及职责，确保基金财产的安全，保护基金份额持有人的合法权益。

116. 【答案】BCD

117. 【答案】ABCD

【解析】《证券法》的"总则"规定了立法宗旨和适用范围、证券发行及交易活动的当事人应当遵守的原则、证券业与其他金融业的分业经营与管理、证券市场集中统一监督管理和证券业协会的自律性管理等。

118. 【答案】AC

【解析】《证券投资基金法》第二十八条规定，基金托管人与基金管理人不得为同一人，不得相互出资或者持有股份。《证券投资基金法》第三十条规定，基金托管人发现基金管理人的投资指令违反法律、行政法规和其他有关规定，或者违反基金合同约定的，应当拒绝执行，立即通知基金管理人，并及时向国务院证券监督管理机构报告。《证券投资基金法》第十二条规定，基金管理人由依法设立的基金管理公司担任。担任基金管理人，应当经国务院证券监督管理机构核准。《证券投资基金法》第二十六条规定，申请取得基金托管资格，应当经国务院证券监督管理机构和国务院银行业监督管理机构核准。

119.【答案】BD

【解析】《证券投资基金销售管理办法》第十一条规定，证券投资咨询机构申请基金代销业务资格时，其应具备的条件包括：注册资本不低于 2000 万元人民币，且必须为实缴货币资本；高级管理人员已取得基金从业资格，熟悉基金代销业务，并具备从事 2 年以上基金业务或者 5 年以上证券、金融业务的工作经历；持续从事证券投资咨询业务 3 个以上完整会计年度；最近 3 年没有代理投资人从事证券买卖的行为。C 项在第九条、第十条作出了规定。

120.【答案】ABCD

【解析】制定《投资人权益须知》，内容至少应当包括：①《证券投资基金法》规定的基金份额持有人的权利；②基金销售机构提供的服务内容和收费方式；③投资人办理基金业务流程，基金分类、评级等的基本知识以及投资风险提示；④向基金销售机构、自律组织以及监管机构的投诉方式和程序；⑤基金销售机构联络方式及其他需要向投资人说明的内容。

三、判断题(本题型共 20 小题，每小题 1 分，共 20 分。判断各小题的对错，正确的用 A 表示，错误的用 B 表示。)

121.【答案】A

【解析】证券市场是价值、财产权利、风险直接交换的场所。

122.【答案】B

【解析】现代股份制公司主要采取股份有限公司和有限责任公司两种形式。其中，只有股份有限公司才能发行股票。

123.【答案】B

【解析】商业银行次级债券是指商业银行发行的、本金和利息的清偿顺序列于商业银行其他负债之后、先于商业银行股权资本的债券。

124.【答案】A

【解析】我国现行基金指数包括上证基金指数和深证基金指数，两者的样本都只包括在证券交易所上市的基金，不包括没有在证券交易所上市的基金。

125.【答案】B

【解析】收入型基金，主要投资于可带来现金收入的有价证券，以获取当期的最大收入为目的。追求基金资产的长期增值的属于成长型基金。

126.【答案】A

【解析】在我国，基金与证券市场的发展几乎同步。1990 年第一家证券交易所成立；1991 年，第一个基金产品成立。

127.【答案】B

【解析】债券的价格与市场利率变动密切相关，一般呈反方向变动。当市场利率上升时，大部分债券的价格会下降；但市场利率降低时，债券价格会有所提高。

128.【答案】B

【解析】《关于基金管理公司向特定对象提供投资咨询服务有关问题的通知》规定，基金管理公司不需要报经中国证监会审批，可以直接向合格境外机构投资者、境内保险公司及其他依法设立运作的机构等特定对象提供投资咨询服务。

129. 【答案】B

【解析】在我国，承担基金份额注册登记工作的主要有基金管理公司自身和中国证券登记结算有限责任公司。

130. 【答案】B

【解析】交易部是基金投资运作的具体执行部门，负责组织、制定和执行交易计划。

131. 【答案】B

【解析】现有市场是基金销售业务已经覆盖及服务的对象，会使新基金的发行以及老基金的持续营销业务的开展更加便捷有效。

132. 【答案】A

【解析】《适用性指导意见》第六章第三十一条规定，对于基金投资者主动认购或申购的基金产品风险超越基金投资者风险承受能力的情况，基金销售机构需要履行必要的风险提示义务，告知投资者可能面临的投资风险，并要求基金投资者在认购或申购基金的同时进行确认。

133. 【答案】A

134. 【答案】B

【解析】基金宣传推介材料不得模拟基金未来投资业绩。

135. 【答案】B

【解析】目前，沪、深证券交易所对封闭式基金交易实行与对 A 股交易同样的 10% 的涨跌幅限制。

136. 【答案】A

137. 【答案】B

【解析】除基金注册登记机构外，其他销售机构不得办理非交易过户业务。

138. 【答案】A

【解析】货币市场基金每日分配收益，净值保持在 1 元不变，因此货币市场基金不像其他类型基金那样定期披露基金份额净值信息，而是需要进行收益情况的公告。

139. 【答案】B

【解析】《证券投资基金法》第五十六条规定，基金份额净值计价出现错误时，基金管理人应当立即纠正，并采取合理的措施防止损失进一步扩大。计价错误达到基金份额净值 0.5% 时，基金管理人应当公告，并报国务院证券监督管理机构备案。

140. 【答案】B

【解析】《证券投资基金销售管理办法》第四十八条规定，基金管理人应当自签订代销协议之日起 7 日内，将代销协议报送中国证监会。

证券投资基金销售基础知识过关冲刺题(六)

一、单项选择题(本题型共80小题,每小题0.5分,共40分。各小题所给出的四个选项中,只有一项最符合题目要求,请将正确选项的代码填入括号内,不选、错选均不得分。)

1. 下列选项中,关于非上市证券的描述正确的是(   )。
   A. 非上市证券是指已经申请上市但不符合证券交易所上市条件的证券
   B. 非上市证券允许在证券交易所内交易
   C. 非上市证券不可以在其他证券交易市场交易
   D. 凭证式国债和开放式基金份额属于非上市证券

2. 下列选项中,(   )是反映证券市场容量的重要指标。
   A. 证券交易所的数量
   B. 证券化率(证券市值/GDP)
   C. 证券投资者的数量
   D. 证券市场指数

3. 美国的(   )是创业板市场的典型,素有"高科技企业摇篮"之称,对美国以电脑信息为代表的高科技产业的发展以及美国近年来经济的持续增长起到了十分重要的作用。
   A. NASDAQ   B. OTC   C. NYSE   D. AMEX

4. 某公司拟申请上市发行股票,发行后公司股份总数为4亿股,股本总额为6亿元人民币,则该公司公开发行的股份至少应为(   )亿股。
   A. 0.4   B. 0.5   C. 1   D. 2

5. 国家股、法人股等是按(   )来划分。
   A. 股票上市地点
   B. 股票投资主体的不同性质
   C. 股票上市主要监管部门
   D. 股票是否公开发行

6. 经济周期循环对股票市场的影响非常显著,下列对经济周期变动影响股票价格的环节描述正确的是(   )。
   A. 经济周期变动——公司利润增减——股息增减——投资者心理和投资决策变化——供求关系变化——股票价格变化
   B. 经济周期变动——投资者心理和投资决策变化——公司利润增减——股息增减——供求关系变化——股票价格变化
   C. 经济周期变动——供求关系变化——公司利润增减——股息增减——投资者心理和投资决策变化——股票价格变化
   D. 经济周期变动——公司利润增减——供求关系变化——股息增减——投资者心理和投资决策变化——股票价格变化

7. 下列各项中,属于债券票面基本要素的是(   )。
   A. 债券的发行日期
   B. 债券的到期期限
   C. 债券的承销机构名称
   D. 债券持有人的名称

8. 一般而言,金融期权的基础资产(   )金融期货的基础资产。
   A. 少于   B. 等于   C. 多于   D. 不多于

9. 下列不属于证券服务机构的是(   )。
   A. 中国证券业协会   B. 资产评估机构   C. 证券信用评级机构   D. 会计师事务所

10. 下列各项中，(   )属于证券交易所的特征。

    A. 通过公开竞价的方式决定交易价格

    B. 一般投资者可以直接进入交易所买卖证券

    C. 交易对象限于有价证券

    D. 本身可以买卖证券

11. 英国金融时报指数不包括(   )。

    A. 30 种股票指数   B. 225 种股票指数

    C. FT－100 指数   D. 综合精算股票指数

12. 下列选项中，投资者要想回避信用风险，最好(   )。

    A. 持有银行储蓄存款

    B. 参考证券信用评级的结果

    C. 投资于证券投资基金

    D. 增大投资于债券的比例，减少投资于股票的比例

13. 公积金转增股本采取的形式是(   )。

    A. 送股   B. 配股   C. 拆股   D. 转股

14. 契约型基金和公司型基金的划分依据是(   )。

    A. 基金份额是否固定   B. 法律形式不同

    C. 投资目标不同   D. 投资对象不同

15. 通常情况下，与股票和债券相比，证券投资基金是一种(   )的投资品种。

    A. 高风险、高收益   B. 低风险、低收益

    C. 风险相对适中、收益相对稳健   D. 基本没有风险

16. 基金运作最重要的环节是(   )。

    A. 基金营销   B. 基金募集   C. 基金投资运作   D. 基金后台管理

17. 目前，在我国，只能由(   )担任基金管理人。

    A. 保险公司   B. 基金管理公司   C. 商业银行   D. 证券公司

18. 1879 年，英国公布(   )，基金脱离了原来的契约形态，发展成为股份有限公司的组织形式。

    A.《股份有限公司法》   B.《投资基金管理办法》

    C.《证券法》   D.《共同基金法》

19. 中国的第一家证券交易所——上海证券交易所于(   )成立。

    A. 1990 年底   B. 1991 年底   C. 1990 年初   D. 1991 年初

20. 我国第一只创新型封闭式基金是(   )。

    A. 银华优选   B. 大成优选   C. 华安创新   D. 南方积极配置

21. 我国封闭式基金存续期一般应在(   )年以上，存续期满后，可以通过一定的法定程序延期。

    A. 3   B. 5   C. 10   D. 15

22. 和 LOF 不同，ETF 在二级市场的净值报价上每(   )秒提供一个基金净值报价。

    A. 10   B. 15   C. 20   D. 25

23. 下面四只保本型基金中，在其他条件相同的情况下，拥有最高风险性资产投资比例限额的是(   )。

A. 3 年保本期、保本比例 80% 的保本型基金

B. 5 年保本期、保本比例 80% 的保本型基金

C. 3 年保本期、保本比例 100% 的保本型基金

D. 5 年保本期、保本比例 100% 的保本型基金

24. 某股票基金期初份额净值为 1.2125 元，期末份额净值为 1.2545 元，期间分红 0.1500 元/份。如果不考虑分红再投资，那么该基金的净值增长率为(　　)。

    A. 3.46%　　　　　　B. 8.25%　　　　　　C. 15.84%　　　　　　D. 16.27%

25. 按时间长短划分，属于累计收益率指标的是(　　)。

    A. 最近 1 年累计收益　B. 日平均收益率　　C. 周平均收益率　　　D. 月平均收益率

26. 关于基金评级的说法，错误的是(　　)。

    A. 基金评级通常采用直观易懂的方式进行综合评价

    B. 基金评级可以针对不同类型基金进行评级

    C. 基金评级是基于历史业绩的评价，但历史并不代表未来，五星级基金也有可能在未来的一段时间表现很差

    D. 基金评级是同类型基金的相对比较，如果整个市场表现不佳，那么五星级的基金也只是"亏得比较少"的基金而已

27. 我国相关法规规定，基金管理公司的注册资本应不低于(　　)元人民币。

    A. 3000 万　　　　　B. 5000 万　　　　　C. 1 亿　　　　　　　D. 2 亿

28. 下列选项中，(　　)不属于中外合资基金管理公司的境外股东应当具备的条件。

    A. 实缴资本不少于 5 亿元人民币的等值可自由兑换货币

    B. 依其所在国家或者地区的法律设立，合法存续并具有金融资产管理经验的金融机构，财务稳健，资信良好，最近 3 年没有受到监管机构或者司法机关的处罚

    C. 所在国家或者地区具有完善的证券法律和监管制度，其证券监管机构已与中国证监会或者中国证监会认可的其他机构签订证券监管合作谅解备忘录，并保持有效的监管合作关系

    D. 最近 3 年没有因违法违规行为受到行政处罚或者刑事处罚

29. 下列选项中，不属于基金托管人职责的是(　　)。

    A. 防止基金财产挪作他用，有效保障资产安全

    B. 促使基金管理人按有关要求运作基金财产，保护份额持有人利益

    C. 计算并公告基金资产净值，确定基金份额申购、赎回价格

    D. 防范、减少基金会计核算中的差错

30. 商业银行申请基金托管人资格，必须经中国证监会和(　　)审查批准。

    A. 中国证券业协会　　　　　　　　B. 中国银监会

    C. 财政部　　　　　　　　　　　　D. 中国证监会派出机构

31. 专业基金销售机构申请基金代销业务，取得基金从业资格的人员应不少于(　　)人。

    A. 10　　　　　　　　B. 20　　　　　　　　C. 30　　　　　　　　D. 50

32. 下列各项中，(　　)不属于基金利润的最主要来源。

    A. 股利　　　　　　　B. 债券利息　　　　　C. 买卖差价收入　　　D. 基金募集资金

33. (　　)是基金投资运作的支撑部门。

    A. 研究部　　　　　　B. 投资部　　　　　　C. 交易部　　　　　　D. 法律部

34. 基金份额净值等于(   )除以基金当前的份额。
    A. 基金资产总值   B. 基金资产净值   C. 基金公允价值   D. 基金资产估值

35. 下列关于基金会计核算特点的说法，错误的是(   )。
    A. 会计主体是证券投资基金
    B. 在基金会计核算中，基金托管人承担主会计责任
    C. 会计分期细化到日
    D. 基金持有的金融资产和承担的金融负债通常归类为以公允价值计量且其变动计入当期损益的金融资产和金融负债

36. 证券投资基金一般在(   )结转当期损益。
    A. 周末   B. 月末   C. 季末   D. 年末

37. 下列不属于基金收入来源的是(   )。
    A. 利息收入   B. 投资收益   C. 管理人报酬   D. ETF 替代损益

38. 下列关于货币市场基金利润分配的规定，错误的是(   )。
    A. 每个开放日都进行分配
    B. 货币市场基金每周一进行利润分配时，不包括上周六和周日的利润
    C. 当日申购的基金份额自下一个工作日起享有基金的分配权益
    D. 当日赎回的基金份额自下一个工作日起不享有基金的分配权益

39. 关于基金营销的管理，下列说法错误的是(   )。
    A. 为有效提高营销技能、规范业务行为，各基金销售机构需要对基金营销人员进行统一的组织管理、行为监督并定期举行技能培训及相关法律法规培训，不断提高基金营销人员职业道德水平和服务质量
    B. 随着投资者年龄、阅历、经验的增加，投资者的风险承受能力也需要适时进行重新评估，因而基金销售是一个不断循环的过程
    C. 营销推广活动是为实现营销战略目标，将营销计划落实到操作层面的具体行动
    D. 营销推广活动能否得到持续有效的贯彻实施，取决于基金产品的设计

40. 下列各项中，(   )不是基金营销异于有形产品营销的特殊性的主要体现。
    A. 服务性   B. 专业性   C. 持续性   D. 广泛性

41. (   )通常由一些折扣券商经营，它们提供多家基金管理公司的基金供投资者交易，其中许多基金是没有交易费用的。
    A. 独立的投资顾问   B. 折扣经纪人
    C. 基金超市   D. 银行、券商的销售网络

42. 关于基金管理公司直销中心，下列论述错误的是(   )。
    A. 基金管理公司的直销人员对金融市场、基金产品具有相当程度的专业知识和投资理财经验
    B. 基金管理公司的直销人员对本公司整体情况及本公司基金产品有着深刻的理解，能够以专业水准面对专业化的投资机构、一般企业及个人等
    C. 基金管理公司的直销人员可以加强与投资者之间的沟通和交流，提供更好的、持续的理财服务，更容易留住投资者并发展一些大的投资者
    D. 基金管理公司直销网点虽然不多，但在中小投资者中进行推广的难度不大

43. 基金销售机构应当确定基金产品和基金投资者匹配方法，在销售过程中由(   )完成

基金产品风险和基金投资者风险承受能力的匹配检验。

   A. 基金经理   B. 基金销售人员

   C. 营销信息系统   D. 销售业务信息管理平台

44. 下列关于基金促销手段的说法，正确的是(   )。

   A. 基金促销就是通过人员推销、广告促销、营业推广、公共关系和持续营销等手段来达到销售基金的目的，并不需要与目标市场沟通

   B. 一般来说，针对机构投资者、中高收入阶层这样的大投资者，基金管理公司可以通过专业化的推销达到最佳的营销效果

   C. 基金广告主要用于基金产品广告和推广活动信息，一般并不运用于品牌和形象推广

   D. 公共关系所关注的是基金管理人、基金托管人与监管机构之间的关系

45. 基金市场营销计划中，(   )项目的内容是识别基金产品可能面对的主要威胁和机会。

   A. 计划实施概要   B. 市场营销现状

   C. 市场威胁和市场机会   D. 目标市场和可能存在的问题

46. 基金销售机构针对保险公司、财务公司、工商企业等机构投资者和广大的公众投资者，可以通过(   )等方式，向特定的或不特定的投资者群体传达投资理念和投资策略，争取投资者的认同，以达到促销目的。

   A. 召开推介会和召开研讨会   B. 召开研讨会和网上路演

   C. 网上路演和召开产品推介会   D. 召开产品推介会和内部交流会

47. 合规的基金销售流程对基金销售是必要的。下列说法不正确的是(   )。

   A. 基金销售机构应当少用专业术语，否则容易让普通投资者望而生畏

   B. 投资者认购超过其风险承受能力的基金产品时，依据风险自担原则，基金销售机构没有义务再提示投资者

   C. 基金销售基本流程分为投资者风险测试、产品适用性分析及风险提示、提供投资咨询建议、受理基金业务申请和提供售后跟踪服务

   D. 基金销售的售后服务包括提供账户及交易查询、提供市场资讯和了解资产状况并调整投资建议

48. 关于媒体和宣传手册的应用，下列论述错误的是(   )。

   A. 通过电视、电台、报刊等媒体定期或不定期地向投资者传达专业信息和传输积极的投资理念

   B. 当市场出现较大波动时，及时利用媒体的影响力来消除投资者的紧张情绪，让大众更理性、更深刻地了解市场，可以减少非理性行为的发生

   C. 在新基金发行前，对公司形象的宣传和对新产品的介绍是客户服务不可缺少的部分

   D. 宣传手册则可作为一种广告资料运用于销售过程中

49. 专业基金销售机构申请基金代销业务，其股东必须是依法设立持续经营_____个以上完整会计年度的法人，注册资本不低于_____万元人民币。(   )

   A. 3；2000   B. 3；3000   C. 2；3000   D. 2；2000

50. 根据有关法律法规规定，在基金宣传推介材料介绍基金历史业绩时，对于基金合同生效(   )的，应当登载自合同生效当年开始所有完整会计年度的业绩。

   A. 1 年以上不满 3 年   B. 1 年以上不满 10 年

   C. 5 年以上不满 10 年   D. 5 年以上不满 15 年

51. 证券业从业人员诚信信息记录的内容不包括(　　)。
　　A. 奖励信息　　　　B. 警示信息　　　　C. 基本信息　　　　D. 学历背景信息

52. 我国_____的发售价格采用1元基金份额面值加计_____元发售费用的方式加以确定。(　　)
　　A. 封闭式基金；0.02　　　　　　　　B. 开放式基金；0.01
　　C. 开放式基金；0.02　　　　　　　　D. 封闭式基金；0.01

53. 投资者申购、赎回基金成功后，投资者自(　　)日起有权赎回该部分基金份额。
　　A. T+0　　　　　　B. T+1　　　　　　C. T+2　　　　　　D. T+3

54. 基金管理人应当自收到验资报告起(　　)日内，向中国证监会提交备案申请和验资报告，办理基金备案的手续，刊登基金合同生效公告。
　　A. 10　　　　　　B. 15　　　　　　C. 20　　　　　　D. 30

55. 开放式基金的设立应当自收到核准文件之日起(　　)个月内进行开放式基金的募集。
　　A. 3　　　　　　B. 6　　　　　　C. 9　　　　　　D. 12

56. 目前，我国开放式基金的最低认购金额一般为(　　)元人民币。
　　A. 100　　　　　　B. 500　　　　　　C. 1000　　　　　　D. 5000

57. 投资基金既可以在发行期认购，也可以在开放期或者上市以后申购，下列说法正确的是(　　)。
　　A. 一般而言，申购费率和认购费率相同
　　B. 投资者在申购、赎回股票基金和债券基金时并不能即时获知买卖的成交价格
　　C. 股票基金、债券基金申购和赎回均以金额申请
　　D. 货币市场基金交易遵循"未知价"交易原则

58. _____是指当基金管理人认为有能力兑付投资者的_____赎回申请时，按正常赎回程序执行。(　　)
　　A. 部分延期赎回；全部　　　　　　　B. 部分延期赎回；部分
　　C. 接受全额赎回；全部　　　　　　　D. 接受全额赎回；部分

59. (　　)是指不采用申购、赎回等基金交易方式，将一定数量的基金份额按照一定规则从某一投资者基金账户转移到另一投资者基金账户的行为。
　　A. 基金转换　　　　　　　　　　　　B. 基金非交易过户
　　C. 基金份额的转托管　　　　　　　　D. 基金份额的冻结

60. 目前，我国ETF的最小申购、赎回单位一般为(　　)。
　　A. 10万份或50万份　　　　　　　　B. 50万份或100万份
　　C. 100或150万份　　　　　　　　　D. 100万份或200万份

61. 下列关于LOF份额不得办理跨系统转托管的情形，说法错误的是(　　)。
　　A. 处于募集期内的LOF份额
　　B. 处于封闭期内的LOF份额
　　C. 分红派息前R-5日至R日(R日为权益登记日)的LOF份额
　　D. 处于质押、冻结状态的LOF份额

62. QDII基金赎回的开放时间包括(　　)。
　　A. 13：15～15：15　　B. 13：00～15：00　　C. 13：30～15：30　　D. 13：25～15：25

63. 对于货币市场基金，一般于T+1日从基金银行存款账户划出，最快可在(　　)到达投

资者资金账户。

    A. 划出当天   B. 划出后一天   C. 划出后两天   D. 划出后三天

64. 目前我国各基金申购(认购)、赎回的资金和申购(认购)款一般在_____日内到达基金银行存款账户，赎回款于_____日内从基金银行存款账户划出。（　　）

    A. T+1；T+1   B. T+1；T+2   C. T+2；T+3   D. T+3；T+5

65. 基金管理人应在法定期限内披露基金招募说明书、定期报告等文件，在重大事件发生之日起 2 日内披露临时报告。这体现了基金信息披露的（　　）原则。

    A. 真实性   B. 及时性   C. 完整性   D. 准确性

66. 基金份额发售的（　　）日前，招募说明书、基金合同摘要应登载在指定报刊和管理人网站上。

    A. 1   B. 3   C. 5   D. 7

67. 基金管理人应于登载开放式基金合同生效公告的（　　）日前，向中国证监会报送更新的招募说明书并就更新内容提供书面说明。

    A. 5   B. 10   C. 15   D. 20

68. 在基金季度报告中披露运用固有资金投资封闭式基金的情况，持有封闭式基金超过基金总份额（　　）的，应按规定进行临时公告。

    A. 3%   B. 5%   C. 10%   D. 15%

69. 基金合同生效不足（　　）个月的，基金管理人可以不编制当期季度报告。

    A. 1   B. 2   C. 3   D. 6

70. 关于货币市场基金开放日收益公告和节假日收益公告的说法，正确的是（　　）。

    A. 放开申购、赎回后法定节假日的收益公告，应于节假日结束后的第一个自然日披露

    B. 开放日的收益公告，应在当日进行披露

    C. 开放日的收益公告需披露开放日每万份基金净收益和 7 日年化收益率以及月度平均收益率

    D. 放开申购、赎回后法定节假日的收益公告需披露节假日期间每万份基金净收益、节假日最后一日的 7 日年化收益率，以及节假日后首个开放日的每万份基金净收益和 7 日年化收益率

71. 下列选项中，属于国际证监会证券监督目标的是（　　）。

    A. 保护上市公司   B. 提高证券收益

    C. 降低所有系统性和非系统性风险   D. 保证证券市场的公平、效率和透明

72. 我国《证券法》的内容不包括（　　）。

    A. 上市公司收购   B. 证券业协会   C. 国债的发行   D. 法律责任

73. （　　）确立了我国公司的法律地位及其设立、组织、运行和终止等过程的基本法律准则。

    A.《中华人民共和国公司法》   B.《中华人民共和国证券法》

    C.《中华人民共和国刑法》   D.《中华人民共和国基金法》

74. 关于基金监管的"三公"原则，下列说法错误的是（　　）。

    A. 基金市场必须要有充分的透明度，要实现信息的公开化

    B. 参与市场的主体具有完全平等的权利

    C. 监管部门执法必须公正

D. 监管部门必须督促基金管理公司约束其风险承担行为

75. 公开披露的基金信息，不包括( )。
    A. 基金招募说明书、基金合同、基金托管协议
    B. 对证券投资业绩的预测
    C. 基金管理人、基金托管人的专门基金托管部门的重大人事变动
    D. 涉及基金管理人、基金财产、基金托管业务的诉讼

76. 根据《证券投资基金法》，国务院证券监督管理机构可以授权( )依照法定条件和程序核准基金份额上市交易。
    A. 中国证券业协会   B. 基金托管银行   C. 证券交易所   D. 各地区证监局

77. 根据《证券投资基金法》，基金管理人职责终止的，基金份额持有人大会应当在_____个月内选任新基金管理人；新基金管理人产生以前，由_____指定临时基金管理人。( )
    A. 3；中国证券业协会   B. 6；中国证监会
    C. 9；地方证监局   D. 12；国务院

78. 下列关于基金销售宣传内容，说法不正确的是( )。
    A. 引用基金过往业绩的，应同时声明过往业绩并不预示基金的未来表现
    B. 涉及基金产品的销售宣传内容必须含有明确的风险提示和警示性文字，提醒投资人注意投资有风险
    C. 引用的数据和统计资料应当真实、准确，并注明出处
    D. 登载有关基金管理公司、基金代销机构企业形象的宣传材料，必须含有风险提示和警示性文字

79. 基金销售宣传的内容必须真实、准确，与基金合同、基金招募说明书相符，与备案的材料一致，可以( )。
    A. 违规承诺收益或者承担损失   B. 夸大或者片面宣传基金
    C. 登载基金的过往业绩   D. 登载单位或者个人的推荐性文字

80. 基金投资人评价应以基金投资人的风险承受能力类型来具体反映，一般不包括( )。
    A. 保守型   B. 稳健型   C. 积极型   D. 攻击型

二、**不定项选择题**(本题型共 40 小题，每小题 1 分，共 40 分。各小题所给出的四个选项中，至少有一项正确，请将正确选项的代码填入括号内，不选、少选、错选均不得分。)

81. 关于股票的永久性，下列说法正确的是( )。
    A. 股票的有效期与股份公司的存续期间相联系，两者是并存的关系
    B. 永久性是指股票所载有权利的期限性是始终不变的
    C. 股票持有者可以出售股票而转让其股东身份
    D. 对于股份公司来说，由于股东不能要求退股，所以通过发行股票募集到的资金，在公司存续期间是一笔稳定的借贷资本

82. 下列选项中，关于债券的票面要素的描述，不正确的是( )。
    A. 为了弥补自己临时性资金周转的短缺，债务人应当发行中长期债券
    B. 当未来市场利率趋于下降时，应选择发行期限较长的债券
    C. 票面金额定得较小，有利于小额投资者购买，持有者分布面广

D. 流通市场发达，债券容易变现，长期债券不能被投资者接受

83. 下列有关金融衍生工具的说法，正确的有(　　)。
   A. 金融衍生工具可以分为金融远期合约、金融期货、金融期权、金融互换和结构化金融衍生工具
   B. 金融远期合约主要包括远期利率协议、远期外汇合约和远期股票合约
   C. 金融期货主要包括货币期货、利率期货、股票指数期货和股票期货
   D. 金融互换可分为货币互换、利率互换、股权互换等

84. 根据债券券面形态可以分为(　　)。
   A. 实物债券　　　　　B. 凭证式债券　　　　　C. 记账式债券　　　　　D. 浮动利率债券

85. 下列发行方式中，属于直接发行的是(　　)。
   A. 定向发行　　　　　B. 私募发行　　　　　C. 私下发行　　　　　D. 招标发行

86. 下列选项中，按照我国现行有关证券交易规则，可能是证券交易竞价结果的是(　　)。
   A. 全部成交　　　　　B. 部分成交　　　　　C. 不成交　　　　　D. 推迟成交

87. 下列不属于债券投资收益主要来源的是(　　)。
   A. 债券的利息收益　　　　　　　　　　B. 债券的免税收入
   C. 债券的资本利得　　　　　　　　　　D. 购买国债的国家奖励

88. 下列关于保险产品的说法，错误的是(　　)。
   A. 保险产品的预期风险和收益水平均低于基金
   B. 保险投资产品不具有投资功能
   C. 保险资金更注重资金的安全性，因此禁止将其投资于股票等高风险、高收益品种
   D. 在购买保险投资产品时，客户需要与保险公司签订合同，约定投资期限

89. 在我国承担基金份额注册登记工作的主要有(　　)。
   A. 中国证监会　　　　B. 证券交易所　　　　C. 基金管理公司　　　　D. 中国结算公司

90. 下列属于我国基金在发展中呈现出的特征有(　　)。
   A. 基金规模不断扩大，成为证券市场重要参与力量
   B. 基金投资者迅速增长，管理人、托管人队伍也逐渐扩大
   C. 基金品种不断创新
   D. 基金运作逐步规范

91. ETF 与投资者交换的是(　　)。
   A. 现金　　　　　B. 一揽子股票　　　　　C. 一揽子债券　　　　　D. 基金份额

92. 下列关于债券型基金的说法，正确的有(　　)。
   A. 根据是否可以直接在二级市场买卖股票，可以将债券型基金分为纯债券型基金和偏债券型基金
   B. 纯债券型基金不直接在二级市场上买卖股票
   C. 偏债券型基金可以在二级市场上买入部分股票
   D. 偏债券型基金在二级市场上买入股票，买入股票的量不能超过资产净值的10%

93. 从基金资产的安全性和基金托管人的独立性出发，一般由依法设立并取得基金托管资格的(　　)等金融机构担任基金托管人。
   A. 担保公司　　　　B. 商业银行　　　　C. 保险公司　　　　D. 信托投资公司

94. 基金托管人在基金募集阶段的主要工作有(　　)。

A. 刻制基金业务用章、财务用章   B. 开立基金的各类资金账户、证券账户
C. 建立基金账册   D. 监督基金的关联交易

95. 目前，我国开放式基金的销售体系以(   )代销和基金管理公司直销为主。
A. 保险公司   B. 商业银行   C. 交易所   D. 证券公司

96. 基金的强制信息披露制度的作用有(   )。
A. 提高基金运作的透明度   B. 防止利益冲突与利益输送
C. 防止信息滥用   D. 提高证券市场的效率

97. 下列属于基金运作费的有(   )。
A. 审计费   B. 信息披露费   C. 分红手续费   D. 银行汇划手续费

98. 我国对投资者从基金分配中获得的(   )收入，在此类收入对个人未恢复征收所得税以前，暂不征收所得税。
A. 国债利息   B. 企业债券差价收入
C. 买卖股票差价收入   D. 储蓄存款利息

99. 基金营销中，微观环境主要包括(   )等。
A. 股东支持   B. 营销渠道   C. 投资者   D. 竞争对手

100. 网上交易的优势主要体现在(   )。
A. 可以突破基金代销网点覆盖地域不足的限制
B. 使客户足不出户就可以得到基金开户、申购和赎回的便利
C. 获得基金管理人的认可和重视
D. 受到机构投资者的欢迎

101. 基金营销人员应熟悉各种类型基金的特征，包括基金的(   )等，并根据投资者的风险偏好进行选择。
A. 管理费率   B. 投资目标   C. 投资方向   D. 赎回手续费率

102. 基金营销推广活动的作用主要有(   )。
A. 更加有效地向投资者传递产品信息   B. 激发投资者的理财需求
C. 推动投资者教育工作的开展   D. 树立销售机构良好的品牌形象

103. 下列属于基金账户管理业务的是(   )。
A. 登记   B. 资料修改   C. 销户   D. 取消登记

104. 建立基金销售适用性管理制度至少应当包括下列(   )。
A. 对基金管理人进行审慎调查的方式和方法
B. 对基金产品的信用等级进行设置
C. 对基金产品进行风险评价的方式或方法
D. 对基金产品和基金投资者进行匹配的方法

105. 依据有关专业基金销售机构申请基金代销业务资格的规定，必须具备的条件包括(   )。
A. 有符合规定的组织名称、组织机构和经营范围
B. 主要出资人是依法设立的持续经营 3 个以上完整会计年度的法人
C. 主要出资人注册资本不低于 3000 万元人民币
D. 取得基金从业资格的人员不少于 30 人，且不低于员工人数的 2/3

106. 在我国封闭式基金是在交易所挂牌交易的，下列说法不正确的有(   )。

A. 封闭式基金的交易时间比股票交易时间短

B. 封闭式基金的交易遵从"价格优先、交易量优先"的原则

C. 买入与卖出封闭式基金份额，申报数量应当为 1000 份或其整数倍

D. 沪、深证券交易所对封闭式基金的交易实行价格 10% 的涨跌幅限制

107. 开放式基金募集期限届满合同正式生效，需满足(　　　)。

A. 基金募集份额总额不少于 2 亿份

B. 基金募集金额不少于 2 亿元人民币

C. 基金份额持有人的人数不少于 1000 人

D. 中国证监会对验资报告和基金备案材料进行书面确认

108. 股票型基金的申购、赎回原则有(　　　)。

A. "确定价"原则　　　　　　　　　　B. "未知价"交易原则

C. "金额申购、份额赎回"原则　　　　D. "份额申购、金额赎回"原则

109. 关于交易型开放式指数基金(ETF)份额的发售，以下说法错误的是(　　　)。

A. ETF 可采取网上认购和网下认购方式

B. 目前我国的投资者可以采取网上现金认购方式

C. ETF 份额的认购只可采用证券认购

D. 网下认购是指投资者通过基金管理人指定的基金发售代理机构使用证券交易所的交易网络系统进行的认购

110. 与一般的开放式基金相比，QDII 基金募集需申请的资格包括(　　　)。

A. 经营外汇业务资格　　　　　　　　B. 境内机构投资者资格

C. 经营人民币业务资格　　　　　　　D. 境外机构投资者资格

111. 下列关于 QDII 基金申购和赎回的说法，不正确的有(　　　)。

A. 申购和赎回的场所必须为基金管理人的直销中心

B. "未知价"是申购赎回的原则，即申购、赎回价格以申请当日的基金份额净值为基准进行计算

C. 申购赎回的原则是"份额申购，份额赎回"

D. 当日的申购与赎回申请可以随时撤销

112. 下列各项中，(　　　)不属于基金运作信息披露文件。

A. 基金份额发售公告　　　　　　　　B. 基金年度报告

C. 基金合同生效公告　　　　　　　　D. 基金上市交易公告书

113. 关于基金管理人信息披露义务的描述，正确的有(　　　)。

A. 基金管理人至少每天公告一次封闭式基金的资产净值和份额净值

B. 当市场流传的消息有可能对基金价格产生误导性影响时，基金管理人获悉后有义务立即对消息澄清

C. 基金管理人的信息披露涉及基金资产保管、代理清算交割、会计核算、净值复核、投资运作监督等环节

D. 基金管理人职责终止，应聘请会计师事务所对基金财产进行审计，并将审计结果公告，同时报证监会备案

114. 基金半年度报告披露的(　　　)等信息值得关注。

A. 报告期末基金所持有的所有股票明细及报告期内基金累计买入与卖出的前 50 名股

票明细

    B. 基金持有人结构

    C. 基金会计报表与半年度基金会计报表附注

    D. 重大事项揭示

115. 基金季度报告中披露的主要财务指标包括(　　)。

    A. 本期利润

    B. 本期利润扣减本期公允价值变动损益后的净额

    C. 期末基金资产净值

    D. 期末基金份额净值

116. 证券市场监管的意义在于(　　)。

    A. 切实保障广大投资者利益的需要　　　　B. 维护市场良好秩序的需要

    C. 发展和完善证券市场体系的需要　　　　D. 提高证券市场效率的需要

117. 根据《证券法》的规定,证券交易所应当从其收取的(　　)中提取一定比例的金额设立风险基金。

    A. 交易费用　　　　B. 会员费　　　　C. 席位费　　　　D. 手续费

118. 根据《证券投资基金法》,会导致封闭式基金无法上市交易的情况包括(　　)。

    A. 上市申请未通过国务院证券管理机构的核准

    B. 合同期限为 10 年

    C. 募集金额为 5 亿元人民币

    D. 基金份额持有人为 500 人

119. 下列关于基金销售活动的说法,不正确的有(　　)。

    A. 基金管理人的督察长应当检查基金募集期间基金销售活动的合法、合规情况,并自基金募集结束之日起 3 日内编制专项报告,予以存档备查

    B. 基金管理人委托代销机构办理基金的销售,应当与其签订书面代销协议,约定支付报酬的比例和方式,明确双方的权利和义务

    C. 基金管理人的督察长应当定期检查基金销售活动的合法合规情况,在监察稽核季度报告中做专项说明,并报送证监会

    D. 基金管理人应当自签订代销协议之日起 10 日内,将代销协议报送中国证监会

120. 下列关于基金销售人员行为规范的说法,正确的有(　　)。

    A. 在与投资者交往中应热情诚恳、稳重大方,语言和行为举止文明礼貌

    B. 在向投资者推介基金时,应首先自我介绍并出示基金销售人员从业资格证明,无需提供身份证明

    C. 在向投资者推介基金时,应征得投资者的同意,如投资者不愿或不便接受推介,应尊重投资者的意愿

    D. 在向投资者进行基金宣传推介和销售服务时,应公平对待投资者

三、判断题(本题型共 20 小题,每小题 1 分,共 20 分。判断各小题的对错,正确的用 A 表示,错误的用 B 表示。)

121. 企业年金是指企业及其职工在依法参加基本养老保险的基础上,强制建立的补充养老保险基金。(　　)

122. 现阶段,我国保险公司可以直接投资于国债,不可以投资于证券投资基金和股权性证

132

券。（　　）

123. 风险较大的证券必然收益率较高。（　　）

124. 场外交易市场的价格决定机制是公开竞价。（　　）

125. 基金管理公司负责基金的资金管理与运作，因此，基金投资发生的亏损应由基金管理公司独立承担。（　　）

126. 基金在初创阶段的投资类型主要是开放式基金。（　　）

127. 在投资组合保险策略中，投资组合现时净值超过价值底线的数额，一般称为安全垫。（　　）

128. 股票股息实际上是将当年的实收资本进行资本化。（　　）

129. 证券公司申请基金代销业务资格，应当具备的条件之一是最近两年没有发生挪用客户资产等损害客户利益的行为。（　　）

130. 投资部是基金管理公司最高的决策机构。（　　）。

131. 在确定目标市场与投资者方面，基金销售机构面临的重要问题之一就是分析投资者的真实需求。（　　）

132. 选择基金的首要原则是为合适的投资者选择合适的基金，核心工作是根据不同的投资者类型选择合适的基金产品。（　　）

133. 投资者教育工作一般是一个双向的教育。（　　）

134. 基金管理公司向投资人提供专业基金投资咨询服务的工作人员应当具有相应的基金从业资格，而基金代销机构的相应工作人员也应当具有该从业资格。（　　）

135. 折（溢）价率是用来反映封闭式基金份额净值与其二级市场价格之间的关系，但不能适用于 ETF。（　　）

136. 开放式基金的基金合同生效要求基金份额持有人不少于 500 人。（　　）

137. 与普通的开放式基金不同，ETF 的认购只可以使用证券认购这种方式。（　　）

138. 基金半年度报告和年度报告都应披露所有的关联关系及交易情况。（　　）

139. 基金管理公司股东与基金份额持有人利益冲突的情况时，基金管理公司应遵循股东利益优先原则。（　　）

140. 基金销售机构应建立有效的风险评估体系，保证销售适用性原则有效贯彻和投资人资金的安全。（　　）

答案与解析

一、**单项选择题**(本题型共 80 小题，每小题 0.5 分，共 40 分。各小题所给出的四个选项中，只有一项最符合题目要求，请将正确选项的代码填入括号内，不选、错选均不得分。)

1. 【答案】D

【解析】非上市证券是指未申请上市或不符合证券交易所上市条件的证券；非上市证券不允许在证券交易所内交易，但可以在其他证券交易市场交易。

2. 【答案】B

【解析】证券化率是反映证券市场容量的重要指标，同时也是衡量一国（或地区）证券市场发展程度的重要指标。一国（或地区）的证券化率越高，意味着虚拟经济规模越大，证券市场在该国（或地区）的经济体系中越重要。

3. 【答案】A

【解析】BCD 三项分别为店头市场、纽约股票交易所、美国证券交易所。

4. 【答案】A

【解析】我国《证券法》规定，股份有限公司申请股票上市的条件之一是：公开发行的股份达到公司股份总数的 25% 以上；公司股本总额超过人民币 4 亿元的，公开发行的股份比例为 10% 以上。

5. 【答案】B

【解析】按投资主体的不同性质，可将股票划分为国家股、法人股、社会公众股和外资股等不同类型。

6. 【答案】A

7. 【答案】B

【解析】债券作为证明债权债务关系的凭证，一般以有一定格式的票面形式来表现。通常，债券票面上有四个基本要素：债券的票面价值、债券的到期期限、债券的票面利率、债券发行者名称。

8. 【答案】C

【解析】一般地说，只有以金融期货合约为基础资产的金融期权交易，而没有以金融期权合约为基础资产的金融期货交易。因此金融期权的基础资产多于金融期货的基础资产。

9. 【答案】A

【解析】证券服务机构是指依法设立的从事证券服务业务的法人机构，主要包括证券投资咨询公司、会计师事务所、资产评估机构、律师事务所和证券信用评级机构等。中国证券业协会是证券行业的自律性组织而不是证券服务机构。

10. 【答案】A

【解析】证券交易所的特征包括：①有固定的交易场所和交易时间；②参加交易者为具备会员资格的证券经营机构，交易采取经纪制，即一般投资者不能直接进入交易所买卖证券，只能委托会员作为经纪人间接进行交易；③交易的对象限于合乎一定标准的上市证券；④通过公开竞价的方式决定交易价格；⑤集中了证券的供求双方，具有较高的成交速度和成交率；⑥实行"公开、公平、公正"原则，并对证券交易加以严格管理。

11. 【答案】B

【解析】英国金融时报指数包括三种指数：①金融时报工业指数，又称"30 种股票指数"；②100 种股票交易指数，又称"FT－100 指数"；③综合精算股票指数。

12. 【答案】B

【解析】信用风险又称为"违约风险"，是指证券发行人在证券到期时无法还本付息而使投资者遭受损失的风险。信用级别高的证券信用风险小；信用级别越低，违约的可能性越大。

13. 【答案】A

【解析】公积金转增股本采用送股的形式，但送股的资金不是来自当年可分配盈利，而是公司提取的公积金。

14. 【答案】B

【解析】根据法律形式不同，可以将基金分为契约型基金与公司型基金；根据基金份额是否固定，可以将基金分为封闭式基金和开放式基金；根据投资目标不同，可以将基金分为成长型基金、收入型基金和平衡型基金；根据投资对象不同，可以将基金分为股票型基金、债券型基金、货币市场基金、混合型基金等。

15. 【答案】C

【解析】基金与股票、债券的风险收益特征不同。通常情况下，股票价格的波动性大，是一种高风险、高收益的投资品种；债券可以给投资者带来较为确定的利息收入，波动性较小，是一种低风险、低收益的投资品种；基金通过在股票、债券等资产之间进行配置和分散投资，呈现出风险相对适中、收益相对稳健的特征。

16. 【答案】C

【解析】基金的运作是指包括基金营销、基金募集、基金投资运作、基金后台管理以及其他基金运作活动在内的所有相关环节。其中，基金投资运作是基金运作的最重要的环节，它包括基金管理公司内部的投资管理、交易管理、绩效评估以及风险控制部分。

17. 【答案】B

【解析】在我国，基金管理人只能由依法设立的基金管理公司担任。

18. 【答案】A

19. 【答案】A

【解析】上海证券交易所成立于1990年12月；深圳交易所成立于1991年1月。

20. 【答案】B

【解析】2007年9月，我国第一只创新型封闭式基金大成优选设立。银华优选是我国第一只采用上证基金通形式发售的基金；华安创新是我国第一只开放式股票型基金；南方积极配置基金是我国第一只LOF基金（上市开放式基金）。

21. 【答案】B

【解析】封闭式基金是指基金份额在基金合同期限内固定不变，基金份额可以在依法设立的证券交易所交易，但基金份额持有人不得申请赎回的一种基金运作方式。封闭式基金一般有一个固定的存续期。我国《证券投资基金法》规定，封闭式基金的存续期应在5年以上，存续期满后可以通过一定的法定程序延期。

22. 【答案】B

【解析】在二级市场的净值报价上，ETF每15秒提供1个基金净值报价；而LOF的净值报价频率要比ETF低，通常1天只提供1次或几次基金净值报价，少数LOF每15秒提供1次基金净值报价。

23. 【答案】B

【解析】保本型基金通常存在一个保本期，较长的保本期使基金经理有更大的操作空间，在相同的保本比例要求下，基金经理可以适当提高风险性资产的投资比例。保本比例是到期时投资者可获得的本金保障比率。在其他条件相同的情况下，保本比例低的基金，投资于风险性资产的比例较高。因此，5年保本期、保本比例80%的保本型基金风险性资产投资比例最高。

24. 【答案】C

【解析】不考虑分红再投资的净值增长率 ＝（期末基金份额净值 － 期初基金份额净值 ＋ 期间分红）/期初基金份额净值 × 100% ＝（1.2545 － 1.2125 ＋ 0.1500）/1.2125 × 100% ＝ 15.84%。

25. 【答案】A

【解析】BCD 三项属于平均收益率指标。

26.【答案】B

【解析】基金评级必须针对同一类型基金进行评级。

27.【答案】C

【解析】按照《证券投资基金法》、《证券投资基金管理公司管理办法》及其他有关规定，基金管理公司的注册资本应不低于 1 亿元人民币。

28.【答案】A

【解析】中外合资基金管理公司的境外股东实缴资本应不少于 3 亿元人民币的等值可自由兑换货币。

29.【答案】C

【解析】"计算并公告基金资产净值，确定基金份额申购、赎回价格"为基金管理人的职责。

30.【答案】B

【解析】基金托管人一般是由政府主管机关批准的金融机构担任。我国基金托管人由中国证监会和中国银监会批准的商业银行担任。

31.【答案】C

【解析】根据《证券投资基金销售管理办法》的有关规定，专业基金销售申请基金代销业务资格的条件之一是取得基金从业资格的人员不少于 30 人，且不少于员工人数的 1/2。

32.【答案】D

【解析】基金利润分配的基础是基金利润。股利、债券利息和买卖差价收入是基金利润的最主要来源。

33.【答案】A

【解析】研究部是基金投资运作的支撑部门，主要从事宏观经济分析、行业发展状况分析和上市公司价值分析。

34.【答案】B

【解析】基金份额净值 = 基金资产净值/基金总份额 =（基金资产总值 − 基金负债总值）/基金总份额。

35.【答案】B

【解析】基金会计的责任主体是对基金进行会计核算的基金管理公司和基金托管人，其中前者承担主会计责任。

36.【答案】B

【解析】证券投资基金一般在月末结转当期损益，按固定价格报价的货币市场基金一般逐日结转损益。

37.【答案】C

【解析】基金收入是基金资产在运作过程汇总产生的各种收入。基金收入来源主要包括利息收入、投资收益、公允价值变动损益和其他收入。其中，其他收入是指除上述收入以外的其他各项收入，包括赎回费扣除基本手续费后的余额、手续费返还、ETF 替代损益，以及基金管理人等机构为弥补基金财产损失而支付给基金的赔偿款项等。管理人报酬属于基金的费用。

38.【答案】B

【解析】货币市场基金在每日进行利润分配时，当日申购的基金份额自下一个工作日起享有基金的分配权益，当日赎回的基金份额自下一个工作日起不享有基金的分配权益。因此，货币市场基金每周一进行利润分配时，包括上周六和周日的利润。

39.【答案】D

【解析】营销推广活动能否得到持续有效的贯彻实施，取决于活动的周密组织和管理。

40.【答案】D

【解析】基金销售属于金融服务行业，其市场营销不同于有形产品营销，有其特殊性，具体表现在服务性、专业性、持续性和适用性等方面。

41.【答案】C

【解析】在美国，基金超市得到了蓬勃发展，其基于因特网的销售平台使得许多基金管理公司可以通过基金超市销售自己的基金。基金超市通常由一些折扣券商经营，它们提供多家基金管理公司的基金供投资者交易，其中许多基金是没有交易费用的。在基金超市里，投资者开立一个网上账户，就可以买卖超市内所有的基金或转换来自不同基金管理公司的基金组合。

42.【答案】D

【解析】基金管理公司直销网点相对较少，而且门槛比较高，在中小投资者中进行大范围推广难度比较大。

43.【答案】D

44.【答案】B

【解析】基金销售机构在提供基金产品销售时必须与目标市场进行沟通，告知目标市场要提供的产品。与基金相关的广告可以是品牌和形象广告，也可以是基金产品广告和推广活动信息。公共关系所关注的是公司为赢得公众尊敬所作的努力。

45.【答案】C

【解析】基金市场营销计划中，市场威胁和市场机会项目的内容是识别基金产品可能面对的主要威胁和机会，目的是使公司管理部门预计会对公司产生影响的重要发展趋势。

46.【答案】A

47.【答案】B

【解析】《证券投资基金销售适用性指导意见》第三十一条规定，对于基金投资者主动认购或申购的基金产品风险超越投资者风险承受能力的情况，基金销售机构需要履行必要的风险提示义务，告知投资者面临的投资风险，并要求基金投资者在认购或申购基金的同时进行确认。

48.【答案】A

【解析】A项应为"通过电视、电台、报刊等媒体定期或不定期地向投资者传达专业信息和传输正确的投资理念"。

49.【答案】B

【解析】《证券投资基金销售管理办法》第十二条对专业基金销售机构申请基金代销业务资格进行了规定，指出："主要出资人是依法设立的持续经营 3 个以上完整会计年度的法人，注册资本不低于 3000 万元人民币。"

50.【答案】B

【解析】基金宣传推介材料可以登载该基金、基金管理人管理的其他基金的过往业绩，但基金合同生效不足 6 个月的除外。基金宣传推介材料登载过往业绩，基金合同生效 6 个月以上但不满 1 年的，应当登载从合同生效之日起计算的业绩；基金合同生效 1 年以上但不满 10 年的，应当登载自合同生效当年开始所有完整会计年度的业绩，宣传推介材料公布日在下半年的，还应登载当年上半年度的业绩；基金合同生效 10 年以上的，应当登载最近 10 个完整会计年度的业绩。

51.【答案】D

【解析】证券业从业人员诚信信息记录的内容包括奖励信息、警示信息、基本信息、处罚处分信息。

52.【答案】D

53.【答案】C

【解析】投资者申购基金成功后，登记机构一般在 T＋1 日为投资者办理增加权益的登记手续；投资者自 T＋2 日起有权赎回该部分基金份额。投资者赎回基金份额成功后，登记机构一般在 T＋1 日为投资者办理扣除权益的登记手续。

54.【答案】A

【解析】封闭式基金募集期限届满，需满足基金份额总额达到核准规模的 80% 以上，并且基金份额持有人人数达到 200 人以上，基金管理人应当自募集期限届满之日起 10 日内聘请法定验资机构验资。自收到验资报告起 10 日内，向中国证监会提交备案申请和验资报告，办理基金的备案手续，刊登基金合同生效公告。

55.【答案】B

【解析】基金管理人应当自收到核准文件之日起 6 个月内进行开放式基金的募集，募集不得超过中国证监会核准的基金募集期限，募集期限自基金份额发售之日起计算，不得超过 3 个月。

56.【答案】C

【解析】我国开放式基金的最低认购金额一般为 1000 元人民币，一些基金对追加认购金额有最低金额限制，而另一些基金没有此类要求。

57.【答案】B

【解析】与申购费率相比，认购费率更低。股票基金、债券基金申购以金额申请，赎回以份额申请。货币市场基金交易遵循"确定价"原则。

58.【答案】C

【解析】出现巨额赎回时，基金管理人可以根据基金当时的资产组合状况决定接受全额赎回或部分延期赎回。接受全额赎回是指当基金管理人认为有能力兑付投资者的全部赎回申请时，按正常赎回程序执行。部分延期赎回是指当基金管理人认为兑付投资者的赎回申请有困难，或认为兑付投资者的赎回申请进行的资产变现可能使基金份额净值发生较大波动时，基金管理人在当日接受赎回比例不低于上一日基金总份额 10% 的前提下，对其余赎回申请延期办理。

59.【答案】B

60.【答案】B

【解析】ETF 投资者申购、赎回的基金份额须为最小申购、赎回单位的整数倍。一般最小申购、赎回单位为 50 万份或 100 万份，基金管理人有权对其进行更改，并在更改前至少 3 个工作日在至少一种中国证监会指定的信息披露媒体公告。

61. **【答案】C**

　　【解析】处于下列情形之一的 LOF 份额不得办理跨系统转托管：处于募集期内或封闭期内的 LOF 份额；分红派息前 R－2 日至 R 日（R 日为权益登记日）的 LOF 份额；处于质押、冻结状态的 LOF 份额。

62. **【答案】B**

　　【解析】与一般开放式基金相同，QDII 基金申购和赎回的开放日也为证券交易所的交易日（基金管理人公告暂停申购或赎回时除外），投资者应当在开放日的开放时间办理申购和赎回申请。QDII 基金的开放时间为 9：30 ~ 11：30 和 13：00 ~ 15：00。

63. **【答案】A**

64. **【答案】C**

65. **【答案】B**

　　【解析】及时性原则要求以最快的速度公开信息，体现在基金管理人应在法定期限内披露基金招募说明书、定期报告等文件，在重大事件发生之日起 2 个工作日内披露临时报告。及时性原则还要求公开披露的信息处于最新状态，因此，基金管理人应当定期更新基金招募说明书。

66. **【答案】B**

67. **【答案】C**

　　【解析】开放式基金合同生效后每 6 个月结束之日起 45 日内，基金管理人应将更新的招募说明书登载在管理人网站上，更新的招募说明书摘要登载在指定报刊上；在公告的 15 日前，应向中国证监会报送更新的招募说明书并就更新内容提供书面说明。

68. **【答案】B**

　　【解析】除依法披露基金财产管理业务活动相关的事项外，对管理人运用固有资金进行基金投资的事项，基金管理人也应履行相关披露义务。包括：在基金季度报告中披露运用固有资金投资封闭式基金的情况，持有封闭式基金超过基金总份额 5% 的，应按规定进行临时公告；拟申购、赎回开放式基金的，或已投资其他公司管理的开放式基金的，应按规定提前披露相关信息。

69. **【答案】B**

　　【解析】按照基金季度报告的披露要求，基金管理人应在每个季度结束之日起 15 个工作日内编制基金季度报告，并将季度报告登载在指定报刊和网站上。基金合同生效不足 2 个月的，基金管理人可以不编制当期季度报告。

70. **【答案】D**

　　【解析】货币市场基金放开申购、赎回后，若遇法定节假日，应于节假日结束后第二个自然日披露节假日期间的收益公告。开放日的收益公告，应至少于每个开放日的次日披露。开放日的收益公告只需披露开放日每万份基金净收益和 7 日年化收益率，不需要披露季度平均收益率。

71. **【答案】D**

　　【解析】国际证监会将证券监管目标定位为：①保护投资者；②保证证券市场的公平、效率和透明；③降低系统性风险。

72. **【答案】C**

　　【解析】《证券法》共分十二章，分别为：总则、证券发行、证券交易、上市公司收购、证券交易所、证券公司、证券登记结算机构、证券交易服务机构、证券业协会、证券监督管理机构、法律责任和附则。

73. 【答案】A

74. 【答案】D

【解析】对基金监管的"三公"原则，是指证券市场"公开、公平、公正"的原则，A项属于公开原则；B项属于公平原则；C项属于公正原则；D项属于审慎监管原则的体现。

75. 【答案】B

【解析】《证券投资基金法》第六十二条规定，公开披露的基金信息除ACD三项外，还包括：基金募集情况；基金份额上市交易公告书；基金资产净值、基金份额净值；基金份额申购、赎回价格；基金财产的资产组合季度报告、财务会计报告及中期和年度基金报告；临时报告；基金份额持有人大会决议；依照法律、行政法规有关规定，由国务院证券监督管理机构规定应予披露的其他信息。B项属于基金信息披露的禁止行为。

76. 【答案】C

【解析】《证券投资基金法》第四十七条规定，国务院证券监督管理机构可以授权证券交易所依照法定条件和程序核准基金份额上市交易。

77. 【答案】B

【解析】《证券投资基金法》第二十三条规定，基金管理人职责终止的，基金份额持有人大会应当在六个月内选任新基金管理人；新基金管理人产生以前，由国务院证券监督管理机构指定临时基金管理人。

78. 【答案】D

【解析】基金宣传推介材料应当含有明确、醒目的风险揭示和警示性文字，并使投资者在阅读过程中不易忽略，以提醒投资者注意投资风险，仔细阅读基金合同和基金招募说明书，了解基金的具体情况。但对于基金管理公司、基金代销机构企业形象的宣传材料没有含有风险提示和警示性文字方面的要求。

79. 【答案】C

【解析】基金宣传推介材料必须真实、准确，与基金合同、基金招募说明书相符，与备案的材料一致，不得有下列情形：①虚假记载、误导性陈述或者重大遗漏；②预测该基金的证券投资业绩；③违规承诺收益或者承担损失；④诋毁其他基金管理人、基金托管人或基金代销机构，或者其他基金管理人募集或管理的基金；⑤夸大或者片面宣传基金；⑥登载单位或者个人的推荐性文字；⑦基金宣传推介材料所使用的语言表述应当准确清晰，还应注意其他事项。

80. 【答案】D

【解析】基金投资人评价应以基金投资人的风险承受能力类型来具体反映，至少应包括保守型、稳健型、积极型三个类型。

二、不定项选择题(本题型共40小题，每小题1分，共40分。各小题所给出的四个选项中，至少有一项正确，请将正确选项的代码填入括号内，不选、少选、错选均不得分。)

81. 【答案】AC

【解析】永久性是指股票所载有权利的有效性是始终不变的，因为它是一种无期限的法律凭证。股票的有效期与股份公司的存续期间相联系，两者是并存的关系，这种关系实质上反映了股东与股份公司之间比较稳定的经济关系。股票代表着股东的永久性投资，当然股票持有者可以出售股票而转让其股东身份，而对于股份公司来说，由于股东不能要求退股，所以通过发行股票募集到的资金，在公司存续期间是一笔稳定的自有资本。

82. 【答案】ABD
【解析】为了弥补自己临时性资金周转的短缺，债务人可以发行短期债券；当未来市场利率趋于下降时，应选择发行期限较短的债券；流通市场发达，债券容易变现，长期债券能被投资者接受。

83. 【答案】ABCD

84. 【答案】ABC
【解析】D项浮动利率债券是根据债券发行条款中是否规定在约定期限向债券持有人支付利息划分的。

85. 【答案】ABC
【解析】债券的发行方式主要有定向发行、承购包销和招标发行等方式。其中，定向发行，又称"私募发行"、"私下发行"，即面向少数特定投资者发行的发行方式，属直接发行。招标发行是指通过招标方式确定债券承销商和发行条件的发行方式，它属于间接发行。

86. 【答案】ABC
【解析】证券交易竞价的结果只有三种可能：全部成交（委托买卖全部成交）、部分成交（证券公司在委托有效期内可继续执行，直到有效期结束）、不成交（对委托人失效的委托，证券公司须及时将冻结的资金或证券解冻）。

87. 【答案】BD
【解析】债券的投资收益主要来源于债券的利息收益和资本利得，资本利得也就是债券的买卖价差。

88. 【答案】BC
【解析】随着保险投资产品的丰富，部分保险投资产品在获得保障的同时兼具投资功能；从资金性质来看，由于保险资金更注重资金的安全性，对股票等高风险、高收益品种的投资限制较大，但并不是禁止其进行股票投资。

89. 【答案】CD
【解析】基金注册登记机构是指负责基金登记、存管、清算和交收业务的机构。在我国承担基金份额注册登记工作的主要是基金管理公司自身和中国结算公司。

90. 【答案】ABCD
【解析】除ABCD四项外，我国基金在发展中呈现出的特征还有：银行仍然为基金销售的主要渠道，多元化的销售渠道已经形成。

91. 【答案】BD
【解析】LOF的申购、赎回是基金份额与现金的对价；而ETF与投资者交换的是基金份额与一揽子股票。

92. 【答案】ABC
【解析】偏债券基金可以在二级市场上买入股票，买入股票的量不能超过资产净值的20%。

93. 【答案】BCD

94. 【答案】ABC

【解析】D项是基金托管人在运作阶段的主要工作。

95. 【答案】BD

96. 【答案】ABCD

【解析】基金的强制信息披露有效地提高了基金运作的透明度，对于防止利益冲突与利益输送，防止信息滥用、提高证券市场的效率起到了举足轻重的作用。

97. 【答案】ABCD

【解析】基金运作费指为保证基金正常运作而发生的应由基金承担的费用，包括审计费、律师费、上市年费、信息披露费、分红手续费、持有人大会费、开户费、银行汇划手续费等。

98. 【答案】ACD

【解析】对投资者从基金分配中获得的国债利息、储蓄存款利息以及买卖股票差价收入，在国债利息收入、个人储蓄存款利息收入以及个人买卖股票差价收入未恢复征收所得税以前，暂不征收所得税。对个人投资者从基金分配中获得的企业债券差价收入，应按规定对个人投资者征收个人所得税，税款由基金在分配时依法代扣代缴。

99. 【答案】ABCD

【解析】通常，营销环境由微观环境和宏观环境组成。其中，微观环境是指只与公司关系密切、能够影响公司客户服务能力的各种因素，主要包括股东支持、销售渠道、投资者、竞争对手及公众。

100. 【答案】ABC

【解析】网上交易的优势之一是受到广大中小投资者的欢迎。

101. 【答案】ABCD

102. 【答案】ABCD

【解析】在基金市场营销过程中，基金营销推广活动起着十分重要的作用，它能更加有效地向投资者传递产品信息，激发投资者的理财需求，向投资者传播正确投资理念，推动投资者教育工作的开展，树立销售机构良好的品牌形象。因此，营销推广活动的策划成功与否，对能否取得市场营销的成功有着重要意义。

103. 【答案】ACD

【解析】资料修改属于交易账户管理业务。

104. 【答案】ACD

【解析】基金销售机构应按照《证券投资基金销售适用性指导意见》建立基金销售适用性管理制度，其内容还应当包括对基金投资者风险承受能力进行调查和评价的方式。B项应当改为"对基金产品的风险等级进行设置"。

105. 【答案】ABC

【解析】《证券投资基金销售管理办法》第十二条对专业基金销售机构申请基金代销业务资格进行了规定，其中，取得基金从业资格的人员不少于30人，且不低于员工人数的1/2。

106. 【答案】ABC

【解析】封闭式基金的交易时间与股票一样，都是每周一至周五(法定公众节假日除外)，上午9:30~11:30、下午13:00~15:00。封闭式基金的交易遵从"价格优先、时间优先"的原则。买入与卖出封闭式基金份额，申报数量应当为 100 份或其整数倍。

107.【答案】ABD

【解析】基金份额持有人的人数不少于 200 人。

108.【答案】BC

【解析】股票基金、债券基金的申购、赎回原则包括："未知价"交易原则；"金额申购、份额赎回"原则。货币市场基金的申购、赎回原则包括："确定价"原则；"金额申购、份额赎回"原则。

109.【答案】CD

【解析】ETF 份额的认购可采用现金认购，也可采用证券认购。网下认购是指投资者通过基金管理人或其指定的发售代理机构进行的认购。网上认购是指投资者通过基金管理人指定的基金发售代理机构，使用证券交易所的交易网络系统进行的认购。

110.【答案】AB

【解析】QDII 基金募集首先需申请境内机构投资者资格，该资格获批后还需申请经营外汇业务资格，而一般的开放式基金不用申请这两项资格。

111.【答案】ACD

【解析】投资者可通过基金管理人的直销中心及代销机构的网点进行 QDII 基金的申购和赎回。申购赎回的原则是"金额申购，份额赎回"，即申购以金额申请，赎回以份额申请。当日的申购与赎回申请可以在基金管理人规定的时间内撤销，而不是随时撤销。

112.【答案】AC

【解析】基金合同生效公告和基金发售公告属于基金募集信息披露文件，不属于基金运作信息披露文件。基金运作信息披露文件包括基金份额上市交易公告书、基金资产净值和份额净值公告、基金定期报告(具体包括年度报告、半年度报告和季度报告)。

113.【答案】BD

【解析】基金管理人至少每周公告一次封闭式基金的资产净值和份额净值。基金管理人的信息披露包括基金募集、上市交易、投资运作、净值披露等与基金财产管理业务活动有关的事项。基金托管人的信息披露义务具体涉及基金资产保管、代理清算交割、会计核算、净值复核、投资运作监督等环节。

114.【答案】BCD

【解析】A 项应为报告期末基金所持有的所有股票明细及报告期内基金累计买入与卖出的前 20 名股票明细。

115.【答案】ABCD

【解析】基金季度报告中披露的主要财务指标包括本期利润、本期利润扣减本期公允价值变动损益后的净额、加权平均基金份额本期利润、期末基金资产净值和期末基金份额净值五个指标。

116.【答案】ABCD

117.【答案】ABC

【解析】《证券法》第一百一十六条规定，证券交易所应当从其收取的交易费用和会员费、席位费中提取一定比例的金额设立风险基金。风险基金由证券交易所理事会管理。风险基金提取的具体比例和使用办法，由国务院证券监督管理机构会同国务院财政部门规定。

118. 【答案】AD

【解析】《证券投资基金法》第四十七条规定，封闭式基金的基金份额，经基金管理人申请，国务院证券监督管理机构核准，可以在证券交易所上市交易。第四十八条规定，基金份额上市交易，应当符合下列条件：基金的募集符合本法规定；基金合同期限为5年以上；基金募集金额不低于2亿元人民币；基金份额持有人不少于1000人；基金份额上市交易规则规定的其他条件。

119. 【答案】AD

【解析】《证券投资基金销售管理办法》第四十九条规定，基金管理人的督察长应当检查基金募集期间基金销售活动的合法、合规情况，并自基金募集行为结束之日起10日内编制专项报告，予以存档备查。第四十八条规定，基金管理人应当自签订代销协议之日起7日内，将代销协议报送中国证监会。

120. 【答案】ACD

【解析】B项应为"在向投资者推介基金时，应首先自我介绍并出示基金销售人员身份证明和从业资格证明"。

三、判断题(本题型共20小题，每小题1分，共20分。判断各小题的对错，正确的用A表示，错误的用B表示。)

121. 【答案】B

【解析】企业年金是指企业及其职工在依法参加基本养老保险的基础上，自愿建立的补充养老保险基金。

122. 【答案】B

【解析】现阶段，我国保险公司除了可以直接投资于国债之外，还可以在规定的比例内投资于证券投资基金和股权性证券。

123. 【答案】B

【解析】风险较大的证券，其要求的收益率较高，但并非一定就高，也可能出现高风险低收益的证券。

124. 【答案】B

【解析】场外交易市场的证券买卖采取一对一交易方式，对同一种证券不可能同时出现众多的卖方和买方，因此价格决定机制不是公开竞价，而是买卖双方议价。

125. 【答案】B

【解析】基金管理人是负责基金发起设立与经营管理的专业性机构，但承担基金亏损的有限责任则是基金份额持有人的义务。

126. 【答案】B

【解析】基金在初创阶段的投资类型主要是封闭式基金。

127. 【答案】A

【解析】投资组合现时净值超过价值底线的数额通常被称为"安全垫"，是风险投资(如股票投资)可承受的最高损失限额。

128. 【答案】B

【解析】股票股息通常是由公司用新增发的股票或一部分库存股票作为股息代替现金分派给股东，新增发的股票可以继续获得股息，因此股票股息实际上是将当年的留存收益资本化。

129.【答案】A

130.【答案】B

【解析】基金管理公司最高的决策机构是投资决策委员会。

131.【答案】A

【解析】在确定目标市场与投资者方面，基金销售机构面临的重要问题之一就是分析投资者的真实需求，包括投资者的投资规模，风险偏好，对投资资金流动性和安全性的要求等因素。

132.【答案】A

133.【答案】A

【解析】投资者教育工作并不能仅仅简单地理解为就是对个人投资者的教育，它也是市场参与各方共同接受教育、不断走向规范发展的过程。即投资者教育应是一个双向的教育，既包括对个人投资者的教育，也包括对机构的教育和约束。

134.【答案】A

135.【答案】B

【解析】折(溢)价率对封闭式基金和 ETF 均适用，都可以反映份额净值和其二级市场之间的关系。

136.【答案】B

【解析】开放式基金的基金合同生效要求基金份额持有人不少于200人。

137.【答案】B

【解析】ETF 的认购可以包括现金认购和证券认购两种方式，现金认购是投资者使用现金认购 ETF 份额的行为；证券认购是指用指定的证券换购 ETF 份额的行为。

138.【答案】B

【解析】基金半年度报告无需披露所有的关联关系，只需披露关联关系的变化情况，而且关联交易的披露期限也不同于年度报告。

139.【答案】B

【解析】《证券投资基金行业高级管理人员任职管理办法》第十九条规定，高级管理人员、基金管理公司基金经理应当维护所管理基金的合法利益，在基金份额持有人的利益与基金管理公司、基金托管银行的利益发生冲突时，应当坚持基金份额持有人利益优先的原则。

140.【答案】A

证券投资基金销售基础知识过关冲刺题（七）

一、**单项选择题**(本题型共 80 小题，每小题 0.5 分，共 40 分。各小题所给出的四个选项中，只有一项最符合题目要求，请将正确选项的代码填入括号内，不选、错选均不得分。)

1. 按( )分类，有价证券可以分为政府证券、政府机构证券和公司证券。
    A. 证券所代表的权利性质   B. 是否在证券交易所挂牌上市交易
    C. 发行机构不同主体   D. 募集方式

2. 按( )划分，金融市场可分为货币市场和资本市场。
    A. 金融工具的地域范围   B. 金融工具的期限
    C. 金融工具的性质   D. 融资方式

3. 标志着金融业分业制度终结的是( )的通过。
    A.《格拉斯－斯蒂格尔法案》   B.《证券交易所法》
    C.《巴塞尔协议》   D.《金融服务现代化法案》

4. 根据《证券法》的规定，向社会公开发行的股份达到公司股份总数的 25% 以上，公司股本总额超过人民币 4 亿元的，向社会公开发行股份的比例为( )以上。
    A. 5%   B. 10%   C. 15%   D. 20%

5. 具有法人资格的国有企、事业及其他单位，以其依法占用的法人资产向独立于自己的股份公司出资形成或依法定程序取得的股份，可称为( )。
    A. 国家股   B. 国有法人股   C. 非流通股   D. 社会法人股

6. 下列各项中，( )不是普通股票股东的权利。
    A. 公司重大决策参与权   B. 查阅公司债券存根
    C. 公司资产收益权和剩余资产分配权   D. 优先分配公司剩余资产

7. 设某一累进利率债券的面额为 1000 元，持满 1 年的债券利率(年利率)为 4.5%，每年利率递增率为 0.5%，则持满 7 年的利息应为( )元。
    A. 450   B. 425   C. 420   D. 475

8. 关于期货市场价格发现功能，下列论述不正确的是( )。
    A. 期货价格与现货价格的走势基本一致并逐渐趋同
    B. 期货价格成为世界各地现货成交价的基础
    C. 期货价格克服了分散、局部的市场价格在时间上和空间上的局限性，具有公开性、连续性、预期性的特点
    D. 价格发现功能是指在一个公开、公平、高效、竞争的期货市场中，通过分散竞价形成期货价格的功能

9. 上证指数系列的第一只债券指数是( )。
    A. 中国债券指数   B. 上证金融债指数
    C. 上证国债指数   D. 上证企业债指数

10. 假设某一交易日某只股票有如表 1 所示的 4 个买单，那么成交顺序为( )。

表1 某股票申报价格和数量表

买单	交易量(手)	时间	价格(元)
I	900	10:45	30.48
II	180	10:45	30.49
III	5	10:46	30.48
IV	180	10:47	30.50

    A. I、II、IV、III   B. I、II、III、IV

    C. IV、II、III、I   D. IV、II、I、III

11. 上证综合指数是以全部上市股票为样本，（　　）得来。

    A. 以股票流通股数为权数，按加权平均法计算

    B. 以股票发行量为权数，按算术平均法计算

    C. 以股票发行量为权数，按加权平均法计算

    D. 以股票流通股数为权数，按算术平均法计算

12. 下列各项中，（　　）是债券投资的主要风险。

    A. 息票风险   B. 利率风险   C. 税收风险   D. 价格波动风险

13. 下列选项中，不属于公司公积金的来源的是（　　）。

    A. 公司从外部取得的赠与资产   B. 法定公积金和任意公积金

    C. 资产重估增值部分   D. 股票折价发行超过股票面值的溢价部分

14. 集合计划主要分为（　　）。

    A. 股票型产品和债券型产品   B. 公司型产品和契约型产品

    C. 限定型产品和非限定型产品   D. 封闭式产品和开放式产品

15. 下列关于保险产品的说法，错误的是（　　）。

    A. 保险产品的预期风险和收益水平均低于基金

    B. 随着保险投资产品的丰富，部分保险投资产品在获得保障的同时兼具投资功能

    C. 保险资金更注重资金的安全性，因此禁止将其投资于股票等高风险、高收益品种

    D. 在购买保险投资产品时，客户需要与保险公司签订合同，约定投资期限

16. _____是基金一切活动的中心；_____在整个基金的运作中起着核心的作用。
（　　）

    A. 基金投资者；基金投资者   B. 基金管理人；基金管理人

    C. 基金投资者；基金管理人   D. 基金管理人；基金投资者

17. 下列选项中，（　　）不是证券投资基金的主要当事人。

    A. 基金份额持有人   B. 基金管理人   C. 基金托管人   D. 政策性银行

18. （　　）是基金的发展阶段。

    A. 1929 年～20 世纪 70 年代   B. 1921 年～20 世纪 70 年代

    C. 1929 年～20 世纪 80 年代   D. 1921 年～20 世纪 80 年代

19. 深圳证券交易所于（　　）开业。

    A. 1990 年 1 月   B. 1990 年 12 月   C. 1991 年 1 月   D. 1991 年 12 月

20. （　　）是国内第一只交易所交易开放式基金（ETF）。

    A. 天同 180 指数基金   B. 华夏上证 150 指数 ETF

C. 易方达上证 50 指数基金　　　　　　D. 华夏上证 50 指数 ETF

21. 下列选项中，（　　）不是封闭式基金和开放式基金的主要区别。
　　A. 存续期限不同　　　　　　　　　　B. 规模的可变性不同
　　C. 基金交易方式不同　　　　　　　　D. 投资对象不同

22. 在二级市场的净值报价上，LOF 的报价频率要（　　）ETF。
　　A. 高于　　　　　　B. 低于　　　　　　C. 等于　　　　　　D. 不低于

23. 保本基金一般将大部分资金投资于（　　）。
　　A. 国债　　　　　　　　　　　　　　B. 股票
　　C. 套期保值期货　　　　　　　　　　D. 与基金到期日一致的债券

24. 某股票型基金半年内股票交易金额为 250 亿元，该阶段内披露的股票投资市值分别为
　　50 亿元、150 亿元、250 亿元，那么该基金半年的周转率为（　　）。
　　A. 76. 3%　　　　　B. 83. 3%　　　　　C. 85. 7%　　　　　D. 93. 7%

25. 下列各指标中，（　　）是以期望效用理论为基础的风险调整后收益指标。
　　A. 夏普指标　　　　B. 詹森指标　　　　C. 特雷诺指标　　　D. MRAR 指标

26. 简单的基金产品风险评价等级不包括（　　）。
　　A. 零风险等级　　　B. 低风险等级　　　C. 中风险等级　　　D. 高风险等级

27. 基金管理公司主要股东须持续经营（　　）个以上完整会计年度。
　　A. 2　　　　　　　　B. 3　　　　　　　　C. 4　　　　　　　　D. 5

28. 基金管理公司的内部控制制度是指（　　）。
　　A. 公司内部组织结构及其相互之间的运作制约关系
　　B. 公司为防范金融风险而制定的各种业务操作程序、管理与控制措施的总称
　　C. 公司为促进各项经营活动的有效实施而制定的各种业务操作程序
　　D. 公司为防范和化解风险而制定的各种业务操作程序、管理与控制措施的总称

29. 下列选项中，（　　）不属于基金托管人应当具备的条件。
　　A. 总资本和资本充足率符合有关规定
　　B. 设有专门的基金托管部门，取得基金从业资格的专职人员达到法定人数
　　C. 有安全保管基金财产的条件，有安全高效的清算、交割系统，有符合要求的营业场
　　　 所、安全防范设施和与基金托管业务有关的其他设施
　　D. 有完善的内部稽核监控制度和风险控制制度

30. 下列各项中，不属于各托管银行的基金托管业务技术系统的主要特征的是（　　）。
　　A. 主要托管业务活动通过技术系统完成　　B. 系统配置完整、统一运作
　　C. 系统管理严格　　　　　　　　　　　　D. 系统安全运作

31. 申请基金代销业务资格的证券投资咨询机构，注册资本应不低于（　　）元人民币，且
　　必须为实缴货币资本。
　　A. 2000 万　　　　　B. 3000 万　　　　　C. 1 亿　　　　　　D. 2 亿

32. 下列关于基金的信息披露，说法不正确的是（　　）。
　　A. 能有效地提高基金运作的透明度　　　　B. 有利于防止利益冲突与利益输送
　　C. 是对基金投资运作效果的考察　　　　　D. 有利于提高证券市场的效率

33. 基金投资运作过程中，（　　）负责组织、制定和执行交易计划。
　　A. 研究部　　　　　　B. 投资部　　　　　C. 交易部　　　　　D. 法律部

34. 下列与基金份额净值无关的是(　　)。

    A. 基金总资产　　　　B. 基金总负债　　　　C. 基金总份额　　　　D. 基金持有人数

35. 关于基金管理费计提标准,下列说法不正确的是(　　)。

    A. 基金管理费率通常与基金规模成反比,与风险成正比

    B. 基金规模越大,风险程度越低,基金管理费率越低

    C. 基金管理费率通常与基金规模成正比,与风险也成正比

    D. 股票基金的托管费率要高于债券型基金及货币市场基金的托管费率

36. 按固定价格报价的货币市场基金一般(　　)损益。

    A. 逐时结转　　　　B. 逐日结转　　　　C. 逐周结转　　　　D. 逐月结转

37. 下列各项中,基金的费用不包括(　　)。

    A. 管理人报酬　　　　B. 利息支出　　　　C. 申购费用　　　　D. 交易费用

38. 下列关于基金税收的说法,正确的是(　　)。

    A. 基金买卖股票、债券的差价收入,减半征收企业所得税

    B. 基金取得的股票股利收入、债券利息收入,需要征收20%企业所得税

    C. 基金买卖股票、债券的差价收入,免征企业所得税

    D. 基金取得的股票股利收入、债券利息收入,需要征收25%的个人所得税

39. 投资者评价以基金投资者的风险承受能力类型来具体反映。投资者类型一般不包括(　　)。

    A. 积极型　　　　B. 稳健型　　　　C. 消极型　　　　D. 保守型

40. (　　)是将产品或服务的信息传达到市场上,通过各种有效媒体在目标市场上宣传基金产品的特点和优点,让投资者了解产品的设计、分销、价格上的潜在好处,最后通过市场将产品销售给投资者。

    A. 促销　　　　B. 代销　　　　C. 传销　　　　D. 推销

41. 下列各项中,代销渠道的特点叙述错误的是(　　)。

    A. 对投资者的控制力弱,但有广泛的客户基础

    B. 更容易发现产品或服务方面的不足

    C. 代销机构有业绩才有佣金,基金公司不承担固定成本

    D. 商业对手对渠道的竞争提高了代销成本

42. 针对投资意识较强的股民群体,利用(　　)是争取这类客户的有效手段。

    A. 专业基金销售公司　　　　　　　　B. 证券公司网点销售

    C. 证券经纪人　　　　　　　　　　　D. 客户经理

43. 基金销售机构须对基金投资者进行风险承受能力调查,其调查结果可以不包括基金投资者的(　　)。

    A. 投资目的　　　　　　　　　　　　B. 投资年龄

    C. 长期风险承受水平　　　　　　　　D. 短期风险承受水平

44. 公共关系所关注的是公司为赢得(　　)尊敬所做的努力。

    A. 机构投资者　　　　B. 特定客户　　　　C. 公众　　　　D. 员工

45. 基金市场营销计划中,由(　　)提供将用于完成计划目标的主要营销方法和策略。

    A. 计划实施概要　　　　　　　　　　B. 市场营销战略

    C. 市场威胁和市场机会　　　　　　　D. 目标市场和可能存在的问题

46. 下列不属于在基金促销中广告的作用的是(　　)。

149

A. 促进基金销售   B. 宣传基金产品

C. 节省基金销售成本   D. 提高基金销售机构品牌知名度

47. 下列选项中，不属于基金销售机构提供的市场资讯的是(   )。

     A. 跟踪市场动态   B. 汇集与基金相关的基础数据

     C. 投资策略动态   D. 相关基金产品的市场情况比较

48. (   )特别适用于传递行文较长的信息资料。

     A. 手机短信   B. 自动传真、电子信箱

     C. 互联网   D. 座谈会

49. 商业银行基金代销部门取得基金从业资格的人员应不低于该部门员工人数的_____，部门的管理人员应具备从事 2 年以上的基金业务或者_____年以上证券、金融业务的工作经历。(   )

     A. 1/3；3   B. 1/3；5   C. 1/2；3   D. 1/2；5

50. 基金的认购费和申购费费率不得超过认购和申购金额的(   )。

     A. 3%   B. 4%   C. 5%   D. 6%

51. 基金销售人员的培训不包括(   )。

     A. 销售技能培训   B. 专业知识培训   C. 道德修养培训   D. 法律合规培训

52. 根据《证券投资基金法》规定，对于封闭式基金的募集申请，中国证监会应当自受理封闭式基金募集之日起(   )个月之内作出核准或不予核准的决定。

     A. 3   B. 6   C. 9   D. 12

53. 我国封闭式基金的交收实行(   )交割、交收。

     A. T−1   B. T+1   C. T−2   D. T+2

54. 封闭式基金的基金份额持有人不少于_____人，基金募集金额不低于_____元才可以上市交易。(   )

     A. 1000；2亿   B. 2000；5亿   C. 500；1亿   D. 100；5000万

55. 开放式基金自批准之日起_____个月内募集金额少于_____亿元，该基金不得成立。(   )

     A. 3；2   B. 6；2   C. 3；3   D. 6；3

56. 根据中国证监会对认(申)购费用及认(申)购份额计算方法的统一规定，基金认购费率统一按(   )为基础收取。

     A. 基金面值   B. 认购金额   C. 净认购金额   D. 认购费率

57. 投资者参与认购开放式基金，投资者 T 日提交认购申请后，一般可于(   )日后到办理认购的网点查询认购申请的受理情况。

     A. T+1   B. T+2   C. T+3   D. T+4

58. 确认成功的认购款项在募集期间产生的利息将折算为基金份额，归(   )所有。

     A. 基金份额持有人   B. 基金管理人   C. 基金托管人   D. 证监会

59. 基金连续_____个开放日以上发生巨额赎回，如基金管理人认为有必要，可_____接受赎回申请。(   )

     A. 2；拒绝   B. 2；暂停

     C. 3；暂停   D. 3；拒绝

60. 开放式基金非交易过户不包括(   )。

  A. 继承   B. 司法强制执行 C. 赎回   D. 捐赠

61. 投资者在申购或赎回 ETF 份额时，申购赎回代理券商可按照( )的标准收取佣金。

  A. 0.3%   B. 0.5%   C. 1%   D. 1.5%

62. 场外募集的 LOF 基金份额注册登记在( )。

  A. 中国结算公司的证券登记结算系统

  B. 中国结算公司的开放式基金注册登记系统

  C. 中国结算公司的封闭式基金注册登记系统

  D. 中国结算公司的公司型基金注册登记系统

63. QDII 基金的"未知价"原则规定，申购、赎回价格以申请( )的基金份额净值为基准进行计算。

  A. 前一日   B. 次日   C. 当日   D. 结算日

64. ( )过程实际上是登记机构通过登记系统对基金投资者所投资基金份额及其变动的确认、记账的过程。

  A. 基金登记   B. 份额存管   C. 资金交收   D. 资金清算

65. 基金信息披露的( )原则要求披露所有可能影响投资者决策的信息，禁止重大遗漏。

  A. 真实性   B. 及时性   C. 完整性   D. 准确性

66. 基金管理人应在每年结束后_____日内，披露年度报告全文；在上半年结束后_____日内，披露半年度报告全文；在每季结束后_____个工作日内，披露基金季度报告。( )

  A. 90；60；45 B. 90；60；30 C. 90；60；15 D. 60；30；10

67. 在某些情形下，代表基金份额( )以上的持有人有权就同一事项要求自行召集持有人大会。

  A. 3%   B. 5%   C. 8%   D. 10%

68. 基金季度、半年度、年度报告在披露的第( )个工作日，应分别报中国证监会及其证监局、基金上市的证券交易所备案。

  A. 2   B. 3   C. 5   D. 7

69. ( )是基金管理人投资管理效果的综合体现。

  A. 资产负债   B. 基金净值增长率

  C. 基金份额本期净收益   D. 期末可供分配基金份额收益

70. 当影子定价与摊余成本法确定的基金资产净值偏离度的绝对值达到或者超过( )时，基金管理人应当就此事项进行临时报告。

  A. 0.2%   B. 0.3%   C. 0.5%   D. 1%

71. 我国致力于建立集中统一的证券市场和市场监管体系，在总结证券市场发展的经验教训过程中，确立了指导证券市场健康发展的"( )"的八字方针，初步形成了具有中国特色的、集中统一的证券市场监督管理体系。

  A. 法制、监管、强制、规范   B. 公平、公正、公开、公信

  C. 调整、改革、整顿、提升   D. 进取、求实、谨慎、效率

72. 我国《证券法》关于证券交易的规定内容不包括( )。

  A. 证券交易价格的转让标准及限制

  B. 申请证券上市交易的审核，申请股票上市和公司债券上市交易的条件以及报送文件、

公告文件方式和内容的规定，暂停或终止上市交易的情形

    C. 依法买卖证券的一般规定，上市交易的方式，不得持有、买卖股票的规定，账户保密的规定，证券服务机构和人员限制购买股票的规定，证券交易收费的规定

    D. 信息披露的一般原则规定及要求，中期报告和年度报告的内容，重大事件的信息披露，信息披露过失的责任追究，内幕信息、内幕信息知情人及禁止利用内幕信息从事证券交易的规定，操纵证券市场及责任追究，禁止虚假信息扰乱证券市场的规定及其他禁止性规定

73. 下列不属于内幕信息的是(　　)。

    A. 公司股利分配计划

    B. 公司债务担保重大变化

    C. 公司营业用主要资产的抵押达到该资产的 25%

    D. 上市公司收购方案

74. "监管者保证市场信息公布及时、传播广泛并有效反映于市场价格中"是为了保证市场的(　　)。

    A. 公平性   B. 有效性   C. 高透明度   D. 规范性

75. 根据《证券投资基金管理公司管理办法》规定，一家机构或者受同一实际控制人控制的多家机构参股基金管理公司的数量不得超过_____家，其中控股基金管理公司的数量不得超过_____家。(　　)

    A. 1；1   B. 2；1   C. 3；2   D. 5；3

76. 根据《证券投资基金法》，基金份额持有人大会应当有代表(　　)以上基金份额的持有人参加方可召开。

    A. 30%   B. 50%   C. 60%   D. 80%

77. 根据《证券投资基金管理公司管理办法》，基金管理公司设立分支机构，应当自收到批准文件之日起(　　)日内向工商行政管理机关办理登记注册手续。

    A. 15   B. 30   C. 45   D. 60

78. (　　)从基金销售业务角度对基金销售信息和销售的技术系统提出了标准化要求，首次对基金销售业务信息管理进行了规范。

    A. 《证券法》

    B. 《证券投资基金法》

    C. 《证券投资基金运作管理办法》

    D. 《证券投资基金销售业务信息管理平台管理规定》

79. 根据《证券投资基金销售机构内部控制指导意见》的规定，客户身份资料自业务关系结束当年计起至少保存_____年，交易记录自交易记账当年计起至少保存_____年。(　　)

    A. 10；15   B. 10；10   C. 15；15   D. 20；15

80. 基金销售机构内部控制的目标不包括(　　)。

    A. 防范和化解经营风险，保证托管资产的安全完整

    B. 保证基金销售机构经营运作严格遵守国家有关法律法规和行业监管规则

    C. 防范和化解经营风险，提高经营管理效益，确保经营业务的稳健运行和投资人资金的安全

D. 利于查错防弊，堵塞漏洞，消除隐患，保证业务稳健运行

二、不定项选择题(本题型共 40 小题，每小题 1 分，共 40 分。各小题所给出的四个选项中，至少有一项正确，请将正确选项的代码填入括号内，不选、少选、错选均不得分。)

81. 下列机构投资者中，具有基金性质的是(　　　　)。

    A. 企业年金　　　　B. 社会保障基金　　　　C. 社会保险基金　　　　D. 社会公益基金

82. 下列选项中，属于股票期值主要构成的有(　　　　)。

    A. 以前资本利得收入　　　　　　　　B. 以前股息收入

    C. 未来资本利得收入　　　　　　　　D. 未来股息收入

83. 下列属于我国记账式国债的特点的是(　　　　)。

    A. 通过交易所电脑网络发行，可以降低证券的发行成本

    B. 可上市转让，流通性好

    C. 不记名、不挂失，以无券形式发行

    D. 期限有长有短，但更适合短期国债的发行

84. 下列有关金融期货的叙述，正确的是(　　　　)。

    A. 金融期货必须在有组织的交易所进行集中交易

    B. 在世界各国，金融期货交易至少要受到 1 家以上的监管机构监管，交易品种、交易者行为均须符合监管要求

    C. 金融期货是非标准化协议

    D. 金融期货交易实行保证金制度和每日结算制度

85. 境内居民个人可以用(　　　　)从事 B 股交易。

    A. 现汇存款　　　　　　　　　　　　B. 外币现钞存款

    C. 外币现钞　　　　　　　　　　　　D. 从境外汇入的外汇资金

86. 下列有关债券发行方式的说法，正确的是(　　　　)。

    A. 定向发行，又称私募发行、私下发行，即面向少数特定投资者发行

    B. 承购包销，指发行人与由商业银行、证券公司等金融机构组成的承销团通过协商条件签订承购包销合同，由承销团分销拟发行债券的发行方式

    C. 招标发行，指通过招标方式确定债券承销商和发行条件的发行方式

    D. 根据中标规则不同，可分为美式招标(单一价格中标)和欧式招标(多种价格中标)

87. 关于我国的主要指数，下列说法正确的是(　　　　)。

    A. 上证综合指数基日定为 1990 年 12 月 19 日，基期指数定为 1000 点

    B. 上证成份指数的样本股是在所有 A 股股票中抽取最具市场代表性的 180 种样本股票，自 2002 年 7 月 1 日起正式发布

    C. 深圳证券交易所股价指数有综合指数系列、成份指数系列和深圳基金指数三大类

    D. 深证成份指数以 1994 年 7 月 20 日为基准日，基期指数为 100，1995 年 1 月 23 日开始发布，计算权数为公司的可流通股本数

88. 下列关于银行理财产品的说法，正确的有(　　　　)。

    A. 可随时以较低的成本进行赎回

    B. 需根据产品合同的约定进行投资和收益分配

    C. 投资门槛较高

D. 从投资范围来看，银行理财产品的投资领域比基金更为宽广

89. 基金后台管理包括(　　)等环节。

    A. 风险控制　　　　　B. 会计核算　　　　　C. 基金估值　　　　　D. 信息披露

90. 我国目前已推出的基金品种包括是(　　)。

    A. 生命周期基金　　B. LOF　　　　　　　C. QDII　　　　　　　D. 社会责任基金

91. 目前，我国开放式基金可以通过(　　)申购和赎回。

    A. 担保公司　　　　　　　　　　　　　B. 证券交易所

    C. 基金管理公司　　　　　　　　　　　D. 商业银行、证券公司等销售代理机构

92. 下列各证券中，属于收入型基金主要投资对象的是(　　)。

    A. 大盘蓝筹股　　　B. 科技股股票　　　C. 公司债　　　　　D. 政府债券

93. 基金的运作包括(　　)等相关环节。

    A. 基金营销　　　　B. 基金募集　　　　C. 基金投资运作　　D. 基金后台管理

94. 下列各因素中，会影响基金分红的因素包括(　　)。

    A. 基金分红政策　　　　　　　　　　　B. 基金的持股集中度

    C. 留存收益　　　　　　　　　　　　　D. 基金行业投资集中度

95. 下列属于基金交易业务控制的主要内容的是(　　)。

    A. 基金交易应实行集中交易制度

    B. 基金经理不得直接向交易员下达投资指令或者直接进行交易

    C. 应当执行公平原则，确保不同投资者的利益能够得到公平对待

    D. 应当建立严格有效的制度，防止不正当关联交易损害基金持有人利益

96. 基金托管人对会计核算进行复核的主要内容包括(　　)。

    A. 基金账务的复核　　　　　　　　　　B. 基金头寸的复核

    C. 基金资产净值的复核　　　　　　　　D. 基金费用与收益分配的复核

97. 基金投资咨询机构的作用体现在(　　)等方面。

    A. 优化基金选择　　　　　　　　　　　B. 建议、策划作用

    C. 加强投资者教育　　　　　　　　　　D. 深入挖掘基金信息

98. 不属于基金交易费用的有(　　)。

    A. 印花税　　　　　B. 开户费　　　　　C. 过户费　　　　　D. 经手费

99. 下列关于印花税的说法，错误的有(　　)。

    A. 基金买卖股票暂免征收印花税

    B. 对个人投资者买卖基金份额暂免征收印花税

    C. 对个人投资者买卖股票暂免征收印花税

    D. 对企业投资者买卖基金份额暂免征收印花税

100. 下列各项中，(　　)不属于基金市场营销特殊性的具体表现。

    A. 专业性　　　　　B. 多样性　　　　　C. 服务性　　　　　D. 易消失性

101. 下列各项中，当前我国基金营销主要渠道包括(　　)。

    A. 网上交易　　　　B. 信托投资公司　　C. 证券公司　　　　D. 证券咨询机构

102. (　　)是为投资者选择合适的基金产品前十分重要的环节。

    A. 了解基金产品设计　　　　　　　　　B. 划分产品的类型

    C. 了解投资者的风险承受能力　　　　　D. 划分投资者的类型

103. 营业推广是基金促销重要的促销手段之一，下列说法不正确的是(　　)。
    A. 营业推广能够实现让投资者在较长时期内较迅速和较大量地购买某一基金产品
    B. 销售网点宣传、举办投资者交流活动和费率优惠都是基金销售中常用的营业推广手段
    C. 基金销售机构可以召开研讨会向特定或者不特定的投资者群体传达投资理念和投资策略
    D. 申购费率是基金公司的重要收入来源，基金公司可以根据销售情况独立定价

104. 下列各项中，交易类业务包括(　　)。
    A. 开户　　　　　　B. 赎回　　　　　　C. 基金转换　　　　　　D. 设置分红方式

105. 通过邮寄服务，基金管理人一般向基金持有人邮寄(　　)等定期和不定期材料。
    A. 季度对账单　　　B. 基金账户卡　　　C. 基金通讯　　　　　D. 理财月刊

106. 下列关于证券投资咨询机构申请基金代销业务资格，说法不正确的是(　　)。
    A. 注册资本不低于 3000 万元人民币，且必须为实缴货币资本
    B. 高级管理人员已取得基金从业资格，熟悉基金代销业务，并具备从事 3 年以上基金业务或者 5 年以上证券、金融业务的工作经历
    C. 持续从事证券投资咨询业务 5 个以上完整会计年度
    D. 最近 3 年没有代理投资人从事证券买卖的行为

107. 基金账户可用于(　　)的认购和交易。
    A. 基金　　　　　　B. 国债　　　　　　C. 一般债券　　　　　D. 股票

108. 在基金份额认购上一般存在两种收费模式，分别是(　　)。
    A. 前端收费模式　　B. 后端收费模式　　C. 全额收费模式　　　D. 净额收费模式

109. 出现巨额赎回申请时，基金管理人可以根据基金当时的资产组合状况决定，(　　)。
    A. 接受全额赎回　　B. 全额拒绝赎回　　C. 全部延迟赎回　　　D. 部分延迟赎回

110. ETF 申购、赎回清单公告内容包括(　　)。
    A. 基金份额净值
    B. 最小申购、赎回单位所对应的组合证券内各成分证券数据
    C. T－1 日现金差额
    D. T 日预估现金部分

111. 下列关于上市开放式基金的说法中，错误的是(　　)。
    A. 上市开放式基金份额的转托管业务包含系统内转托管和跨系统转托管两种类型
    B. 投资者通过深圳证券交易所交易系统获得的基金份额托管在证券营业部处，登记在证券登记系统中，其只能在深圳证券交易所交易，不能直接申请赎回
    C. 投资者通过基金管理人及其代销机构获得的基金份额托管在代销机构、基金管理人处，登记在 TA 系统中，可以直接在深圳证券交易所交易
    D. 上市开放式基金份额跨系统转托管只限于在深圳证券账户和以其为基础注册的深圳开放式基金账户之间进行

112. 目前，我国开放式基金的登记体系的模式包括(　　)。
    A. "统一"模式　　B. "内置"模式　　C. "外置"模式　　　　D. "混合"模式

113. 基金运作信息披露主要是指在基金合同生效后至基金合同终止前，基金信息披露义务人依法定期披露基金的(　　)等信息。

A. 份额发售　　　　B. 上市交易　　　　C. 投资运作　　　　D. 经营业绩

114. 关于基金托管人信息披露义务的说法不正确的有(　　　)。

A. 基金托管人有义务对管理人公开披露的相关基金信息进行复核、审查

B. 基金托管人召集基金份额持有人大会的，有义务将持有人大会决定的事项予以公告

C. 基金托管人职责终止时，不需要和基金管理人一样，聘请会计师事务所对基金财产进行审计

D. 基金托管人应在基金份额发售的 5 日前，将基金合同、托管协议登载在托管人网站上

115. 下列各项中，属于基金会计报表的是(　　　)。

A. 利润表　　　　B. 资产负债表　　　　C. 现金流量表　　　　D. 所有者权益变动表

116. 货币市场基金偏离度信息可能出现在(　　　)中。

A. 投资组合报告　　　B. 年度报告　　　C. 季度报告　　　D. 临时报告

117. 执行行业自律管理职能的机构有(　　　)。

A. 中国证监会　　　　　　　　B. 中国证券业协会

C. 证券交易所　　　　　　　　D. 中国证券投资者保护基金

118. 下列属于中国证券业协会的自律管理的工作方针的是(　　　)。

A. 自律　　　　B. 服务　　　　C. 传导　　　　D. 规范

119. 下列关于基金监管"三公"原则的说法，正确的是(　　　)。

A. 公开原则要求基金市场具有充分的透明度，实现市场信息的公开化

B. 公信原则要求监管行为要有一定的公信度

C. 公正原则要求监管部门在公开、公平原则的基础上，监管部门对被监管对象给予公正的待遇

D. 公平原则是指基金市场中不存在歧视，所有参与基金活动的当事人具有完全平等的权利

120. 下列关于前台业务系统和后台管理系统功能的说法，不正确的有(　　　)。

A. 前台业务系统应具备为基金投资人以及基金销售人员提供投资资讯的功能

B. 前台业务系统应具有对所涉及的信息流和资金流进行对账作业的功能

C. 后台管理系统应具备交易清算、资金处理的功能

D. 后台管理系统应具备基金认购、申购、赎回、转换、变更分红方式等交易的功能

三、判断题(本题型共 20 小题，每小题 1 分，共 20 分。判断各小题的对错，正确的用 A 表示，错误的用 B 表示。)

121. 中国证监会就是我国的证券监管机构。(　　　)

122. 并不是所有的现代股份制公司都可以发行股票。(　　　)

123. 认沽权证实质上是一种看涨期权，认购权证则是一种看跌期权。(　　　)

124. 长期政府债券的利率比短期政府债券利率低。(　　　)

125. 在未取得中国证监会批准的情况下，任何机构不得从事基金的代理销售。(　　　)

126. 在我国，政策性银行不能担任基金托管人。(　　　)

127. 债券基金的久期越短，净值的波动幅度就越大，所承担的利率风险就越高。(　　　)

128. 督察长发现基金和公司运作中有违法、违规行为的，应当及时予以制止，直接向董事会和公司所在地中国证监会派出机构报告。(　　　)

129. 中国证监会根据《证券投资基金法》的规定，受理基金代销业务资格的申请，并进行审查，作出决定。（　　）

130. 基金募集与销售业务是基金管理公司的核心业务。（　　）

131. 对于基金营销而言，营销环境的意义在于它既能提供机遇，也能造成威胁。（　　）

132. 选择基金产品是构建基金组合投资的第一步。（　　）

133. 从事基金宣传推介活动的人员应当有2/3取得基金从业资格。（　　）

134. 基金管理公司和基金代销机构应当在基金宣传推介材料中加强对投资人的教育和引导，积极培养投资人的短期投资理念，注重对行业公信力及公司品牌、形象的宣传，并应符合法律法规的相关要求。（　　）

135. 虽然封闭式基金的折价率反映了基金份额净值与二级市场价格之间的关系，但是当折价率较高时，购买封闭式基金也并不一定获利。（　　）

136. 开放式基金认购的后端收费模式设计是鼓励投资者长期持有基金。（　　）

137. QDII基金主要投资于海外市场，其基金资产规模不受限制。（　　）

138. 同一开放式基金品种不一定适用于相同的费率水平。（　　）

139. 基金募集期间的信息披露费、会计师费、律师费以及其他费用，不得从基金财产中列支。（　　）

140. 基金公司与证券公司的基金销售人员应当取得中国证券业协会认可的证券从业资格；而商业银行的基金销售人员则无须取得中国证券业协会认可的证券从业资格。（　　）

答案与解析

一、单项选择题（本题型共80小题，每小题0.5分，共40分。各小题所给出的四个选项中，只有一项最符合题目要求，请将正确选项的代码填入括号内，不选、错选均不得分。）

1. 【答案】C

【解析】按证券发行主体的不同，有价证券可分为政府证券、政府机构证券和公司证券。政府证券通常是指由中央政府或地方政府发行的债券；政府机构证券是由经批准的政府机构发行的债券；公司证券是公司为筹措资金而发行的有价证券。

2. 【答案】B

【解析】金融市场的分类包括：①按金融市场的地域范围划分，分为国内金融市场和国际金融市场；②按金融工具的期限划分，分为货币市场和资本市场；③按金融工具的性质划分，分为票据市场、证券市场（又可分为股票市场、债券市场、基金市场）、衍生工具市场、外汇市场以及黄金市场；④按融资方式划分，分为直接和间接金融市场。

3. 【答案】D

【解析】1933年颁布的《格拉斯－斯蒂格尔法案》标志着金融业分业经营的开始，1999年颁布的《金融服务现代化法案》则是标志着金融业分业制度的终结。1988年和2004年《巴塞尔协议》都是关于银行资本经营管理的法案。1975年颁布的《证券交易所法》是有关证券交易制度和监管等的法律。

4. 【答案】B

5. 【答案】B

【解析】国有法人股属于法人股，同时也属于国有股权，但不属于国家股。国家股是指有权代表国家投资的部门或机构以国有资产向公司投资形成的股份。

6. 【答案】D

【解析】普通股股东的权利包括：①公司重大决策参与权；②公司资产收益权和剩余资产分配权；③其他权利，根据我国《公司法》规定，股东还有以下主要权利：第一，股东有权查阅公司章程、股东名册、公司债券存根、股东大会会议记录、董事会会议决议、监事会会议决议、财务会计报告，对公司的经营提出建议或者质询；第二，股东持有的股份可依法转让；第三，优先认股权。D项是优先股股东的权利。

7. 【答案】C

【解析】累进利率债券的利率随着时间的推移，后期利率比前期利率更高，有一个递增率。若设债券面额为 A，持满 1 年的利率为 i，持有年数为 n，每年利率递增率为 r，持满 n 年的利息额为 I_n，则累进利率债券利息的计算公式为：$I_n = A \times n \times [i + (n-1)r/2]$。根据这一公式，计算如下：累进利率债券利息 $= 1000 \times 7 \times [4.5\% + (7-1) \times 0.5\%/2] = 420(元)$。

8. 【答案】D

【解析】价格发现功能是指在一个公开、公平、高效、竞争的期货市场中，通过集合竞价形成期货价格的功能。

9. 【答案】C

【解析】上证国债指数是上证指数系列的第一只债券指数，它的推出使我国证券市场股票、债券、基金三位一体的指数体系基本形成。

10. 【答案】D

【解析】证券交易原则包括：①价格优先原则；②时间优先原则。由于是买单，所以价格高者优先成交。价格相同，时间越早越优先成交。

11. 【答案】C

【解析】股价指数是反映证券市场股票相对价格的指数。上证综合指数是上海证券交易所编制的，以 1990 年 12 月 19 日的股票价格为基期数值，以全部上市股票为样本，以股票的发行量为权重，按加权平均法计算得来。其计算公式为：本日股价指数 = 本日股票市价总值/基期股票市价总值×100。

12. 【答案】B

【解析】债券面临的利率风险由价格波动风险和息票风险组成。投资者无法回避利率变动对债券价格和收益的影响，而且这种影响与债券本身的质量无关。因此利率风险是债券投资的主要风险。

13. 【答案】D

【解析】公司的公积金来源有：①股票溢价发行时，超过股票面值的溢价部分，列入公司的资本公积金；②依据我国《公司法》的规定，每年从税后利润中按比例提存部分法定公积金；③股东大会决议后提取的任意公积金；④公司经过若干年经营以后资产重估增值部分；⑤公司从外部取得的赠与资产。

14. 【答案】C

【解析】集合计划是证券公司针对目标客户开发的理财服务创新产品。它主要分为限定型产品和非限定型产品。限定型产品的风险收益水平与债券型基金相似，收益比较稳定，风险度较低；而非限定型产品与混合型、股票型基金类似，受证券市场波动影响较大，风险收益水平较高。

15. 【答案】C

【解析】从资金性质来看，由于保险资金更注重资金的安全性，对股票等高风险、高收益品种的投资限制较大，但并不是禁止其进行股票投资。

16. 【答案】C

【解析】基金份额持有人即基金投资者，是基金的出资人、基金资产的所有者和基金投资收益的受益人，一切风险管理都是围绕保护投资者利益来考虑的，基金份额持有人是基金一切活动的中心。基金管理人是基金的募集者和管理者，在整个基金的运作中起着核心的作用。

17. 【答案】D

【解析】我国的基金依据基金合同设立，基金份额持有人、基金管理人与基金托管人是基金的当事人。在我国，基金托管人只能由依法设立并取得基金托管资格的商业银行承担。

18. 【答案】B

19. 【答案】C

【解析】上海证券交易所成立于1990年12月；深圳证券交易所成立于1991年1月。

20. 【答案】D

【解析】2004年底，华夏基金管理公司推出国内首只交易型开放式指数基金（ETF）——华夏上证50ETF。

21. 【答案】D

【解析】封闭式基金和开放式基金是根据运作方式不同进行的基金分类。作为基金，两者的投资对象均为有价证券。

22. 【答案】B

【解析】在二级市场的净值报价上，ETF每15秒提供1次基金净值报价；而LOF的净值报价频率要比ETF低，通常1天只提供1次或几次基金净值报价，少数LOF每15秒提供1次基金净值报价。

23. 【答案】D

【解析】为能够保证本金安全或实现最低回报，保本基金通常会将大部分资金投资于与基金到期日一致的债券。

24. 【答案】B

【解析】该基金半年的周转率 $= \dfrac{250/2}{(50+150+250)/3} \times 100\% = 83.3\%$。

25. 【答案】D

【解析】夏普指标、詹森指标和特雷诺指标是以资本资产定价理论为基础的。以期望效用理论为基础，按照"投资者喜好高收益而厌恶高风险"的原则，通过对风险的惩罚而进行收益调整，常见的指标有被天相投资顾问有限公司所采用的 Stutzer 指标和被晨星资讯有限公司所采用的 MRAR 指标。

26. 【答案】A

【解析】基金产品风险评价以基金产品的风险等级来具体反映。简单的基金产品风险评价可以分为低风险、中风险、高风险三个等级。

27. 【答案】B

【解析】基金管理公司主要股东需要具备的条件之一是持续经营3个以上完整的会计年度，公司治理健全，内部监控制度完善。

28. 【答案】B

【解析】基金管理公司内部控制包括内部控制机制和内部控制制度两个方面。其中，内部控制机制是指公司的内部组织机构及其相互之间的制约关系。内部控制制度是指公司为防范金融风险、保护资产的安全与完整、促进各项经营活动的有效实施而制定的各项业务操作程序、管理与控制措施的总称。

29. 【答案】A

【解析】基金托管人应当具备的条件之一是净资产和资本充足率符合有关规定。

30. 【答案】B

【解析】B项应为"系统配置完整、独立运作"。

31. 【答案】A

【解析】《证券投资基金销售管理办法》第十一条对证券投资咨询机构申请基金代销业务资格进行了规定，指出："除具备本办法第九条第（二）项至第（九）项和第十条第（三）项、第（四）项规定的条件外，还应当具备下列条件：注册资本不低于2000万元人民币，且必须为实缴货币资本；高级管理人员已取得基金从业资格，熟悉基金代销业务，并具备从事2年以上基金业务或者5年以上证券、金融业务的工作经历；持续从事证券投资咨询业务三个以上完整会计年度；最近3年没有代理投资者从事证券买卖的行为"。

32. 【答案】C

【解析】基金的绩效评估是对基金投资运作效果的考察。

33. 【答案】C

【解析】基金管理公司的投资管理部门主要包括投资部、研究部以及交易部。其中，交易部是基金投资运作的具体执行部门，负责组织、制定和执行交易计划。

34. 【答案】D

【解析】基金份额净值＝基金资产净值/基金总份额＝（基金资产总值－基金负债总值)/基金总份额。

35. 【答案】C

36. 【答案】B

【解析】证券投资基金一般在月末结转当期损益，按固定价格报价的货币市场基金一般逐日结转损益。

37. 【答案】C

【解析】基金的费用是指基金在日常投资经营活动中发生的、会导致所有者权益减少的、与向基金持有人分配利润无关的经济利益的总流出。基金的费用具体包括管理人报酬、托管费、销售服务费、交易费用、利息支出和其他费用等。申购费用属于投资者支付的费用，不属于基金的费用。

38. 【答案】C

【解析】证券投资基金从证券市场中取得的收入，包括买卖股票、债券的差价收入，股权的股息、红利收入，债券的利息收入及其他收入，暂不征收企业所得税。

39. 【答案】C

40. 【答案】A

41. 【答案】B

【解析】B 项属于直销渠道的特点。

42. 【答案】B

43. 【答案】B

【解析】《证券投资基金销售适用性指导意见》第二十三条规定，基金销售机构须对基金投资者进行风险承受能力调查，从调查结果中至少了解到基金投资者的以下情况：投资目的、投资期限、投资经验、财务状况、短期风险承受水平、长期风险承受水平。

44. 【答案】C

45. 【答案】B

46. 【答案】C

47. 【答案】D

【解析】基金销售机构可通过跟踪市场动态，汇集与基金相关的基础数据、宏观经济政策、新近颁布的证券市场相关法律法规、基金发售动态、投资策略动态等各方面的信息，并在第一时间传达给基金投资者，让其能及时了解与自身投资相关的资讯，为理财决策提供参考依据。

48. 【答案】B

【解析】自动传真、电子信箱特别适用于传递行文较长的信息资料，而手机短信最重要的功能则在于发送字节较短的信息，包括基金行情和其他动态新闻。

49. 【答案】D

【解析】《证券投资基金销售管理办法》第九条规定，商业银行申请基金代销业务资格，公司及其主要分支机构负责基金代销业务的部门取得基金从业资格的人员不低于该部门员工人数的 $1/2$，部门的管理人员已取得基金从业资格，熟悉基金代销业务，并具备从事 2 年以上的基金业务或者 5 年以上证券、金融业务的工作经历。

50. 【答案】C

【解析】基金的认购费和申购费可以在基金份额发售或者申购时收取，也可以在赎回时从赎回金额中扣除，但费率不得超过认购和申购金额的 5%。

51. 【答案】C

52. 【答案】B

53. 【答案】B

【解析】我国封闭式基金的交割同 A 股一样实现 T＋1 日交收，即达成交易后，相应的基金与资金交收在成交日的下一个营业日（T＋1 日）完成。

54. 【答案】A

【解析】基金份额上市交易应符合的条件包括：①基金的募集符合《证券投资基金法》的规定；②基金合同期限为 5 年以上；③基金募集金额不低于 2 亿元人民币；④基金份额持有人不少于 1000 人；⑤基金份额上市交易规则规定的其他条件。

55. 【答案】A

【解析】开放式基金的募集期限不得超过 3 个月。基金募集期限届满，应当满足以下条件：基金募集份额总额不少于 2 亿份，基金募集金额不少于 2 亿元人民币；基金份额持有人不少于 200 人。

56. 【答案】C

【解析】根据有关规定，基金认购费率统一以净认购金额为基础收取，相应的基金认购费用与认购份额的计算公式为：认购费用 = 净认购金额 × 认购费率；净认购金额 = $\dfrac{认购金额}{1 + 认购费率}$；认购份额 = $\dfrac{净认购金额 + 认购利息}{基金份额面值}$。

57. 【答案】B

58. 【答案】A

【解析】确认成功的认购款项在募集期间产生的利息将折算为基金份额归基金份额持有人所有，其中利息以登记结算机构的记录为准，利息折算份额不收取认购费。

59. 【答案】B

60. 【答案】C

【解析】开放式基金非交易过户主要包括继承、捐赠、司法强制执行和经注册登记机构认可的其他情况下的非交易过户。

61. 【答案】B

【解析】投资者在申购或赎回基金份额时，申购赎回代理证券公司可按照0.5%的标准收取佣金，其中包含证券交易所、登记结算机构等收取的相关费用。

62. 【答案】B

【解析】LOF 的募集分场外募集与场内募集两部分。场外募集的基金份额注册登记在中国结算公司的开放式基金注册登记系统；场内募集的基金份额登记在中国结算公司的证券登记结算系统。

63. 【答案】C

64. 【答案】A

【解析】基金登记过程实际上是登记机构通过登记系统对基金投资者所投资基金份额及其变动的确认、记账的过程。这个过程与基金的申购(认购)、赎回过程是一致的。

65. 【答案】C

【解析】基金信息披露的完整性原则要求披露所有可能影响投资者决策的信息，禁止重大遗漏，即披露中存在应披露而未披露的信息，以至于影响投资者作出正确决策。

66. 【答案】C

67. 【答案】D

【解析】当代表基金份额10%以上的基金份额持有人就同一事项要求召开持有人大会，而管理人和托管人都不召集的时候，代表基金份额10%以上的持有人有权自行召集。

68. 【答案】A

69. 【答案】B

【解析】基金净值增长率是基金管理人投资管理效果的综合体现，基金销售人员应对其保持敏感，向投资者提供真实准确的基金净值以备参考。

70. 【答案】C

【解析】当影子定价与摊余成本法确定的基金资产净值偏离度的绝对值达到或者超过0.5%时，基金管理人应当在事件发生之日起2日内就此事项进行临时报告，至少披露发生日期、偏离度、原因及处理方法。

71. 【答案】A

72.【答案】A

73.【答案】C

【解析】内幕信息是指在证券交易活动中，涉及公司的经营、财务或者对该公司证券的市场供求和证券价格有重大影响的尚未公开的信息。例如公司股利分配计划和增资计划，股权结构重大变化，公司债务担保重大变化，公司营业用主要资产的抵押、出售或者报废一次超过该资产的30%，公司及公司高级管理人员的重大诉讼事项，上市公司收购方案等。

74.【答案】B

75.【答案】B

76.【答案】B

77.【答案】B

78.【答案】D

【解析】中国证监会于2007年3月15日发布的《证券投资基金销售业务信息管理平台管理规定》从基金销售业务角度对基金销售信息和销售的技术系统提出了标准化要求，首次对基金销售业务信息管理进行了规范，也是基金销售管理办法在技术或信息管理领域的深层次体现。

79.【答案】C

【解析】根据《证券投资基金销售机构内部控制指导意见》"信息技术内部控制"的有关规定，销售机构应对信息数据严格管理、严格授权修改程序并定期检验；应妥善保存交易数据，对涉及基金投资人信息和交易记录的备份应在不可修改的介质上保存15年。

80.【答案】A

【解析】"防范和化解经营风险，保证托管资产的安全完整"是基金托管人内部控制的目标之一。

二、不定项选择题(本题型共40小题，每小题1分，共40分。各小题所给出的四个选项中，至少有一项正确，请将正确选项的代码填入括号内，不选、少选、错选均不得分。)

81.【答案】ABCD

【解析】基金性质的机构投资者包括证券投资基金、社保基金(包括社会保障基金和社会保险基金)、企业年金和社会公益基金。

82.【答案】CD

【解析】股票期值是指股票能在未来给持有者带来的预期收益，而股票的未来股息收入和未来资本利得收入是股票的主要预期收入，因此也是股票期值的主要构成。

83.【答案】ABD

【解析】记账式国债是由财政部通过无纸化方式发行的、以电脑记账方式记录债权，并可以上市交易的债券。记账式国债的特点是：①可以记名、挂失，以无券形式发行可以防止证券的遗失、被窃与伪造，安全性好；②可上市转让，流通性好；③期限有长有短，但更适合短期国债的发行；④通过交易所电脑网络发行，可以降低证券的发行成本；⑤上市后价格随行就市，具有一定的风险。

84.【答案】ABD

【解析】金融期货是指买卖双方在有组织的交易所内以公开竞价的形式达成的，在将来某一特定时间交收标准数量特定金融工具的协议。因此，金融期货交易是一种标准化协议。

85.【答案】ABD

【解析】境内居民个人可以用现汇存款和外币现钞存款以及从境外汇入的外汇资金从事 B 股交易，但不允许使用外币现钞。

86.【答案】ABC

【解析】根据中标规则不同，可分为荷兰式招标(单一价格中标)和美式招标(多种价格中标)。

87.【答案】BC

【解析】上证综合指数基日定为 1990 年 12 月 19 日，基期指数定为 100 点；深证成份指数以 1994 年 7 月 20 日为基准日，基期指数为 1000，1995 年 1 月 23 日开始发布，计算权数为公司的可流通股本数。

88.【答案】BCD

【解析】银行理财产品的投资范围除了基金可以投资的领域，还可以申购基金产品、设计投资收益与金融指数挂钩的产品、购买信托产品等。银行理财产品的流动性较差，它通常设定固定的投资期，投资者在一定时期内不能支取，部分银行理财产品虽然可以赎回，但需要付出较高的成本。另外，银行理财产品投资门槛通常较高，限制了资金较少的投资者。

89.【答案】BCD

【解析】基金后台管理是基金持续稳定、透明交易、公正、公平的保证，它主要包括基金的估值、基金费用、会计核算、利润分配、税收以及信息披露等环节。基金风险控制属于基金投资运作环节的内容。

90.【答案】ABCD

【解析】2004 年 10 月，南方基金管理公司成了国内第一只 LOF 基金；2004 年底，华夏基金管理公司推出国内首只 ETF 基金。而最近，生命周期基金、QDII 基金、社会责任基金等新的基金产品也相继面世，层出不穷的基金产品创新极大地推动了我国基金业的发展。

91.【答案】CD

【解析】开放式基金份额不固定，投资者可以按照基金管理人确定的时间和地点向基金管理人或其销售代理人提出申购、赎回申请，交易在投资者与基金管理人之间完成。

92.【答案】ACD

【解析】收入型基金是指以追求稳定的当期收入为基本目标的基金，它主要投资于大盘蓝筹股、公司债、政府债券等稳定收益类证券。

93.【答案】ABCD

【解析】基金的运作是指包括基金营销、基金募集与交易、基金投资运作、基金后台管理以及其他基金运作活动在内的所有相关环节。

94.【答案】AC

【解析】基金分红是基金对基金投资收益的派现，其大小会受到基金分红政策、已实现收益、留存收益的影响。

95.【答案】ABCD

【解析】基金交易业务控制的主要内容包括：基金交易应实行集中交易制度，基金经理不得直接向交易员下达投资指令或者直接进行交易；应当执行公平的交易分配制度，确保不同投资者的利益能够得到公平对待；应当建立严格有效的制度，防止不正当关联交易损害基金持有人利益等。

96.【答案】ABCD

【解析】基金托管人对会计核算进行复核的主要内容包括：基金账务的复核、基金头寸的复核、基金资产净值的复核、基金财务报表的复核、基金费用与收益分配的复核和业绩表现数据的复核。

97.【答案】ABCD

98.【答案】B

【解析】开户费属于基金运作费。

99.【答案】AC

【解析】对个人投资者和基金买卖股票的印花税税率为1‰。

100.【答案】BD

【解析】基金市场营销的特殊性具体表现在服务性、专业性和持续性三个方面。

101.【答案】ACD

【解析】当前我国基金营销主要渠道包括：①商业银行；②证券公司；③基金公司直销中心；④网上交易；⑤利用交易所交易系统平台；⑥证券咨询机构和专业基金销售公司。

102.【答案】CD

103.【答案】AD

【解析】营业推广能够实现让投资者在短时期内较迅速和较大量地购买某一基金产品。基金销售机构在持续营销期间，针对特定的交易方式(例如网上交易)，以优惠的申购费率来吸引投资者，前提是这种优惠应当在法律法规允许的范围内，不能进行不正当的价格竞争。

104.【答案】BCD

【解析】开户属于账户类业务中的基金账户管理业务。

105.【答案】ABCD

【解析】邮寄服务一般向基金持有人邮寄基金账户卡、交易对账单、季度对账单、投资策略报告、基金通讯、理财月刊等定期和不定期材料。

106.【答案】ABC

【解析】《证券投资基金销售管理办法》第十一条对证券投资咨询机构申请基金代销业务资格进行了规定。A项应为"注册资本不低于2000万元人民币"；B项应为"具备从事2年以上基金业务"；C项应为"持续从事证券投资咨询业务3个以上完整会计年度"。

107.【答案】ABC

【解析】基金账户只能用于基金、国债及其他债券的认购及交易。

108.【答案】AB

【解析】在基金份额认购上存在两种收费模式：前端收费模式和后端收费模式。前端收费模式是指在认购基金份额时就支付申购费用的付费模式；后端收费模式是指在认购基金份额时不收费，在赎回基金时才支付认购费用的收费模式。后端收费模式设计的目的是为鼓励投资者能够长期持有基金，因为后端收费的认购费率一般会随着投资时间的延长而递减，甚至不再收取认购费用。

109. 【答案】AD

【解析】出现巨额赎回时，基金管理人可以根据基金当时的资产组合状况决定接受全部赎回或部分延迟赎回。

110. 【答案】ABCD

【解析】ETF 在 T 日申购、赎回清单公告内容包括最小申购、赎回单位所对应的组合证券内各成分证券数据、现金替代、T 日预估现金部分、T－1 日现金差额、基金份额净值及其他相关内容。

111. 【答案】BC

【解析】B 项投资者通过深圳证券交易所交易系统获得的基金份额托管在证券营业部处，登记在证券登记系统中。这部分基金份额既可以在深圳证券交易所交易，也可以通过深圳证券交易所交易系统直接申请赎回。C 项投资者通过基金管理人及其代销机构获得的基金份额托管在代销机构、基金管理人处，登记在 TA 系统中，只能申请赎回，不能直接在深圳证券交易所交易。

112. 【答案】BCD

【解析】我国开放式基金的登记体系的模式包括：基金管理人自建登记系统的"内置"模式、委托中国结算公司作为登记机构的"外置"模式、以上两种情况兼有的"混合"模式。

113. 【答案】BCD

【解析】A 项属于基金募集信息披露的信息。

114. 【答案】CD

【解析】C 项基金托管人职责终止时，应聘请会计师事务所对基金财产进行审计，并将审计结果予以公告，同时报中国证监会备案。D 项基金托管人应在基金份额发售的 3 日前，将基金合同、托管协议登载在托管人网站上。

115. 【答案】ABD

【解析】基金会计报表包括资产负债表、利润表和所有者权益变动表等，对基金的资产负债情况、未分配利润、股票差价收入、债券差价收入、本期利润等方面信息进行了披露。

116. 【答案】ABD

【解析】当影子定价与摊余成本法确定的基金资产净值偏离度的绝对值达到或超过 0.5% 时，基金管理人应当进行临时报告；在半年度报告和年度报告的重大事件揭示中，应披露报告期内偏离度的绝对值达到或超过 0.5% 的信息；在投资组合报告中，货币市场基金应披露报告期内偏离度绝对值在 0.25% ～0.5% 的信息。

117. 【答案】BC

【解析】在我国的监督管理体系中，中国证监会及其派出机构执行集中统一的行政监督管理职能；中国证券投资者保护基金为防范和处置证券公司风险，保护投资者利益，提供资金保障。

118. 【答案】ABC

119. 【答案】ACD

【解析】"三公"原则是指公开、公平、公正原则。

120. 【答案】BD

【解析】《证券投资基金销售业务信息管理平台管理规定》第八条规定，前台业务系统应当具备基金认购、申购、赎回、转换、变更分红方式和中国证监会认可的其他交易功能。第二十二条规定，后台管理系统应当具有对所涉及的信息流和资金流进行对账作业的功能。

三、判断题(本题型共 20 小题，每小题 1 分，共 20 分。判断各小题的对错，正确的用 A 表示，错误的用 B 表示。)

121. 【答案】B

【解析】在我国，证券监管机构是指中国证监会及其派出机构。

122. 【答案】A

【解析】现代股份制公司主要采取股份有限公司和有限责任公司两种形式，其中只有满足一定条件的股份有限公司才能发行股票。

123. 【答案】B

【解析】按照持有人权利的性质不同，可将权证分为认购权证和认沽权证。前者实质上属于看涨期权，其持有人有权按规定价格购买基础资产；后者属于看跌期权，其持有人有权按规定价格卖出基础资产。

124. 【答案】B

【解析】长期政府债券的利率比短期政府债券利率高。

125. 【答案】A

【解析】基金销售机构是受基金管理公司委托从事基金代理销售业务的机构。在我国，只有中国证监会认定的机构才有资格从事基金的代理销售。

126. 【答案】A

【解析】在我国，基金托管人只能由依法设立并取得基金托管资格的商业银行承担。

127. 【答案】B

【解析】债券基金的久期越长，净值的波动幅度就越大，所承担的利率风险就越高。

128. 【答案】B

【解析】督察长发现基金和公司运作中有违法违规行为的，应当及时予以制止，重大问题应当报告中国证监会及相关派出机构。

129. 【答案】B

【解析】中国证监会根据《行政许可法》的规定，受理基金代销业务资格的申请，并进行审查，作出决定。

130. 【答案】B

【解析】基金投资运作管理是基金管理公司的核心业务，基金管理公司的投资部门具体负责基金的投资管理业务。

131. 【答案】A

132. 【答案】B

【解析】构建基金组合投资的第一步即要明确投资者的投资目标，只有明确了投资者的投资目标，方可有的放矢，量体裁衣。

133. 【答案】B

【解析】《证券投资基金销售管理办法》规定，从事宣传推介基金活动的人员应当取得基金从业资格。

134.【答案】B

【解析】基金管理公司和基金代销机构应当在基金宣传推介材料中加强对投资人的教育和引导，积极培养投资人的长期投资理念，注重对行业公信力及公司品牌、形象的宣传，并应符合法律法规的相关要求。

135.【答案】A

【解析】封闭式基金在二级市场上的交易价格低于实际净值时，称为"折价"。折价率 =（单位份额净值 − 单位市价）/单位份额净值。购买封闭式基金时不仅要考虑当前的价格因素，而且要考虑基金的信用、未来的增值前景和整个证券市场的状况，并不是说当折价率较高时一定是购买封闭式基金的好时机。

136.【答案】A

【解析】开放式基金认购的后端收费模式设计的目的是鼓励投资者能长期持有基金，因为后端收费的认购费率一般会随着投资时间的延长而递减，甚至不收取认购费用。

137.【答案】B

【解析】QDII 基金主要投资于海外市场，但其基金资产规模不可超出中国证监会、国家外汇管理局核准的境外证券投资额度。

138.【答案】A

【解析】不同的开放式基金，其申购、赎回费率可能不同。即使是同一开放式基金品种，由于买卖金额的不同、收费模式不同，也可能适用不同的费率水平。

139.【答案】A

【解析】《证券投资基金运作管理办法》第十四条规定，基金募集期间的信息披露费、会计师费、律师费以及其他费用，不得从基金财产中列支。

140.【答案】B

【解析】《中国证券业协会证券投资基金销售人员执业守则》第三条规定，基金销售人员应当具备从事基金销售活动所必需的法律法规、金融、财务等专业知识和技能，并根据有关规定取得协会认可的证券从业资格。

证券投资基金销售基础知识过关冲刺题（八）

一、单项选择题(本题型共 80 小题，每小题 0.5 分，共 40 分。各小题所给出的四个选项中，只有一项最符合题目要求，请将正确选项的代码填入括号内，不选、错选均不得分。)

1. 下列各证券中，审查条件相对较松且不采用公示制度的是(   )。
   A. 国际证券   B. 上市证券   C. 私募证券   D. 公募证券

2. 资本市场是融通长期资金的市场，它可以分为(   )。
   A. 股票市场和债券市场   B. 中长期信贷市场和证券市场
   C. 证券市场和证券衍生工具市场   D. 短期资金市场和长期资金市场

3. 下列各项中，不属于证券市场中介机构的是(   )。
   A. 证券登记结算公司   B. 资产评估机构
   C. 证券业协会   D. 律师事务所

4. 中国证券市场逐步规范化，其中发行制度(   )。
   A. 始终是审批制   B. 由审批制发展到核准制
   C. 始终是核准制   D. 由审批制发展到注册制

5. 某股份公司拟向社会公众公开发行股票并上市，该公司发行前注册资本为1.2亿元，公司没有内部职工股，则其首次发行的普通股数量不得少于(   )万股。
   A. 1800   B. 2118   C. 3000   D. 4000

6. 股票的(   )决定着股票市场价格。
   A. 票面价值   B. 账面价值   C. 发行价格   D. 内在价值

7. 下列关于债券的叙述正确的是(   )。
   A. 债券尽管有面值，代表了一定的财产价值，但它也只是一种虚拟资本，而非真实资本
   B. 债权人除了按期取得本息外，对债务人也可以作其他干预
   C. 由于债券期限越长，流动性越差，风险也就较大，所以长期债券的票面利率肯定高于短期债券的票面利率
   D. 流通性是债券的特征之一，也是国债的基本特点，所有的国债都是可流通的

8. 贴现债券发行方式为(   )发行。
   A. 差价   B. 平价   C. 溢价   D. 折价

9. 当期货合约临近到期日时，现货价格与期货价格之间的基差将接近于(   )。
   A. 零   B. 无穷大   C. 期货价格   D. 现货价格

10. 关于注册制，下列说法不正确的是(   )。
    A. 证券发行注册制实行公开管理原则，实质上是一种发行公司的财务公布制度；实行证券发行注册制可以向投资者提供证券发行的有关资料，可以保证发行的证券资质优良，价格适当
    B. 要求发行人提供关于证券发行本身以及同证券发行有关的一切信息
    C. 发行人不仅要完全公开有关信息，不得有重大遗漏，并且要对所提供信息的真实性、完整性和可靠性承担法律责任
    D. 发行人只要充分披露了有关信息，在法律注册申报后的规定时间内未被证券监管机

构拒绝注册，即可进行证券发行，无须再经过批准

11. 下列选项中，不属于价格优先原则表现的是( )。
    A. 市价买卖申报优先于限价买卖申报
    B. 价格较低的卖出申报优先于较高的卖出申报
    C. 价格较高的买进申报优先于价格较低的买进申报
    D. 限价买卖申报优先于市价买卖申报

12. 有关恒生指数，下列说法正确的是( )。
    A. 恒生指数是由香港恒生银行于 1969 年 11 月 24 日起编制公布、系统反映香港股票市场行情变动最有代表性和影响最大的指数
    B. 它挑选了 33 种有代表性的上市股票为成份股，用算术平均法计算
    C. 恒生指数挑选的 33 种成份股中包括金融业 4 种、公用事业 6 种、地产业 9 种、其他工商业 14 种
    D. 由于恒生指数具有基期选择恰当、成份股代表性强、计算频率高、指数连续性好等特点，因此一直是反映和衡量台湾股市变动趋势的主要指标

13. 投资收益与风险的关系，下列表述错误的是( )。
    A. 风险较大的证券其要求的收益率相对要高
    B. 收益与风险相对应，风险越大，收益就一定越高
    C. 收益与风险共生共存，承担风险是获取收益的前提，收益是风险的成本和报酬
    D. 投资者投资的目的是为了得到收益，与此同时又不可避免地面临着投资风险

14. 基金严格监管、信息透明的特点的表现不包括( )。
    A. 对基金业实行严格监管
    B. 对有损投资者利益的行为进行严厉打击
    C. 强制性信息披露
    D. 基金投资收益在扣除由基金承担的费用后的盈余全部归基金投资者所有，并依据各投资者所持有的基金份额比例进行分配

15. 一般来说，与银行储蓄相比，基金的风险( )。
    A. 较大   B. 较小   C. 适中   D. 相同

16. 下列关于我国证券交易所的说法，不正确的是( )。
    A. 不以营利为目的
    B. 实行自律性管理
    C. 是基金市场服务机构
    D. 对基金的投资交易行为承担着重要的一线监控管理职责

17. ( )是向基金投资者提供基金投资咨询、建议或者向投资者以及其他参与主体提供基金资料与数据服务的服务机构。
    A. 商业银行   B. 基金投资咨询机构
    C. 证券公司   D. 基金销售机构

18. 迄今为止，基金大致经过的阶段不包括( )。
    A. 起源   B. 探索   C. 发展   D. 普及发展

19. 1991 年成立的( )，是国内发行时间最早的基金。
    A. 华夏基金   B. 珠信基金   C. 南方基金   D. 金信基金

20. 下列选项中，（　　）不属于"老基金"的特点。
    A. 缺乏基本的法律规范　　　　　　B. 不以上市证券为基本投资方向
    C. 是一种间接投资　　　　　　　　D. 资产质量普遍不高

21. 在我国，股票基金的股票投资比重必须在_____以上；债券基金的债券投资比重必须在_____以上。（　　）
    A. 60%；80%　　　B. 80%；60%　　　C. 60%；90%　　　D. 80%；90%

22. 下列不属于按投资风格划分的股票基金类型是（　　）。
    A. 小盘平衡基金　　B. 中盘成长基金　　C. 中盘混合基金　　D. 大盘价值基金

23. 为保证本金安全或实现最低回报，保本型基金通常会将大部分资金投资于（　　）。
    A. 股票　　　　　　　　　　　　　B. 活期存款
    C. 衍生工具　　　　　　　　　　　D. 与基金到期日一致的债券

24. 下列关于保本型基金的说法，不正确的是（　　）。
    A. 保本型基金的投资目标是在锁定风险的同时力争有机会获得潜在的高回报
    B. 保本型基金从本质上讲是一种混合型基金
    C. 安全垫是指保本型基金设定的风险投资者可承受的最高损失限额
    D. 本金保证比例为100%或高于100%，但不能低于100%

25. 历史业绩评估指标是以（　　）理论为基础，对基金的历史业绩进行评估。
    A. 期望效用　　　B. 现代投资组合　　C. 资本资产定价　　D. 风险评估理论

26. 风险评价是对（　　）的估计，需要定期更新。
    A. 当期风险数值　　B. 当期风险等级　　C. 未来风险等级　　D. 未来风险数值

27. 基金管理公司应按照基金合同的规定及时、足额向（　　）支付基金收益。
    A. 基金自律组织　　B. 基金监管部门　　C. 基金托管人　　D. 基金份额持有人

28. 内部控制所遵循的基本原则中，（　　）要求通过科学的内部控制手段和方法，建立合理的内部控制程序，维护内部控制制度的有效执行。
    A. 健全性原则　　　B. 有效性原则　　　C. 独立性原则　　　D. 成本效益原则

29. 下列各阶段中，基金托管人开展基金托管业务的准备阶段是（　　）。
    A. 签署基金合同阶段　　　　　　　B. 基金募集阶段
    C. 基金运作阶段　　　　　　　　　D. 基金终止阶段

30. 根据《证券基金销售管理办法》有关规定，商业银行申请基金代销业务资格，公司及其主要分支机构负责基金代销业务的部门取得基金从业资格的人员不低于该部门员工人数的（　　）。
    A. 1/3　　　　B. 1/2　　　　C. 2/3　　　　D. 2/5

31. 下列各项中，（　　）是基金销售活动的业务主体。
    A. 基金管理人　　B. 基金托管人　　C. 基金代销机构　　D. 基金注册登记机构

32. 基金资产净值通过（　　）实现。
    A. 基金的投资　　B. 基金的风险控制　　C. 基金的绩效评估　　D. 基金估值

33. 下列各项中，属于基金面临的外部风险的是（　　）。
    A. 经营风险　　　B. 管理水平风险　　C. 职业道德风险　　D. 投资策略风险

34. 假设某基金某日持有的某三种股票的数量分别为200万股、300万股和500万股，每股的收盘价分别为20元、20元和10元，银行存款为10000万元，对托管人和管理人应付的报酬为 5000 万元，应付税金为 5000 万元，基金份额为 10000 万份。运用一般的会计原则，该基金单位净值为(　　)元。

    A. 1.25   B. 1.45   C. 1.50   D. 1.65

35. 我国股票基金大部分按照(　　)的比例计提基金管理费。

    A. 1.0%   B. 1.5%   C. 2.0%   D. 2.5%

36. (　　)是指收集、整理、加工有关基金投资运作的会计信息，准确记录基金资产变化情况，及时向相关各方提供财务数据以及会计报表的过程。

    A. 基金会计分析   B. 基金财务核算   C. 基金成本核算   D. 基金会计记录

37. 封闭式基金利润分配后，基金份额净值应当(　　)。

    A. 高于份额面值   B. 等于份额面值   C. 不高于份额面值 D. 不低于份额面值

38. 对个人投资者从基金分配中获得的股票股利收入以及企业债券利息收入，由上市公司和发行债券的企业在向基金派发股息、红利、利息时，代扣代缴(　　)的个人所得税。

    A. 15%   B. 20%   C. 25%   D. 30%

39. 关于基金销售费用的规范，下列说法不正确的是(　　)。

    A. 基金管理人应当在基金合同、招募说明书中载明收取销售费用的项目、条件和方式

    B. 基金的认购费和申购费费率不得超过认购和申购金额的2.5%

    C. 基金管理人可以根据投资者的认购金额、申购金额的数量适用不同的认购、申购费率标准

    D. 未经招募说明书载明并公告，不得对不同投资人适用不同费率

40. 基金营销中最重要的资源是(　　)。

    A. 物   B. 人   C. 钱   D. 服务

41. 基金销售由(　　)负责办理，该机构可以委托其他合格机构代为办理。

    A. 基金管理人   B. 商业银行   C. 证券公司   D. 证券投资咨询机构

42. 下列各项中，基金营销最重要的内容之一是(　　)，也是基金营销至关重要的一个步骤。

    A. 市场细分   B. 市场定位   C. 目标市场分析   D. 目标市场选择

43. 对(　　)投资者而言，短期的投资波动并不会对其造成大的影响，追求较高的回报是其关注的目标。

    A. 积极型   B. 保守型   C. 投机型   D. 稳健型

44. (　　)比其他的推销有着更重要的意义。

    A. 人员推销   B. 广告促销   C. 营业推广   D. 公共关系

45. 基金市场营销计划中，(　　)的内容是如何对计划的实施进行监控、修正等。

    A. 控制   B. 预算   C. 计划实施概要   D. 市场营销现状

46. 关于营销过程的控制，下列说法错误的是(　　)。

    A. 控制过程主要包括预算控制和风险控制

    B. 营销管理部门在设定具体的市场营销目标时，通常对不同的营销活动制定相同的预算

    C. 在营销活动施行过程中须严格遵照对应的预算支出安排对应的活动，以实现预算收支平衡

    D. 在开展市场营销活动过程中，基金销售机构必须事先分析市场营销可能出现的风险，

并在执行过程中努力加以预防，设置控制措施和方案，最终实现营销目标

47. 下列说法错误的是(　　)。
    A. 在将基金产品出售给投资者后，基金销售机构还需要为投资者提供一系列持续性的服务
    B. 基金营销人员一般对投资者的投资产品进行大概记录
    C. 在投资者资产的风险程度提高或市场波动时，及时向投资者提示风险
    D. 在市场风格发生变化、投资者的基金投资产品已经不适应当前的市场风格时，及时向投资者作出提示，并根据投资者的需求对投资组合进行调整

48. 各基金销售机构必须建立健全基金销售适用性管理制度，完善投资者服务中心的建设，做好销售人员的业务培训工作，但不需要制作统一标准的(　　)。
    A. 风险提示函
    B. 基金投资人权益须知
    C. 基金同业比较说明
    D. 宣传推介材料

49. 证券业执业人员连续(　　)年不在机构从业的，由中国证券业协会注销其执业证书。
    A. 1　　　　　　B. 3　　　　　　C. 5　　　　　　D. 10

50. 依照《证券投资基金销售管理办法》规定，开放式基金赎回费收入在扣除基本手续费后，余额不得低于赎回费总额的(　　)。
    A. 10%　　　　　B. 15%　　　　　C. 20%　　　　　D. 25%

51. 从事基金销售的人员参加由协会统一组织的证券投资基金销售人员从业考试，考试科目为(　　)，获得基金销售从业许可。
    A.《证券市场基础知识》
    B.《证券投资基金》
    C.《基金从业基础知识》
    D.《基金销售基础》

52. 封闭式基金募集失败后，所募集的资金加银行同期存款利息在基金募集期限届满后(　　)退还基金投资人。
    A. 10 日内　　　B. 10 个工作日内　　C. 30 日内　　　D. 30 个工作日内

53. 下列各项中，封闭式基金的交易规则不包括(　　)。
    A. 报价单位为每份基金价格
    B. 基金的交易遵从"价格优先，时间优先"的原则
    C. 买卖份额申报数量应当为 100 份或其整数倍
    D. 申报价格最小变动单位为 0.01 元

54. 封闭式基金同股票一样在交易所挂牌交易，两者交易原则相同，即(　　)的原则。
    A. 交易量优先、机构投资者优先
    B. 价格优先、交易金额优先
    C. 交易量优先、时间优先
    D. 价格优先、时间优先

55. 负责办理开放式基金份额发售的基金当事人是(　　)。
    A. 商业银行
    B. 专业基金销售机构
    C. 证券公司
    D. 基金管理人

56. 基金管理人会根据具体情况在协议中规定认购费用率。下列选项中，认购费率最低的是(　　)。
    A. 股票基金　　　B. 货币市场基金　　C. 混合基金　　　D. 债券基金

57. 我国开放式基金的赎回方式是(　　)。
    A. 数量赎回　　　B. 金额赎回　　　　C. 份额赎回　　　D. 批量赎回

58. 开放式基金的赎回费率不得超过基金份额赎回金额的( )。
    A. 1%   B. 3%   C. 5%   D. 7%

59. 基金连续( )个开放日以上发生巨额赎回，已经接受的赎回申请可以延缓支付赎回款项，但不得超过正常支付时间20个工作日。
    A. 2   B. 3   C. 5   D. 10

60. 投资者于T日转托管基金份额成功后，转托管份额于_____日到达转入方网点，投资者可于_____日起赎回该部分基金份额。( )
    A. T；T+2   B. T+1；T+1   C. T+1；T+2   D. T+2；T+2

61. ETF买卖既可以在场内实现，也可以在场外进行。下列说法不正确的是( )。
    A. 场内ETF采用金额申购和份额赎回的方式
    B. ETF赎回申请提交后不得撤销
    C. 场外ETF采用金额申购、份额赎回的方式
    D. 场外ETF申购对价和赎回对价均为现金

62. 申请合格境内机构投资者资格应当具备的条件之一：对于基金管理公司的要求是净资产不少于( )亿元人民币。
    A. 2   B. 3   C. 4   D. 5

63. QDII基金的发售由( )负责办理。
    A. 商业银行   B. 证券公司   C. 基金托管人   D. 基金管理人

64. 下列关于申购(认购)、赎回资金清算流程的说法，错误的是( )。
    A. 基金申购(认购)、赎回的资金清算依据登记机构的确认数据进行，资金的汇划要落后于投资者的申购(认购)、赎回申请
    B. 基金管理人应当自收到投资者的申购(认购)、赎回申请之日起3个工作日内，对该申购(认购)、赎回的有效性进行确认
    C. 申购(认购)款应于10日内到达基金在银行的存款账户
    D. 赎回款在7日内到达投资者资金账户

65. ( )是指披露中存在应披露而未披露的信息，以致影响投资者作出正确的投资决策。
    A. 虚假记载   B. 误导性陈述   C. 重大遗漏   D. 欺诈客户

66. 基金管理人应于每个季度结束之日起( )个工作日内，编制完成该季度的基金季度报告。
    A. 15   B. 20   C. 25   D. 30

67. 基金管理人应于每年结束后( )日内，在指定报刊上披露年度报告摘要，在管理人网站上披露年度报告全文。
    A. 15   B. 45   C. 60   D. 90

68. 基金如遇半年末或年末，需要披露的信息不包括半年度和年度最后一个市场交易日的( )。
    A. 基金资产净值   B. 基金份额净值   C. 基金持有人名单   D. 份额累计净值

69. 基金合同中特别约定的事项不包括( )。
    A. 基金各当事人的权利和义务   B. 基金持有人大会
    C. 基金合同终止   D. 基金财产的投资方向和投资限制

70. 下列各基金品种中，( )不须披露上市交易公告书。

A. 普通的开放式基金　　　　　　　　　　B. 封闭式基金

C. 上市开放式基金(LOF)　　　　　　　　D. 交易型开放式指数基金(ETF)

71. 中国证券业协会以"(　　　)"为自律管理的工作方针。

A. 公平、公开、公正　　　　　　　　　B. 法制、监管、自律

C. 自律、服务、传导　　　　　　　　　D. 效率、求实、诚信

72. 根据《中华人民共和国证券法》规定,上市公司应当在每一会计年度的上半年结束之日起(　　　)个月内,提交中期报告。

A. 2　　　　　　　　B. 3　　　　　　　　C. 4　　　　　　　　D. 5

73. 下列各项中,(　　　)是《中华人民共和国公司法》的立法宗旨。

A. 规范公司的经营行为

B. 规范公司法人治理结构的关系

C. 明确股东会、董事会、监事会的权利与职责

D. 保护公司、股东和债权人的合法权益,维护社会经济秩序

74. 下列不属于中国证监会基金部主要职责的是(　　　)。

A. 负责总体协调各部门监管关系,提供必要的组织支持

B. 根据各监管单位上报的监管信息

C. 建立共享的基金监管信息平台

D. 负责基金业务数据统计分析

75. 《证券投资基金管理公司管理办法》规定,申请期间申请材料涉及的事项发生重大变化的,申请人应该(　　　)。

A. 自变化发生之日起 3 个工作日内向中国证监会提交更新材料

B. 自变化发生之日起 5 个工作日内向中国证监会提交更新材料

C. 自变化发生之日起 10 个工作日内向中国证监会提交更新材料

D. 重新报送申请材料

76. 根据《证券投资基金运作管理办法》,基金管理人应当自收到投资人申购、赎回申请之日起(　　　)个工作日内,对该申购、赎回的有效性进行确认。

A. 3　　　　　　　　B. 5　　　　　　　　C. 10　　　　　　　　D. 15

77. 下列关于基金份额申购和赎回的说法,正确的是(　　　)。

A. 开放式基金份额净值,应当按照每个开放日闭市后,基金资产净值除以当日基金份额的平均数量计算

B. 基金管理人不得在基金合同约定之外的日期或者时间办理基金份额的申购、赎回或者转换

C. 投资人在基金合同约定之外的日期和时间提出申购、赎回或者转换申请的,其基金份额申购、赎回价格为提出基金份额申购、赎回申请当天的价格

D. 基金管理人应当自收到投资人申购、赎回申请之日起 2 个工作日内,对该申购、赎回的有效性进行确认

78. (　　　),是指基金销售机构提供的,由基金投资人独自完成业务操作的应用系统。

A. 辅助式前台系统　　　　　　　　　　B. 自助式前台系统

C. 后台管理系统　　　　　　　　　　　D. 信息管理平台应用系统

79. (　　　)是指当基金销售机构或基金销售人员的利益与基金投资人的利益发生冲突时,

应当优先保障基金投资人的合法利益。

    A. 投资人利益优先原则   B. 全面性原则

    C. 客观性原则   D. 及时性原则

80. 基金销售机构应制定客户服务标准，对(　　　)没有进行规范。

    A. 资金清算   B. 服务对象   C. 服务内容   D. 服务程序

二、**不定项选择题**(本题型共 40 小题，每小题 1 分，共 40 分。各小题所给出的四个选项中，至少有 1 项正确，请将正确选项的代码填入括号内，不选、少选、错选均不得分。)

81. 下列关于中国证监会职责的说法，正确的有(　　　)。

    A. 负责行业性法规的起草

    B. 负责监督有关法律法规的执行

    C. 负责保护投资者的合法权益

    D. 对全国证券发行、证券交易、服务机构的行为等依法实施全面监管

82. 国家股的资金来源主要包括(　　　)。

    A. 现有国有企业改组为股份公司时所拥有的净资产

    B. 现阶段有权代表国家投资的政府部门向新组建的股份公司的投资

    C. 经授权代表国家投资的投资公司、资产经营公司、经济实体性总公司等机构向新组建股份公司的投资

    D. 具有法人资格的国有企业以其依法占用的法人资产向独立于自己的股份公司出资形成的股份

83. 以下不属于我国发行的国际债券的有(　　　)。

    A. 可转换公司债券   B. 建设债券   C. 金融债券   D. 特别债券

84. 若期货交易保证金为合约金额的 4%，则期货交易者可以控制的合约资产为所投资金额的(　　　)倍。

    A. 5   B. 20   C. 25   D. 50

85. 中央银行的货币政策对股票价格有直接的影响，对此下列说法错误的是(　　　)。

    A. 中央银行提高法定存款准备金率，股票市场价格下降

    B. 中央银行放松银根，降低再贴现率，股票价格相应提高

    C. 中央银行通过在公开市场上大量买进证券，证券价格下降

    D. 中央银行放松银根、增加货币供应，证券价格下降

86. 下列不符合公司申请公司债券上市交易的条件的选项是(　　　)。

    A. 公司债券的期限为 2 年以上

    B. 公司债券实际发行额不少于人民币 3000 万元

    C. 公司申请债券上市时仍符合法定的公司债券发行条件

    D. 累计债券余额不超过公司净资产的 30%

87. 下列关于股票股息的说法，正确的是(　　　)。

    A. 股票股息实际上是将公司当年收益资本化

    B. 股票股息可以来自公司的新发股票或库存股票

    C. 股票股息只是股东权益账户中不同项目之间的转移

    D. 发放股票股息会导致公司资产和股东权益的减少

88. 下列关于不同国家或地区对基金称谓的说法，正确的有(　　)。
    A. 在美国被称为"共同基金"
    B. 在香港特别行政区被称为"证券投资信托基金"
    C. 在欧洲一些国家被称为"集合投资计划"
    D. 在我国台湾地区被称为"单位信托基金"

89. 基金与银行理财产品相比，其区别主要包括(　　)。
    A. 从投资范围来看，银行理财产品的投资领域更为宽广
    B. 银行理财产品的流动性相对较差
    C. 银行理财产品投资门槛通常较高，限制了资金较少的投资者
    D. 银行理财产品信息披露程度一般高于基金

90. 下列不属于我国基金行业的对外开放主要体现的是(　　)。
    A. 合资基金管理数量不断增加
    B. 基金管理公司已被允许开展包括社保基金管理、企业年金管理等委托理财业务
    C. 合格境内机构投资者的推出，使我国基金行业开始进入国际投资市场
    D. 我国已形成了较为完善的基金产品线，较好地满足了不同投资者的需要

91. 下列关于基金分类标准的说法，正确的有(　　)。
    A. 60%以上的基金资产投资于股票的为股票基金
    B. 90%以上的基金资产投资于债券的为债券基金
    C. 仅投资于货币市场工具的为货币市场基金
    D. 投资于股票、债券和货币市场工具，但股票投资和债券投资的比例不符合股票基金、债券基金规定的为混合基金

92. 下列关于货币市场基金风险指标的说法，不正确的有(　　)。
    A. 我国法律法规要求货币市场基金投资组合的平均剩余期限在每个交易日不得超过180天
    B. 一般来说，组合平均剩余期限越短，利率敏感性越低，收益率也可能越低
    C. 货币市场基金财务杠杆的运用程度越高，其潜在的风险越低
    D. 货币市场基金不能投资于剩余存续期限超过397天的浮动利率债券

93. 我国《基金法》规定，基金份额持有人享受的权利包括(　　)。
    A. 分享基金财产收益
    B. 参与分配清算前的基金财产
    C. 按照规定要求召开基金份额持有人大会
    D. 在封闭式基金存续期间，要求赎回基金份额

94. 关于基金管理公司内部控制的基本因素，下列说法正确的是(　　)。
    A. 一般包括控制环境、风险评估、控制活动、信息沟通和内部监控
    B. 风险评估是通过制定完善的管理制度和采取有效的控制措施，及时防范和化解风险
    C. 控制环境构成公司内部控制的基础
    D. 信息沟通是指公司应当维护信息沟通渠道的畅通，建立清晰的报告系统

95. 基金托管人内部控制制度的原则包括(　　)。
    A. 合法性原则　　　B. 完整性原则　　　C. 审慎性原则　　　D. 有效性原则

96. 根据有关规定，基金管理公司募集基金的行为包括(　　)。

A. 募集基金   B. 向证券交易所提交募集文件

C. 向中国证监会提交募集文件   D. 发售基金份额

97. 对于基金交易费，下列说法正确的是(   )。

    A. 基金交易费是指基金在进行证券买卖交易时所发生的相关交易费用

    B. 交易佣金由基金管理公司按成交金额的一定比例向基金收取

    C. 交易佣金由证券公司按成交金额的一定比例向基金收取

    D. 印花税、过户费、经手费、证管费等由托管人按有关规定收取

98. 基金利润是指基金在一定会计期间的经营成果。利润包括(   )等。

    A. 资产减去负债后的净额   B. 收入减去费用后的净额

    C. 直接计入当期利润的利得   D. 直接计入当期利润的损失

99. 市场营销的活动包括(   )等。

    A. 基金产品   B. 价格   C. 促销   D. 市场定位

100. 代销是一种通过(   )等代销机构销售基金的方法。

    A. 银行   B. 证券公司   C. 保险公司   D. 财务顾问公司

101. 营销推广活动的实施需要制定营销推广方案的执行和控制计划，包括(   )。

    A. 应急计划   B. 实施步骤   C. 方案评价   D. 实施时间

102. 营销推广的形式主要有(   )。

    A. 在媒体开设投资理财专栏   B. 只召开年度基金投资策略会

    C. 开展基金理财沙龙   D. 举行基金产品推介会

103. 基金营销人员提供投资咨询建议的方式主要有(   )。

    A. 面谈拜访   B. 电邮   C. 短信   D. 举办理财讲座

104. 下列选项中，(   )属于证券投资基金客户服务模式。

    A. 电话服务中心   B. 手机短信

    C. "多对一"专人服务   D. 邮寄服务

105. 某证券公司欲申请基金代销业务的资格，那么它应当具备的条件包括(   )。

    A. 有专门负责基金代销业务的部门

    B. 最近2年没有挪用客户资产等损害客户利益的行为

    C. 净资本等财务风险监控指标符合中国证监会的有关规定

    D. 没有发生已经影响或可能影响公司正常运作的重大变更事项，或者诉讼、仲裁等其他重大事项

106. 下列属于封闭式基金募集步骤的有(   )。

    A. 申请   B. 核准   C. 发售   D. 公告

107. 关于开放式基金认购费用及方式说法正确的有(   )。

    A. 认购采取金额认购的方式

    B. 为了鼓励投资者能够长期持有基金采取前端收费模式

    C. 净认购金额 = 认购金额/(1 + 认购费率)

    D. 基金认购费用以净认购金额为基础收取

108. 下列关于开放式基金的申购和赎回的说法，不正确的有(   )。

    A. 开放式基金的申购是指在基金设立募集期内投资者申请购买基金份额的行为

    B. 开放式基金的赎回是指基金份额持有人要求基金管理人购回其所持有的开放式基金

份额的行为

  C. 在交易时间内，投资者可以多次提交申购申请

  D. 开放式基金的申购和赎回，仅可以通过基金管理公司自己的网点进行

109. 许多商业银行都开展基金定期定额投资业务，下列说法正确的有(　　)。

  A. 基金定期定额投资是指投资者在每月固定的时间以固定的金额投资到指定的开放式基金中

  B. 投资门槛低，同时有利于培养投资者长期投资的理财习惯

  C. 风险低、成本摊薄是基金定期定额投资的一大优势，因为它可以有效平滑投资成本

  D. 可投资所有开放式基金

110. 关于 LOF 申购和赎回的说法，正确的有(　　)。

  A. 登记在中国结算公司的证券登记结算系统内的基金份额，也可以在场内办理申购、赎回业务

  B. 注册登记在中国结算公司的开放式基金注册登记系统(TA 系统)内的基金份额，可在场外办理 LOF 的申购、赎回

  C. 场内申购申报单位为 1 元人民币，赎回申报单位为 1 份基金份额

  D. T 日在深圳证券交易所申购的基金份额，自 T＋2 日开始可在深圳证券交易所卖出或赎回

111. 代办登记业务的机构可以接受基金管理人委托开办的业务包括(　　)。

  A. 建立并管理投资者基金份额账户   B. 代理发放红利

  C. 负责基金份额登记   D. 建立并保管基金投资者名册

112. 我国基金信息披露制度体系包括(　　)等层次。

  A. 国家法律   B. 部门规章   C. 规范性文件   D. 自律性规则

113. ETF 上市交易后，管理人应在每日开市前向(　　)提供申购、赎回清单，并在指定的信息发布渠道上公告。

  A. 证券交易所   B. 托管人   C. 证监会   D. 证券登记结算公司

114. 货币市场基金收益公告按照披露时间的不同可分为(　　)。

  A. 封闭期的收益公告   B. 开放日的收益公告

  C. 节假日的收益公告   D. 偏离度公告

115. 以下属于基金临时报告必须披露的重大事件的有(　　)。

  A. 开放式基金发生巨额赎回并延期支付

  B. 基金份额持有人大会的召开

  C. 更换基金管理人或者基金托管人

  D. 基金份额净值计价错误达基金份额净值的 0.5%

116. 下列属于证券交易所职责的有(　　)。

  A. 为组织公平的集中交易提供保障、场所和设施

  B. 公布证券交易行情

  C. 制定上市规则、交易规则、会员管理规则和其他有关规则

  D. 对证券交易实行实时监控，并对异常的交易情况提出报告

117. 关于证券交易所对会员的管理，下列说法正确的是(　　)。

  A. 接纳的会员，应当是有权部门批准设立并具有法人地位的境内证券经营机构

B. 必须限定交易席位的数量，设立普通席位以外的席位，应当报证监会批准

C. 会员可以将席位部分以出租或者承包等形式交由其他机构和个人使用

D. 决定接纳或者开除会员及正式会员以外的其他会员，应当在规定时间内报证监会备案

118. 我国基金监管的具体目标包括(　　)。

A. 保护基金投资者的合法利益　　　　　B. 推动基金业的规范发展

C. 防范和降低系统性风险　　　　　　　D. 保证市场的公平、效率和透明

119. 申请基金托管资格要具有健全的清算、交割系统。清算、交割系统应当符合(　　)。

A. 系统内证券交易结算资金在第二天汇划到账

B. 从交易所安全接受交易数据

C. 与基金管理人、基金注册登记机构、证券登记结算机构等相关业务机构的系统安全对接

D. 依法执行基金管理人的投资指令，及时办理清算、交割事宜

120. 基金销售机构应建立完备的客户投诉处理体系。下列关于投诉处理体系的说法，正确的有(　　)。

A. 向社会公布受理客户投诉的电话、信箱地址及投诉处理规则

B. 应设立独立的客户投诉受理和处理协调部门或者岗位

C. 准确记录客户投诉的内容，所有客户投诉应当留痕并存档，但不需要对投诉电话录音

D. 评估客户投诉风险，采取适当措施，及时妥善处理客户投诉

三、**判断题**(本题型共 20 小题，每小题 1 分，共 20 分。判断各小题的对错，正确的用 A 表示，错误的用 B 表示。)

121. 股票代表股东对股份公司的所有权，是一种反映综合权利的证券，因此股东可以直接支配处理公司的财产。(　　)

122. 息票累积债券是指规定了票面利率，债券持有人无须在债券到期时一次性获得还本付息的债券，所以也常被称为缓息债券。(　　)

123. 注册制度的核心是实质管理原则。(　　)

124. 股票投资收益一般由股息收入、资本利得两部分构成。(　　)

125. 证券投资基金是指通过发售基金份额，将众多投资者的资金集中起来，由基金托管人管理和运用资金，由基金管理人保管资金的一种集合投资方式。(　　)

126. 在我国，基金管理人可以由基金管理公司和符合有关规定的证券公司担任。(　　)

127. 交叉持股不仅可以降低基金风险，而且还可以提高基金经理的选股效率。(　　)

128. 基金管理公司的主要股东是指出资额占基金管理公司注册资本的比例最高且不低于25%的股东。(　　)

129. 基金运作是基金托管人介入基金托管业务的起始阶段。(　　)

130. 在投资交易过程中，基金经理不得直接向交易员下达投资指令或者直接进行交易。(　　)

131. 封闭式基金的营销是一个持续的过程。(　　)

132. 投资者的风险承受能力一般在一定的期限内会发生改变。(　　)

133. 基金管理人和代销机构向证监会申请基金募集后就可办理基金销售业务，同时向公众

分发、公布基金宣传推介材料或者发售基金份额。（　　）

134. 基金宣传推介材料登载基金过往业绩的，应当同时登载基金业绩比较基准的表现，并提示基金投资人我国基金运作时间较短，不能反映股市发展的所有阶段。由第三方专业机构出具的业绩证明并不能替代基金托管银行的基金业绩复核函。（　　）

135. 申请设立封闭式基金时，基金管理人不必向监管机构提交基金上市公告书。（　　）

136. 开放式基金的募集期限自基金份额发售之日起计算，不能超过6个月。（　　）

137. 申请人必须在取得合格境内机构投资者资格前，向中国证监会报送产品募集申请文件。（　　）

138. 与基金半年度报告相比，基金年度报告具有的特点包括基金年度报告应提供最近5个会计年度的主要会计数据、财务指标、基金净值表现和收益分配情况。（　　）

139. 公开披露的基金信息同时采用中文文本与外文文本，如果两种文本不一致且发生歧义的，应以对基金份额持有人有利的文本为准。（　　）

140. 系统数据应逐日备份并集中妥善存放。（　　）

答案与解析

一、单项选择题(本题型共80小题，每小题0.5分，共40分。各小题所给出的四个选项中，只有一项最符合题目要求，请将正确选项的代码填入括号内，不选、错选均不得分。)

1. 【答案】C
   【解析】按募集方式不同，有价证券分为公募证券和私募证券，二者的区别有以下三点：①前者向不特定的社会公众发行，后者向少数特定投资者发行；②监管机构对前者的审查严格，对后者的审查较宽松；③对前者采取公示制度，对后者不采用公示制度。

2. 【答案】B
   【解析】以金融交易的期限可以把金融市场分为货币市场和资本市场：前者的资金借贷期为1年以内，主要是解决市场主体的短期性、临时性资金需求；后者的资金借贷期为1年以上，主要是满足政府和企业对长期资本的大量需求，又可分为中长期信贷市场和证券市场。

3. 【答案】C
   【解析】证券市场中介机构包括证券公司和证券服务机构(证券登记结算公司、证券投资咨询公司、会计师事务所、资产评估机构、律师事务所和证券信用评级机构等)。证券业协会属于行业自律性组织。

4. 【答案】B
   【解析】自2001年3月开始，中国正式实行核准制，取消了由行政方法分配指标的做法，改为按市场原则由主承销商推荐、发行审核委员会独立表决、证监会核准的办法。由审批制发展到核准制的演变，说明我国证券市场逐步走向市场化和规范化。

5. 【答案】C
   【解析】我国《证券法》规定，社会募集公司申请股票上市的条件之一是，向社会公开发行的股份达到公司股份总数的25%以上，公司股本总额超过人民币4亿元的，向社会公开发行股份的比例为10%以上。因此其首次发行的普通股数量为1.2×25% = 0.3(亿股)，即3000(万股)。

6. 【答案】D

【解析】股票的内在价值即理论价值，即股票未来收益的现值，它决定股票的市场价格。一般来说，股票的市场价格总是围绕其内在价值波动。

7. 【答案】A

【解析】B项债权人除了按期取得本息外，对债务人不能作其他干预；C项债券票面利率与期限的关系较复杂，它们还受除时间以外其他因素的影响，所以有时也能见到短期债券票面利率高而长期债券票面利率低的现象；D项流通性是债券的特征之一，也是国债的基本特点，但也有一些国债是不能流通的(比如储蓄国债)。

8. 【答案】D

【解析】贴现债券是以低于票面金额的价格发行的债券，是属于折价方式发行的债券，发行价格与票面金额的差额就是债券的利息。

9. 【答案】A

【解析】基差是指某一特定商品在某一特定时间和地点的现货价格与该商品在期货市场的期货价格之差，即：基差＝现货价格－期货价格。从公式可以看出，当合约到期时，期货价格收敛于现货价格，基差为零。

10. 【答案】A

【解析】实行证券发行注册制可以向投资者提供证券发行的有关资料，但并不保证发行的证券资质优良，价格适当。

11. 【答案】D

【解析】价格优先原则表现为：①价格较高的买进申报优先于价格较低的买进申报；②价格较低的卖出申报优先于价格较高的卖出申报；③市价买卖申报优先于限价买卖申报。

12. 【答案】A

【解析】B项恒生指数采用加权平均法计算；C项恒生指数挑选的33种成份股中包括金融业5种、公用事业6种、地产业9种、其他工商业13种；D项恒生指数是反映和衡量香港股市变动趋势的主要指标。

13. 【答案】B

【解析】收益与风险相对应，风险较大的证券，其收益率相对较高；反之收益率较低的投资对象，风险相对较小，并不具有必然性。

14. 【答案】D

【解析】D项体现的是证券投资基金利益共享、风险共担的特点。

15. 【答案】A

【解析】一般情况下，基金并不保证本金的安全(除了特殊的保本基金外)，存在亏损的可能性，但也有机会更好地分享证券市场上涨带来的收益；银行存款利率相对固定，投资者几乎没有损失本金的可能性，但需要面对通货膨胀的风险。

16. 【答案】C

【解析】基金市场服务机构包括：基金管理人、基金托管人、基金销售机构、基金投资咨询机构、注册登记机构、律师事务所、会计师事务所等。基金的自律组织包括：证券交易所和基金行业自律组织。

17. 【答案】B

18. 【答案】B

【解析】国际上，基金起源于19世纪60年代的英国。迄今为止，它大致经过了起源、发展、普及发展3个阶段。

19. 【答案】B

20. 【答案】C

【解析】"老基金"主要投向房地产等实业领域，是直接投资。

21. 【答案】A

【解析】根据《证券投资基金运作管理办法》规定，股票基金的股票投资比重必须在60%以上；债券基金的债券投资比重必须在80%以上。

22. 【答案】C

【解析】按投资风格划分，股票基金可分为大盘成长、中盘成长、小盘成长、大盘价值、中盘价值、小盘价值、大盘平衡、中盘平衡和小盘平衡九类基金。

23. 【答案】D

【解析】保本型基金的最大特点是其招募说明书中明确规定了保障条款，即在满足一定的持有期限后，为投资者提供本金或收益的保障。为能够保证本金安全或实现最低回报，保本型基金通常会将大部分资金投资于与基金到期日一致的债券。

24. 【答案】D

【解析】一般本金保证比例为100%，但也有高于100%或低于100%的情况。

25. 【答案】B

26. 【答案】C

【解析】风险评价是对未来风险等级的估计，间隔时间越长，偏离实际风险水平的可能性就越大，因此需要定期更新。

27. 【答案】D

【解析】基金管理人的职责之一是按照基金合同的约定确定基金收益分配方案，及时向基金份额持有人分配收益。

28. 【答案】B

【解析】基金管理公司内部控制的基本原则包括健全性原则、有效性原则、独立性原则、相互制约原则和成本效益原则。其中，有效性原则就是指通过科学的内控手段和方法，建立合理的内控程序，维护内控制度的有效执行。

29. 【答案】B

【解析】基金托管的业务流程包括四个阶段：签署基金合同阶段、基金募集阶段、基金运作阶段和基金终止阶段。其中，签署基金合同阶段是基金托管人介入基金托管业务的起始阶段；基金募集阶段是基金托管人开展基金托管业务的准备阶段；基金运作阶段是基金托管人全面行使职责的主要阶段；基金终止阶段是基金托管人尽责的善后阶段。

30. 【答案】B

【解析】《证券投资基金销售管理办法》第九条规定，商业银行申请基金代销业务资格的条件之一是公司及其主要分支机构负责基金代销业务的部门取得基金从业资格的人员不少于该部门员工人数的1/2，部门的管理人员已取得基金从业资格，熟悉基金代销业务，并具备从事2年以上基金业务或者5年以上证券、金融业务的工作经历。

31. 【答案】A

【解析】根据《证券投资基金销售管理办法》的规定，基金销售由基金管理人负责办理；基金管理人可以委托取得基金代销业务资格的其他机构代为办理，未取得基金代销业务资格的机构不得接受基金管理人委托代为办理基金的销售。基金销售活动的业务主体是基金管理人。

32. 【答案】D

【解析】基金份额资产净值来自基金资产净值，基金资产净值是通过基金估值来实现的，即通过估算基金资产价值和负债之后计算得出。

33. 【答案】A

【解析】外部风险包括市场风险、政策风险等系统性风险和信用风险、经营风险等非系统性风险。BCD 三项均属于内部风险。

34. 【答案】C

【解析】基金单位净值 = (基金资产总额 − 基金负债总额)/基金总份额 = ($200 \times 20 + 300 \times 20 + 500 \times 10 + 10000 - 5000 - 5000$)/10000 = 1.50(元)。

35. 【答案】B

【解析】我国股票基金大部分按照 1.5% 的比例计提基金管理费，债券基金的管理费率一般低于 1%，货币市场基金的管理费率一般为 0.33%。

36. 【答案】A

37. 【答案】D

【解析】封闭式基金分配后，基金份额净值不能低于面值。

38. 【答案】B

39. 【答案】B

【解析】基金的认购费和申购费可以在基金份额发售或者申购时收取，也可以在赎回时从赎回金额中扣除，但费率不得超过认购和申购金额的 5%。赎回费率不得超过基金份额赎回金额的 5%；赎回费在扣除手续费后，余额不得低于赎回费总额的 25%，并应当归入基金财产。

40. 【答案】B

【解析】基金营销中最重要的资源是人，基金营销的具体方案需要基金营销人员通力合作来实施。

41. 【答案】A

【解析】《证券投资基金销售管理办法》第七条规定，基金销售由基金管理人负责办理；基金管理人可以委托取得基金代销业务资格的其他机构代为办理，未取得基金代销业务资格的机构，不得接受基金管理人委托，代为办理基金的销售。

42. 【答案】C

43. 【答案】A

【解析】投资者评价以基金投资者的风险承受能力类型来具体反映，应当至少包括以下三个类型：积极型、稳健型、保守型。其中，积极型投资者有较高的风险承受能力，通常专注于投资的长期增值，并愿意为此承受较大的风险。短期的投资波动并不会对其造成大的影响，追求较高的回报是其关注的目标。

44. 【答案】A

【解析】人员推销是指依靠销售人员发挥主观能动作用，运用各种说服技巧达到销售目的。人员推销比其他的推销有着更重要的意义，因为它是一种面对面的沟通方式，销售人员和销售对象可以实时互动，信息的传播速度和效率都在一定程度上实现了最优。

45.【答案】A

【解析】营销方案应主要包括以下内容：计划实施概要、市场营销现状、市场威胁和市场机会、目标市场和可能存在的问题、市场营销战略、行动方案、预算和控制等。其中，控制的内容是如何对计划的实施进行监控、修正等。

46.【答案】B

【解析】营销管理部门在设定具体的市场营销目标时，通常对不同的营销活动或单独的项目制定不同的预算。

47.【答案】B

【解析】B项基金营销人员需要对投资者的投资产品详细记录，以便于当市场发生变化时，能及时对投资者的基金资产增值情况、投资风险等进行跟踪和分析。

48.【答案】C

【解析】各基金销售机构必须建立健全基金销售适用性管理制度，完善投资者服务中心的建设，做好销售人员的业务培训工作，制作统一标准的宣传推介材料、《基金投资人权益须知》和《风险提示函》，加强对基金销售行为的管理，完善客观有效的基金风险评价体系，加强基金投资者风险承受能力调查和评价，真实准确地向投资者进行风险提示，鼓励基金销售人员在销售活动中主动要求投资者确认阅知《风险提示函》。

49.【答案】B

【解析】根据《证券业从业人员资格管理办法》，执业人员连续 3 年不在机构从业的，由中国证券业协会注销其执业证书；从业人员取得执业证书后，与原执业机构解除聘用关系或变更执业机构的，应在上述情况发生 10 日内向中国证券业协会报告，由中国证券业协会变更其执业注册登记。

50.【答案】D

【解析】《证券投资基金销售管理办法》第二十九条规定，基金管理人办理开放式基金份额的赎回，应当收取赎回费，但中国证监会另有规定的除外。赎回费率不得超过基金份额赎回金额的 5%，赎回费在扣除手续费后，余额不得低于赎回费总额的 25%，并应当归入基金财产。

51.【答案】D

【解析】从事基金销售的人员应当参加由中国证券业协会统一组织的证券业从业资格考试中的基础科目《证券市场基础知识》及专业科目《证券投资基金》的考试，获得基金从业资格；或者参加由协会统一组织的证券投资基金销售人员从业考试，考试科目为"基金销售基础"，获得基金销售从业许可。

52.【答案】C

【解析】基金募集期限届满，基金不满足有关募集要求的，基金募集失败，基金管理人应承担的责任有：①以固有财产承担因募集行为而产生的债务和费用；②在基金募集期限届满后 30 日内返还投资者已缴纳的款项，并加计银行同期存款利息。

53.【答案】D

【解析】根据封闭式基金的交易规则，申报价格最小变动单位为 0.001 元。

54.【答案】D

【解析】封闭式基金的交易遵从"价格优先、时间优先"的原则。价格优先指较高价格买进申报优先于较低价格买进申报，较低价格的卖出申报优先于较高价格的卖出申报；时间优先指买卖方向相同、申报价格相同的，先申报者优先于后申报者，先后顺序按照交易主机接受申报的时间确定。

55.【答案】D

【解析】开放式基金份额的发售，由基金管理人负责办理。基金管理人可以委托商业银行、证券公司等经认定的其他机构代理基金份额的发售。

56.【答案】B

【解析】货币市场基金一般不收取认购费，其他三种基金均会收取不同比率的认购费。

57.【答案】C

【解析】我国开放式基金的申购和赎回采取"金额申购、份额赎回"原则。申购以金额申请，赎回以份额申请。在这种交易方式下，确切的购买数量和赎回金额在买卖当时是无法确定的，只有在交易次日才能获知。

58.【答案】C

59.【答案】A

60.【答案】C

61.【答案】A

【解析】场内 ETF 采用份额申购和份额赎回的方式。

62.【答案】A

【解析】申请合格境内机构投资者资格应当具备的条件之一是对于基金管理公司的要求是净资产不少于 2 亿元人民币，经营基金管理业务达 2 年以上，在最近一个季度末资产管理规模不少于 200 亿元人民币或等值外汇资产。

63.【答案】D

【解析】同普通开放式基金一样，QDII 基金的发售也由基金管理人负责办理。基金管理人可以委托商业银行、证券公司等经认定的其他机构代理基金份额的发售。

64.【答案】C

【解析】申购(认购)款应于 5 日内到达基金在银行的存款账户。

65.【答案】C

【解析】虚假记载是指信息披露义务人将不存在的事实在基金信息披露文件中予以记载的行为；误导性陈述是指致使投资者对其投资行为发生错误判断并产生重大影响的陈述；重大遗漏是指披露中存在应披露而未披露的信息，以致影响投资者作出正确的投资决策。这三类行为将扰乱市场正常秩序，侵害投资者的合法权益，属于严重的违法犯罪行为。

66.【答案】A

【解析】基金管理人应在每个季度结束之日起 15 个工作日内，编制基金季度报告，并将季度报告登载在指定报刊和网站上。

67.【答案】D

【解析】基金管理人应在每年结束后 90 日内，在指定报刊上披露年度报告摘要，在管理人网站上披露年度报告全文。在上半年结束后 60 日内，在指定报刊上披露半年度报告摘要，在管理人网站上披露半年度报告全文。在每季结束后 15 个工作日内，在指定报刊和管理人网站上披露基金季度报告。

68. 【答案】C

【解析】开放式基金在开始办理申购或者赎回前，至少每周公告一次资产净值和份额净值；放开申购赎回后，应于每个开放日的次日披露基金份额净值和份额累计净值。如遇半年末或年末，还应披露半年度和年度最后一个市场交易日的基金资产净值、份额净值和份额累计净值。

69. 【答案】D

70. 【答案】A

【解析】披露上市交易公告书的基金品种主要有封闭式基金、上市开放式基金（LOF）、交易型开放式指数基金（ETF）。

71. 【答案】C

72. 【答案】A

【解析】根据《证券法》的规定，股票或者公司债券上市交易的公司，应当在每一会计年度的上半年结束之日起二个月内，向国务院证券监督管理机构和证券交易所提交中期报告，并予公告。

73. 【答案】D

【解析】《公司法》适用于在我国境内设立的所有有限责任公司和股份有限公司，其立法宗旨为：规范公司的组织和行为，保护公司、股东和债权人的合法权益，维护社会经济秩序，促进社会主义市场经济的发展。

74. 【答案】D

【解析】D 项属于中国证券协会下属基金公司会员部的主要职责。

75. 【答案】B

【解析】D 项适用于申请期间股东发生变动的情况。

76. 【答案】A

77. 【答案】B

【解析】A 项《证券投资基金运作管理办法》第十七条规定，开放式基金份额净值，应当按照每个开放日闭市后，基金资产净值除以当日基金份额的余额数量计算。C 项投资人在基金合同约定之外的日期和时间提出申购、赎回或者转换申请的，其基金份额申购、赎回价格为下次办理基金份额申购、赎回时间所在开放日的价格。D 项第二十条规定，基金管理人应当自收到投资人申购、赎回申请之日起 3 个工作日内，对该申购、赎回的有效性进行确认。

78. 【答案】B

【解析】《证券投资基金销售业务信息管理平台管理规定》第五条规定，前台业务系统主要是指直接面对基金投资人，或者与基金投资人的交易活动直接相关的应用系统，分为自助式和辅助式两种类型。其中，自助式前台系统，是指基金销售机构提供的，由基金投资人独自完成业务操作的应用系统，包括基金销售机构网点现场自助系统和通过互联网、电话、移动通信等非现场方式实现的自助系统。

79. 【答案】A

【解析】全面性原则是指基金销售机构应当将基金销售适用性作为内部控制的组成部分，贯穿于基金销售的各个业务环节，对基金管理人、基金产品和基金投资人都要了解并做出评价；客观性原则是指基金销售机构应当建立科学合理的方法，设置必要的标准和流程，保证基金销售适用性的实施；及时性原则是指基金产品的风险评价和基金投资人的风险承受能力评价应当根据实际情况及时更新。

80.【答案】A

【解析】《证券投资基金销售机构内部控制指导意见》第二十四条规定，基金销售机构应制定客户服务标准，对服务对象、服务内容、服务程序等进行规范。

二、不定项选择题(本题型共40小题，每小题1分，共40分。各小题所给出的四个选项中，至少有1项正确，请将正确选项的代码填入括号内，不选、少选、错选均不得分。)

81.【答案】ABCD

【解析】除ABCD四项外，中国证监会的主要职责还包括维持公平而有序的证券市场。

82.【答案】ABC

【解析】D项描述的是国有法人股。

83.【答案】BD

【解析】我国发行的国际债券主要包括政府债券、金融债券和可转换公司债券。

84.【答案】C

【解析】金融衍生工具具有杠杆性，一般只需要支付少量的保证金或权利金就可签订远期大额合约或互换不同的金融工具，若期货交易保证金为合约金额的4%，则期货交易者可以控制25倍于所投资金额的合约资产(即1/4% = 25倍)。

85.【答案】CD

【解析】中央银行通过在公开市场上大量买进证券，放松银根，在增加中央银行供应的基础货币的同时又增加证券的供应，使证券价格上升。

86.【答案】ABD

【解析】公司申请公司债券上市交易，其公司债券的期限为1年以上，债券实际发行额不少于人民币5000万元；累计债券余额不超过公司净资产的40%。

87.【答案】ABC

【解析】股票股息是股东权益账户中不同项目之间的转移，对公司的资产、负债、股东权益总额毫无影响。

88.【答案】AC

【解析】世界上不同国家和地区对基金的称谓有所不同。基金在美国被称为"共同基金"，在英国和我国香港特别行政区被称为"单位信托基金"，在欧洲一些国家被称为"集合投资基金"或"集合投资计划"，在日本和我国台湾地区则被称为"证券投资信托基金"。

89.【答案】ABC

【解析】D项应为银行理财产品信息披露程度一般不如基金。

90.【答案】BD

【解析】我国基金行业的对外开放主要体现在两个方面：①合资基金管理数量不断增加；②合格境内机构投资者(QDII)的推出，使我国基金行业开始进入国际投资市场。B项反映的是我国基金公司业务开始走向多元化；D项反映的是我国基金品种日益丰富。

91.【答案】ACD

【解析】按照《证券投资基金运作管理办法》的规定，80%以上的基金资产投资于债券的为债券基金。

92. 【答案】CD

【解析】货币市场基金财务杠杆的运用程度较高，在放大潜在收益的同时也放大了相应的风险。货币市场基金可以投资于剩余期限小于397天但剩余存续期限超过397天的浮动利率债券。

93. 【答案】AC

【解析】B项应为参与分配清算后的剩余基金财产；D项基金份额持有人必须承担的义务之一是在封闭式基金存续期间，不得要求赎回基金份额。

94. 【答案】ACD

【解析】风险评估是公司建立科学严密的风险评估体系，可以对公司内部风险进行识别、评估和分析，及时防范和化解风险。

95. 【答案】ABCD

【解析】基金托管人内部控制的原则包括合法性原则、完整性原则、及时性原则、审慎性原则、有效性原则、独立性原则。

96. 【答案】ACD

【解析】基金的募集是指基金管理公司根据有关规定向中国证监会提交募集文件、发售基金份额、募集基金的行为，是基金运作的开始点。

97. 【答案】AC

【解析】我国基金的交易费主要包括印花税、佣金、过户费、经手费、证管费。其中，佣金由证券公司按成交金额的一定比例向基金收取，印花税、过户费、经手费、证管费等则由登记公司或交易所按有关规定收取。

98. 【答案】BCD

99. 【答案】ABCD

【解析】市场营销不能简单地等同于推销、销售或销售促进，而是包括了基金产品、价格、促销、市场定位等诸多活动。

100. 【答案】ABCD

【解析】国际上，开放式基金的销售主要分为直销和代销两种方式。其中，代销是一种通过银行、证券公司、保险公司、财务顾问公司、独立投资顾问等代销机构销售基金的方法。

101. 【答案】ABD

【解析】营销推广活动的实施需要制定营销推广方案的执行和控制计划。执行计划和控制计划应当包括准备工作、实施时间和步骤、应急计划等。在实施的过程中要注意各环节的紧密联系。

102. 【答案】ACD

【解析】营销推广的形式包括召开季度、半年度或年度基金投资策略会。

103. 【答案】ABCD

【解析】基金营销人员可以通过电话联络、面谈拜访、举办理财讲座及说明会、电邮和短信等多种方式为投资者提供投资咨询建议。

104. 【答案】ABD

【解析】证券投资基金的客户服务模式包括：电话服务中心，邮寄服务，自动传真、电子信箱与手机短信，"一对一"专人服务，互联网的应用，媒体和宣传手册的应用，讲座、推介会和座谈会。

105. 【答案】ABCD

106. 【答案】ABCD

【解析】封闭式基金的募集又称"封闭式基金的发售"，是指基金管理公司根据有关规定向中国证监会提交募集文件、发售基金份额、募集基金的行为。封闭式基金的募集一般要经过申请、核准、发售、备案、公告五个步骤。

107. 【答案】ACD

【解析】开放式基金的认购采取金额认购的方式，即投资者在办理认购申请时，不是直接以认购数量提出申请，而是以金额申请。后端收费模式设计的目的是鼓励投资者能长期持有基金，因为后端收费的认购费率一般会随着投资时间的延长而递减，甚至不收取认购费用。

108. 【答案】AD

【解析】开放式基金的申购是指在基金设立募集期结束，基金开放期投资者申请购买基金份额的行为，A项中描述的是基金的认购；D项开放式基金的申购和赎回，可以通过基金管理人的直销中心与基金销售代理人的代销网点进行。

109. 【答案】ABC

【解析】并非所有开放式基金都可以参与定投，这与该基金管理人是否开展该基金的定期定额投资业务有关。

110. 【答案】ABC

【解析】T 日在深圳证券交易所申购的基金份额，自 T + 1 日开始可在深圳证券交易所卖出或赎回

111. 【答案】ABCD

【解析】代办登记业务的机构可以接受基金管理人的委托，开办下列业务：建立并管理投资者基金份额账户，负责基金份额登记，确认基金交易，代理发放红利，建立并保管基金投资者名册，基金合同或者登记代理协议规定的其他职责。

112. 【答案】ABCD

113. 【答案】AD

114. 【答案】ABC

【解析】货币市场基金收益公告按照披露时间的不同可分为封闭期和开放日的收益公告、节假日的收益公告。当影子定价方法和摊余成本法之间的差异达到或超过 0.5% 时，应刊登偏离度公告。

115. 【答案】ABCD

【解析】基金的重大事件包括：基金份额持有人大会的召开，提前终止基金合同，延长基金合同期限，转换基金运作方式，更换基金管理人或托管人，基金管理人的董事长、总经理及其他高级管理人员、基金经理和基金托管人的基金托管部门负责人发生变动，涉及基金管理人、基金财产、基金托管业务的诉讼，基金份额净值计价错误达基金份额净值的 0.5%，开放式基金发生巨额赎回并延期支付等等。

116. 【答案】ABCD

117. 【答案】ABD

【解析】会员不得将席位以出租或者承包等形式交由其他机构和个人使用。

118.【答案】ABCD

119.【答案】BCD

【解析】根据《证券投资基金托管资格管理办法》第五条规定系统内证券交易结算资金在两小时内汇划到账。

120.【答案】ABD

【解析】基金销售机构应建立完备的客户投诉处理体系，包括：①设立独立的客户投诉受理和处理协调部门或者岗位；②向社会公布受理客户投诉的电话、信箱地址及投诉处理规则；③准确记录客户投诉的内容，所有客户投诉应当留痕并存档，投诉电话应当录音；④评估客户投诉风险，采取适当措施，及时妥善处理客户投诉。

三、判断题(本题型共 20 小题，每小题 1 分，共 20 分。判断各小题的对错，正确的用 A 表示，错误的用 B 表示。)

121.【答案】B

【解析】股票的综合权利包括参加股东大会、投票表决、参与公司的重大决策、收取股息或分享红利等，但是不能直接支配处理公司财产。

122.【答案】B

【解析】息票累积债券是指规定了票面利率，但是债券持有人必须在债券到期时一次性获得还本付息，存续期间没有利息支付的债券。息票累积债券与缓息债券是两个不同的概念，后者属于附息债券，其特点为可以根据合约条款推迟支付定期利率。

123.【答案】B

【解析】西方主要国家有核准制度和注册制度两种债券发行制度：前者的核心是实质管理原则；后者的核心是公开原则。

124.【答案】B

【解析】股票投资的收益是指投资者从购入股票开始到出售股票为止整个持有期间的收入，它由股息收入、资本利得和公积金转增股本组成。

125.【答案】B

【解析】证券投资基金是指通过发售基金份额，将众多投资者的资金集中起来，形成独立财产，由基金托管人托管、基金管理人管理，以投资组合的方式进行证券投资的一种利益共享、风险共担的集合投资方式。

126.【答案】B

【解析】在我国，基金管理人只能由依法设立的基金管理公司担任。

127.【答案】B

【解析】适当交叉持股可以节约公司研究成本，提高基金经理的选股效率，但同时也增加了基金风险。

128.【答案】A

129.【答案】B

【解析】签署基金合同是基金托管人介入基金托管业务的起始阶段。基金运作阶段是基金托管人全面行使职责的主要阶段。

130.【答案】A

【解析】投资交易是实现基金组合构建的重要环节。按规定，基金经理不得直接向交易员下达投资指令或者直接进行交易。投资指令经风险控制部门的审核，确认其合法、合规与完整后方可执行。

131.【答案】B

【解析】封闭式基金由证券公司承销，通过证券交易所一次性发售完成，基金成立后规模固定。开放式基金的特点是投资者随时可以按基金单位净值申购和赎回，因此开放式基金的营销是一个持续的过程。

132.【答案】A

【解析】投资者的风险承受能力在一定的期限内会发生改变，基金销售机构应当选择适当的时机为基金投资者重新进行风险承受能力的调查，也可以通过对已有投资者信息进行分析的方式，更新对基金投资者的评价。

133.【答案】B

【解析】基金管理人和代销机构在基金募集获得核准前不得办理基金销售业务，不得向公众分发、公布基金宣传推介材料或者发售基金份额。

134.【答案】A

135.【答案】A

【解析】我国基金管理人进行封闭式基金的募集，必须依据《证券投资基金法》的有关规定，向中国证监会提交相关文件。申请募集封闭式基金应提交的主要文件包括：基金申请报告、基金合同草案、基金托管协议草案、招募说明书草案等，无须提交基金上市公告书。

136.【答案】B

【解析】开放式基金的募集期限自基金份额发售之日起计算，不能超过3个月。

137.【答案】B

【解析】申请人可在取得合格境内机构投资者资格后，向中国证监会报送产品募集申请文件。

138.【答案】B

【解析】与基金半年度报告相比，基金年度报告具有的特点包括：基金年度报告中披露的内容应经过审计；基金年度报告应提供最近3个会计年度的主要会计数据、财务指标、基金净值表现和收益分配情况；基金年度报告中需披露内部监察报告；基金年度报告需披露基金的主要会计政策和会计估计、所有的关联方关系及交易情况等。

139.【答案】B

【解析】《证券投资基金信息披露管理办法》第二章第七条规定，公开披露的基金信息应当采用中文文本。同时采用外文文本的，基金信息披露义务人应当保证两种文本的内容一致。两种文本发生歧义的，以中文文本为准。

140.【答案】B

【解析】《证券投资基金销售业务信息管理平台管理规定》第三十条规定，系统数据应当逐日备份并异地妥善存放。

圣才图书目录

育心理学》(北京师范大学出版社)

● **实验心理学**

1. 《实验心理学》笔记和习题详解

配套教材有：《实验心理学》(朱滢，北京大学出版社)、《实验心理学》(张春兴主编、杨治良著，浙江教育出版社)、《实验心理学》(孟庆茂、常建华编著，北京师范大学出版社)、《实验心理学纲要》(张学民、舒华编著，北京师范大学出版社)

● **心理测量与统计**

1. 《心理与教育测量学》笔记和习题详解

配套教材有：戴海崎主编的《心理与教育测量(修订本)》(暨南大学出版社)、金瑜主编的《心理测量》(华东师范大学出版社)

2. 《心理与教育统计学》笔记和习题详解

配套教材有：《现代心理与教育统计学》，张厚粲、徐建平著，北京师范大学出版社

【教育类】

● **教育学**

1. 《教育学原理》笔记和习题详解

配套教材有：王道俊、王汉澜主编《教育学(新编本)》(人民教育出版社)、全国12所重点师范大学联合编写的《教育学基础》(教育科学出版社)、孙喜亭著的《教育原理》(北京师范大学出版社)

1. 《教育学基础》笔记和习题详解

配套教材：全国十二所重点师范大学联合编写《教育学基础》，教育科学出版社

2. 《教育学》笔记和习题详解

配套教材：王汉澜、王道俊《教育学》，人民教育出版社

3. 《当代教育学》笔记和习题详解

配套教材：袁振国《当代教育学(2004年修订版)》，教育科学出版社

● **中外教育史**

1. 《中国教育史》笔记和习题详解

配套教材：以考研大纲为蓝本，参考多种《中国教育史》的经典教材

2. 《中国教育史》笔记和习题详解

配套教材：孙培青《中国教育史》，华东师范大学出版社

3. 《简明中国教育史》笔记和习题详解

配套教材：王炳照《简明中国教育史(修订本)》，北京师范大学出版社

4. 《外国教育史》笔记和习题详解

配套教材：以考研大纲为蓝本，参考多种《外国教育史》的经典教材

5. 《外国教育史教程》(人教版)笔记和习题详解

配套教材：吴式颖《外国教育史》，人民教育出版社

6. 《外国教育史》(北师版)笔记和习题详解

配套教材：王天一、夏之莲、朱美玉《外国教育史(修订本 上、下册)》，北京师范大学出版社

● **教育心理学**

1. 《教育心理学》笔记和习题详解

配套教材有：林崇德主编的《教育心理学》(冯忠良等著，人民教育出版社)、陈琦和刘儒德主编的《当代教育心理学》(北京师范大学出版社)、皮连生主编的《教育心理学(第三版)》(上海教育出版社)

● **教育研究方法**

1. 《教育研究方法》笔记和习题详解

配套教材有：《心理与教育研究方法》(董奇著，北京师范大学出版社)、《教育科学研究方法》(李秉德主编，人民教育出版社)、《教育研究方法》(杨小微主编，人民教育出版社)等

【新闻传播类】

1. 《新闻理论》经典教材课后习题详解

2. 《传播学教程》笔记和习题详解

3. 《中国新闻传播史》结构脉络和习题详解

☞ **考硕考博辅导大系列**

● **考研专业课辅导系列**

1. 西方经济学(微观部分)考研真题与典型题详解

2. 西方经济学(宏观部分)考研真题与典型题详解

3. 全国名校经济学考研真题详解(北京院校)

4. 全国名校经济学考研真题详解(非北京院校)

5. 微观经济学考研模拟试题详解

6. 宏观经济学考研模拟试题详解

7. 政治经济学考研真题与典型题详解

8. 金融学考研真题与典型题详解

9. 金融联考大纲详解

10. 金融联考真题与模拟试题详解

11. 货币银行学考研真题与典型题详解

12. 财务管理学(含公司财务)考研真题与典型题详解

13. 会计学考研真题与典型题详解

14. 国际贸易考研真题与典型题详解

15. 管理学考研真题与典型题详解

16. 全国名校管理学考研真题详解(北京院校)

17. 全国名校管理学考研真题详解(非北京院校)

18. 考研、MPA、MBA管理学经典案例真题详解

19. 行政管理学考研真题与典型题详解

20. 心理学(基本理论)精讲与考研真题详解

21. 心理学(研究方法)精讲与考研真题详解

22. 教育学考研真题与典型题详解

23. 中外教育史考研真题与典型题详解

24. 心理学专业基础综合考试大纲详解

25. 心理学专业基础综合考试模拟试题详解

26. 教育学专业基础综合考试大纲详解

8. 综合经济基础过关必做习题集(含历年真题)

☞管理类资格考试辅导大系列
●企业人力资源管理师考试辅导系列
1. 企业人力资源管理师(二级)过关必做习题集
2. 企业人力资源管理师(三级)过关必做习题集
3. 企业人力资源管理师(四级)过关必做习题集
●物流师职业资格认证考试辅导系列
1. 现代物流概论[初级、中级、高级通用]过关必做习题集
2. 物流实务[初级]过关必做习题集
3. 物流管理[中级]过关必做习题集
4. 物流系统工程[高级]过关必做习题集
●营销师考试辅导系列
1. 营销师(一级)过关必做习题集
2. 营销师(二级)过关必做习题集
●管理咨询师考试辅导系列
1. 企业管理咨询实务过关必做1000题
2. 企业管理咨询案例分析过关必做习题集
●价格鉴证师考试辅导系列
1. 经济学和价格学基本理论过关必做1500题
2. 法学基础知识过关必做1500题
3. 价格政策法规过关必做1500题
4. 价格鉴证理论与实务过关必做1500题
5. 价格鉴证案例分析过关必做习题集
●质量专业技术人员职业资格考试辅导系列
1. 质量专业基础知识与实务(初级)过关必做1500题
2. 质量专业理论与实务(中级)过关必做1500题
3. 质量专业综合知识(中级)过关必做1500题

☞全国经济专业技术资格考试辅导大系列
●全国经济专业技术资格初级考试辅导系列
1. 经济基础知识(初级)过关必做1500题
2. 工商管理专业知识与实务(初级)过关必做1000题
3. 农业经济专业知识与实务(初级)过关必做1000题
4. 商业经济专业知识与实务(初级)过关必做1000题
5. 财政税收专业知识与实务(初级)过关必做1000题
6. 金融专业知识与实务(初级)过关必做1000题
7. 保险专业知识与实务(初级)过关必做1000题
8. 运输经济(公路)专业知识与实务(初级)过关必做1000题
9. 运输经济(水路)专业知识与实务(初级)过关必做1000题
10. 运输经济(铁路)专业知识与实务(初级)过关必做1000题
11. 运输经济(民航)专业知识与实务(初级)过关必做1000题
12. 人力资源管理专业知识与实务(初级)过关必做1000题
13. 邮电经济专业知识与实务(初级)过关必做1000题
14. 房地产经济专业知识与实务(初级)过关必做1000题
15. 旅游专业知识与实务(初级)过关必做1000题
16. 建筑经济专业知识与实务(初级)过关必做1000题
●全国经济专业技术资格中级考试辅导系列
1. 经济基础知识(中级)过关必做1500题
2. 工商管理专业知识与实务(中级)过关必做1000题
3. 农业经济专业知识与实务(中级)过关必做1000题
4. 商业经济专业知识与实务(中级)过关必做1000题
5. 财政税收专业知识与实务(中级)过关必做1000题
6. 金融专业知识与实务(中级)过关必做1000题
7. 保险专业知识与实务(中级)过关必做1000题
8. 运输经济(公路)专业知识与实务(中级)过关必做1000题
9. 运输经济(水路)专业知识与实务(中级)过关必做1000题
10. 运输经济(铁路)专业知识与实务(中级)过关必做1000题
11. 运输经济(民航)专业知识与实务(中级)过关必做1000题
12. 人力资源管理专业知识与实务(中级)过关必做1000题
13. 邮电经济专业知识与实务(中级)过关必做1000题
14. 房地产经济专业知识与实务(中级)过关必做1000题
15. 旅游专业知识与实务(中级)过关必做1000题
16. 建筑经济专业知识与实务(中级)过关必做1000题

☞国家职业资格全国统一鉴定考试辅导大系列
1. 职业道德过关必做2000题

☞医学类资格考试辅导大系列
●国家执业医师资格考试辅导系列
1. 临床执业医师过关必做3000题
2. 临床执业助理医师过关必做2000题
3. 口腔执业医师过关必做3000题
4. 口腔执业助理医师过关必做2000题
5. 公卫执业医师过关必做3000题
6. 公卫执业助理医师过关必做2000题
7. 中医执业医师过关必做3000题
8. 中医执业助理医师过关必做2000题
9. 中西医结合执业医师过关必做3000题
10. 中西医结合执业助理医师过关必做2000题
●国家执业药师资格考试辅导系列
1. 执业药师过关必做3000题(药学类)
2. 执业药师过关必做3000题(中药学类)
●全国卫生专业技术资格考试辅导系列
1. 内科主治医师考试过关必做3000题(人机对话版)
2. 外科主治医师考试过关必做3000题(人机对话版)
3. 儿科主治医师考试过关必做3000题(人机对话版)
4. 妇产科主治医师考试过关必做3000题(人机对话版)

购买图书请联系

中国石化出版社读者服务部

地址：北京安定门外大街 58 号

电话：010 – 84289974(兼传真)

购买金圣才图书 赠送圣才学习卡

随书赠送的圣才学习卡在圣才学习网（www.100xuexi.com）或旗下46个网站上可免费下载20元的证券投资基金销售人员从业考试复习资料。下载与本书配套的相关资料可以通过以下具体途径：

登录圣才学习网（www.100xuexi.com）进入中华证券学习网（www.1000zq.com），或者直接登录中华证券学习网。

◆ 证券金融类资格考试辅导大系列
· 证券从业人员资格考试辅导系列（2008）
· 证券投资基金销售人员从业考试辅导系列（2008）
    证券投资基金销售基础知识过关必做2000题
    证券投资基金销售基础知识过关冲刺八套题
· 期货从业人员资格考试辅导系列
· 保荐代表人胜任能力考试辅导系列
· 证券公司合规管理人员胜任能力考试
· 金融理财师（AFP/CFP）考试辅导系列
· 中国银行业从业人员资格认证考试辅导系列
· CFA考试辅导系列
◆ 国内外经典教材习题详解系列
◆ 考硕考博辅导大系列
◆ 保险类资格考试辅导大系列
◆ 精算师资格考试辅导大系列
◆ 医学类资格考试辅导大系列
◆ 心理咨询师考试辅导系列
◆ 教师资格考试辅导系列

（详细书目见本书附页清单）

详情请登录：中国石化出版社 www.sinopec-press.com
　　　　　　圣 才 学 习 网 www.100xuexi.com
　　　　　　圣 才 图 书 网 www.1000book.com

责任编辑：张正威　郝国强

封面设计：金圣才

ISBN 978-7-80229-844-6

定价：26.00 元

高职高专"十二五"规划教材 计算机专业系列

Premiere Pro CS4

视频编辑案例

实训教程

主编 陈久健

南京大学出版社